文春文庫

# 死者は嘘をつかない

スティーヴン・キング
土屋　晃訳



藝春秋

クリス・ロッツに捧ぐ

「明日は限られている」

――マイケル・ランドン

# 死者は嘘をつかない

## 主な登場人物

ジェイミー・コンクリン……本書の語り手
ティア・コンクリン……ジェイミーの母　文芸エージェント
ハリー・コンクリン……ジェイミーの伯父
リズ・ダットン……ティアの友人　刑事
レジス・トーマス……ティアのクライアント　作家
マーティ・バーケット……ジェイミーの隣人　名誉教授
ケネス・セリオー……連続爆弾魔

お詫びからはじめるのは気が進まない——文章を前置詞で終わらせてはいけないのと同じで、それを禁止するルールだってあるかもしれない——でも、ここまで書いてきた三十ページを読みかえしてみると、そうしなければと思えてくる。それはよく使う単語のことだ。ぼくは多くの四文字言葉を母から学んでは、幼いころから使ってきた（そこはいずれわかるだろう）が、ここで言うのは五文字の言葉。「後に」とか、「あとになって気づいた」とか、「後の祭りだった」というときに使うlaterという言葉だ。くどいと思いながらどうしようもなく使っているのは、この話が、ぼくがまだサンタクロースや〝抜け歯の妖精〟を信じていた年齢にスタートするからなのだ（とはいえ、そんなおとぎ話は六歳のころにはもう卒業しかけていた）。いま二十二歳のぼくにとって、これを書くのはあとからってことにもなるわけだし。四十代になって——それは遠い先の話だと思っているけれど——二十二で理解した気になっていたことを思いだし、ろくにわかってなかったと気づくのだろう。いまのぼくは、あとからがずっと存在することを知っている。少なくとも、死ぬまでは。死んだら、すべてが〝そのまえ〟になるんだと思う。

ぼくの名はジェイミー・コンクリン、その昔、自分では最高傑作《キャッツ・アス》だと思う感謝祭の七面鳥を描いた。あとから——そんなにあとじゃない——それがむしろ猫のケツ《アス》から出てくるものに近いと知った。真実はときに最低だったりする。

これはホラーストーリーだと思っている。読んで確かめてみてほしい。

# 1

母とふたり、学校からの帰り道だった。母はぼくの手を握っていた。ぼくはというと、一年生の授業で感謝祭の一週間まえに描いた七面鳥をしっかりつかんでいた。その出来ばえに有頂天になりながら、じつはものすごく不安だった。描いてあるのは、手を画用紙に置いて輪郭をクレヨンでなぞったもので、それが尻尾と胴体。頭のほうは好き勝手に描いた。

それを見せると、母はそうね、そうね、いいわ、いいわ、最高よと褒めてくれたけれど、本当はちゃんと見てなかったと思う。たぶん、売ろうとしていた本のことが気になっていたのだ。本人の言い方だと「作品を売りつける」。要するに、母は著作権の代理人だった。もとは彼女の兄で、ぼくの伯父にあたるハリーがやっていた仕事を、いまから語ろうとしている時期の一年まえに引き継いだ。それは長い物語で、ひどい話でもある。

　ぼくは言った。「フォレストグリーンを使ったのは、ぼくが好きな色だからだよ。それ、知ってたでしょ?」家はもうすぐだった。学校からたった三ブロックしか離れていなかった。

　母はそうね、そうねしか言わなかった。そして、「家に帰ったら、きみは遊ぶかテレビで『バーニー』と『マジック・スクールバス』を観てね。わたしはもういっぱい電話をかけなきゃいけないから」

　そこでぼくからそうね、そうねと返すと、母はぼくをつついてにやっと笑った。ぼくは母を笑顔にさせるのが好きだった。なぜって、ぼくは六歳にして母が世の中とすごく真剣に向きあっているのを知っていたからだ。あとになって、その理由がぼくにもあったことを知った。母は自分が頭のおかしな子を育てているんじゃないかと疑っていた。ぼくが語ろうとしているその日に、母はやっぱりわが子の頭はおかしくないと確信した。そこにはほっとした部分もあったろうし、そうじゃないところもあったにちがいない。「きみはこの話は誰にもしないようにね」母はその日、あとになって言った。「わたし以外にはね。場合によったら、わたしにも。いい?」

　ぼくはいいよ、と言った。幼いときは、母親にはどんなことでもいいよと応えるものだ。もちろん、もう寝なさいと言われたときはべつで。あと、ブロッコリを全部食べろと言われたときも。

家の建物に着くと、エレベーターは壊れたままだった。エレベーターが動いていたら話は変わっていたんじゃないかとおっしゃる方がいるかもしれないが、ぼくはそうは思わない。人生は選択の連続で、行く道はクソだらけだと言う人もいるだろう。結局のところ、階段だろうがエレベーターだろうが、ぼくたちはやっぱり三階へ行くことになるのだ。運命の気まぐれに指さされたら、どの道も同じ場所に行き着くとぼくはそう思っている。年をとって考えが変わるかもしれないが、それもどうだろう。

「このエレベーター、死ね」と母は言った。そして、「いまのは聞かなかったことにして」

「なんか言った？」と返したぼくに、母はまた笑顔を見せた。間違いなく、その日の午後に浮かべた最後の笑顔だった。ぼくは袋を持ってあげようかと母に訊ねた。母が持っていた袋には原稿がはいっていて、その日は五百ページもありそうなかさばるものだった（母は天気のいい日だとベンチに座って、読み物をしながら学校を出てくるぼくを待っていた）。母が「うれしい申し出だけど、わたしはいつも何て言ってる？」と言った。

「人生の荷物は自分で背負いなさい」

「みごと正解」

「それって、レジス・トーマス？」とぼくは訊いた。

「そうよ。わたしたちの家賃を払ってくれてる、レジスおじさま」

「ロアノークの話？」

「それ、訊く必要ある、ジェイミー?」ぼくはくすくす笑った。レジスおじさまが書くのは、全部ロアノークの話だった。それを一身に背負ってきたのだ。

階段で三階まで昇るとアパートメントがふたつあって、その奥の廊下の突き当たりにぼくたちのアパートメントがある。ぼくたちの部屋がいちばん上等だった。3A号室の外にバーケット夫妻がいて、ぼくは良くないことがあったんだとすぐに気づいた。ミスター・バーケットが煙草を吸っていたからだ。彼が煙草を吸うのは見たことがなかったし、だいいち建物内は禁煙だった。その目は血走り、髪の毛が灰色の釘みたいに逆立っていた。ぼくはいつもミスターを付けて呼んでいたけれど、本当はバーケット教授で、ニューヨーク大学《NYU》で立派なことを教えていた。専門はイギリスとヨーロッパの文学だと、あとから知った。ミセス・バーケットはナイトガウンを羽織って素足。そのナイトガウンがすごく薄い生地で、身体が透けて見えるほどだった。

母が言った。「マーティ、どうしたの?」

彼が答えるまえに、ぼくはぼくの七面鳥を見せていた。悲しそうな顔をしていたので元気づけたかったし、自慢の作品でもあったから。「見て、ミスター・バーケット! ぼく、七面鳥を描いたんだよ! ほら、ミセス・バーケット!」絵を自分の顔の前に掲げたのは、彼女の身体を見てると思われたくなかったからだ。

ミスター・バーケットはまるで無関心だった。ぼくの声も聞こえてなかったんだと思う。「ティア、ひどい報らせだ。けさ、モナが死んだ」

母は原稿がはいっていた袋を足の間に落とし、口もとを手で覆った。「なんてこと！　嘘だと言って！」

ミスター・バーケットは声を詰まらせた。「夜、起きてきて水を飲みたいって言ったんだ。私が寝にもどって、けさ、あいつはカウチで上掛けを顎まで掛けていたから、忍び足でキッチンに行ってコーヒーを沸かした。いい匂いがしたら、きっとめ、めを、目を覚ますと思って……」

彼はそこで泣きくずれた。母は怪我したぼくにするように、百歳近い（じつは七十四歳だったと、ぼくはあとから知った）ミスター・バーケットに両腕をまわした。

そのとき、ミセス・バーケットがぼくに話しかけてきた。聞こえづらかったけれど、まだわりとしっかりしていて多少は聞き取れた。「七面鳥は緑じゃないわ、ジェイムズ」

「ぼくのはこれなんだよ」とぼくは言った。

母はミスター・バーケットを抱いたまま、子どもをあやすようにしていた。ふたりはミセス・バーケットの言葉を聞いていなかった。それは声が届かなかったからだし、ぼくの返事を聞いていなかったのは、ふたりが大人のやりとりをしていたからだ。母が慰めるほうで、ミスター・バーケットが泣きじゃくるほうの。

ミスター・バーケットが言った。「ドクター・アレンに来てもらったら、たぶんしょっちゅうだろうって」少なくとも、ぼくにはそう聞こえた。嗚咽まじりだったからはっきりしない。「彼が葬儀屋に連絡してくれて。あいつは運ばれていった。あいつがいなくなって、私はどうしたらいいのか」

ミセス・バーケットが言った。「気をつけないと、私の夫はあなたのお母さんの髪の毛を煙草で燃やしてしまうわ」

そのとおりだった。髪の焦げる、美容室みたいな臭いがした。母は行儀よくなにも言わず、身体を離して相手の煙草を取りあげると、床に落として足で踏みつけた。ぼくはそれがゴミのポイ捨ての最たるもので、最悪だと思ったが黙っていた。いまが特別な状況であることはわかっていた。

それにぼくは、これ以上ミセス・バーケットに話しかけたら、きっとミスター・バーケットが取り乱すと思っていた。母もだ。小さな子どもだって、屋根裏でぬくぬくしているんじゃなければ基本的なことはわきまえている。おねがいします、ありがとうは言うし、人前でおちんちんをぶらぶらさせないし、口をあけたまま物は食べない。いままさに悲しみにくれようとする生きた人間の横に立つ、死んだ人間にはしゃべりかけない。

ただ言い訳として言っておきたいのは、最初に見たとき、ぼくは彼女が死んでいるとは知らなかった。あとになって、その違いがわかるようになってきたけれど、当時のぼくは学びはじめたばかりだった。ぼくが透かし見たのは彼女のナイトガウンで、彼女ではなかった。死んだ人間は生きた人間とよく似ている。ただし、かならず死んだときの服を着ている。

一方のミスター・バーケットはすべてをくりかえしていた。カウチのかたわらの床に座って妻の手を握りながら医者を待ち、葬儀屋《モーティシャン》が来て遺体を運んでいくまでをあらためて母に語った。「しかしてあやつを運び去りぬ《コンヴェイド・ハー・ヘンス》」と彼は口にしたのだが、ぼくは母に説明されるまでわからなかった。最初、〝美容師《ビューティシャン》〟と言ったと思いこんでいたのは、母の髪が燃えた臭いのせいだったかもしれない。おさまっていたミスター・バーケットの泣き声がまた激しくなった。「指輪がなくなった」と涙ながらに言った。「結婚指輪と婚約指輪が両方ともだ。あの大きなダイアモンドが。夜、ベッド脇のテーブルに置いてあるのを見たのに。あのひどい臭いがする関節炎のクリームを手に塗るとき、あいつはそこに置くんだ――」

「あれが厭な臭いがするのよ」とミセス・バーケットは認めた。「ラノリンって、もとは羊の脂なんだけど、それがよく効くの」

ぼくはわかったしるしにうなずいたが、なにも言わなかった。

「――あとは浴室のシンクに、たまに置き忘れたりするから……ぜんぶ探した」

「きっと出てくる」と慰めの言葉をかけた母は、髪も焦げなくなったので、ふたたびミスター・バーケットを抱き寄せた。「出てくるから、マーティ、そんな心配はしないで」

「さびしいよ！　さびしくて仕方がない！」

ミセス・バーケットが顔の前で手をひらひらさせた。「六週間もしてごらん、ドロレス・マゴーワンをランチに誘うわよ」

ミスター・バーケットは泣きじゃくり、母はぼくが膝を擦りむいたりとか、お茶を淹れてあげようとしてお湯を手にこぼしたときみたいになだめようとしていた。つまり、結構うるさかったので、ぼくはそのチャンスを利用したのだが、声は低く落としたままだった。

「指輪をどこにやったの、ミセス・バーケット？　知ってる？」

人は死んだら真実を語らなくてはならない。ぼくは六歳のときにはそれを知らなかった。大人はみんな、生きていようが死んでいようが真実を話すものだと思っていた。あのころはもちろん、『三びきのくま』のゴルディロックスも実在の女の子だと信じていた。馬鹿だと言われてもかまわない。少なくとも、三匹の熊がしゃべるとは思ってなかった。

「玄関のクローゼットのいちばん上の棚よ。奥のスクラップブックの後ろ」

「なんでそんなとこに？」と訊ねたとき、母が不思議そうな表情を向けてきた。母から見ると、ぼくは開いた戸口に話しかけていた……当時はもう母も、ぼくが普通の子とはちがうと気づいていたけれど。セントラルパークのことがあって——いずれお話しするけど楽しいことじゃない——ぼくは母が編集者の友人との電話で、ぼくのことを「頭が変《フェイ》」だと言うのを立ち聞きした。ぼくは心底ぞっとした。なぜって、母がぼくの名前をフェイという女の子の名前に変える気なんじゃないかと思ったからだ。

「自分でもさっぱりわからない」とミセス・バーケットは言った。「そのときはもう脳卒中になってたんじゃないかしら。頭が血で溺れてたのね」

〝頭が血で溺れる〟ぼくはその表現を忘れなかった。

母がミスター・バーケットに、うちに来てお茶を（「それか、もっと強いものを」）いかがと誘ったが、彼は失くした妻の指輪を探すからと断わった。よければ夕食にと思っていた中華のテイクアウトを持っていくけどと訊ねた母に、それはいいね、ありがとう、ティアと答えた。

母はどういたしまして《デ・ナーダ》と返して（母はこれをそうね、そうねや、いいわ、いいわと同じくらいよく使っていた）、六時ごろ、うちでいっしょに食べたくなければ部屋に運ぶからと言った。ミスター・バーケットは、自分のところで食べたいが、ぼくらといっしょがいいと答えた。ただ、実際にはまだミセス・バーケットが生きているかのように〝私たち〟のところでと言ったのだ。彼女はそこにいたけどいなかった。

「そのころには指輪も見つかってるわ」母はそう言ってぼくの手を取った。「さあ、ジエイミー。またあとでミスター・バーケットに会いにいくけど、いまはひとりにしてさしあげるのよ」

ミセス・バーケットが言った。「七面鳥は緑じゃないわよ、ジェイミー、それにその絵は七面鳥に似てないし。塊りから指が突き出してるみたい。あなたはレンブラントになれないわね」

死者は真実を語らなくてはならない。それは疑問にたいする答えを知りたいときにはよくても、まえにも言ったように、真実は最低ということもある。ぼくは怒ろうとしたが、ミセス・バーケットが叫びだして機会を逃した。彼女はミスター・バーケットに向かって言ったのだ。「あなたがズボンの後ろのループにベルトを通してないって、これから誰が気にしてやるの？　ドロレス・マゴーワン？　笑ってブタにでもキスしてやるわ」彼女は夫の頬に……あるいは頬に向けてキスをした。そのどっちだったのか、ぼくにはわからなかった。「あなたを愛していたわ、マーティ。いまでもね」

ミスター・バーケットは上げた片手で、妻の唇がふれた場所が痒くなったかのように掻いた。たぶん本人はそう感じたのだろう。

## 2

　というわけで、ぼくには死んだ人たちが見える。記憶にあるかぎり、いつもそうだった。でも、ブルース・ウィリスのあの映画の世界とはちがう。面白くもあり、ときに怖いこと（セントラルパークの男）、うんざりすることがあるにしても、たいていはただそれだけのこと。左利きだとか、三歳にしてクラシック音楽を弾けるとか、早発型のアルツハイマー病にかかってしまうのと変わらない。このアルツハイマーというのは、伯父のハリーの身に起きたことだった。六歳からすれば四十二歳は年寄りに思えたが、あのころでも、自分が誰かわからなくなるには若い年齢だと理解していた。また物の名前が思いだせなくなることも——ハリー伯父に会いにいくと、なぜかそのことがいちばん怖かった。脳の血管が壊れて心が血に溺れたわけじゃないにせよ、溺れたという意味ではまったく同じだ。

　母とぼくは3C号室へ向かい、家にはいった。そこですこし手間取ったのは、扉に鍵が三個あったから。これはいい暮らしをするための代償だと母は言った。ぼくたちが住んでいた大通りを望む六部屋のアパートメントを、母は〝公園《パーク》の宮殿〟と呼んでいた。

一週間に二度は清掃の女性が来る。母は二番街の駐車場にレンジローヴァーを置いていて、ときどきふたりでスピオンクにいるハリー伯父を訪ねた。レジス・トーマスほか数名の作家の（でも、ほとんどはレジスおじさまの）おかげで、ぼくたちはぜいたくな暮らしをしていた。それはこれから話す気が滅入るような出来事があって、あっけなく終わる。振りかえれば、ぼくの人生はディケンズの小説みたいだと思うことがある。汚い言葉は付いてまわるけれど。

母は原稿のはいった袋とバッグをソファに放り出して腰をおろした。ソファがおならみたいな音をたてて、いつもはそれでふたりして笑うのだが、その日はちがった。母は「くそっ」と吐き棄ててから、待ってとばかりに片手を上げた。「いまのは――」

「なにも聞いてないよ」とぼくは言った。

「よかった。きみがそばにいるときには、毒づくたびに電気ショックが走る襟とか、音が鳴ったりするのを着けてないとだめね。ちゃんと教えてくれるやつ」母は下唇を突き出し、前髪をふっと吹きあげた。「レジスの最新作、あと二百ページも読まなきゃならないのに――」

「今度のタイトルは何なの？」とぼくは訊いた。〝ロアノーク〟がはいっていることはわかっていた。毎回そうだった。

「『ロアノークの幽霊の乙女』。彼の傑作のなかにはいるわね、セッ……キスやハグの場面がいっぱいあって」

ぼくは鼻に皺を寄せた。

「あのね、女性たちは胸がときめいたり、熱い溜息をついたりするのが好きなのよ」母は『ロアノークの幽霊の乙女』がはいった袋を見つめた。原稿はだいたい六本から八本の輪ゴムで留めてあるのだが、そのうち一本がいつも切れて、母の最高の悪態を引き出すのだ。そんな言葉の数々を、ぼくはいまでもよく使う。「でもワインの一杯でも飲まないとやる気が出ないわ。一本でもいいくらい。モナ・バーケットは、それはもう面倒な人だったから、いなくなってよかったのかもしれないけど、いまは彼も打ちのめされてるし。彼に親類がいることを願うばかりよ。だって、わたしが先頭切って慰めるなんてぞっとしない」

「彼女も愛してたんだよ」とぼくは言った。

母は怪訝な顔をした。「そう？　そう思う？」

「ぼくは知ってるんだ。あの人はぼくの七面鳥のことをひどく言ったけど、泣きながら彼のほっぺたにキスしてたから」

「それってきみの想像ね、ジェイムズ」と母は言ったが、どこか気のない口ぶりだった。あのとき、母は感づいていたのだ。ぼくはそう確信しているけれど、大人は信じるのに苦労する。その理由を説明しよう。子どものころにサンタクロースはいんちきで、ゴルディロックスは実在の女の子じゃないし、イースターのウサギなんて嘘っぱちだと気づく——三つだけ例を挙げてみたが、まだある——するとそれがコンプレックスとなって、大人は自分の目に見えないものは信じなくなってしまう。

「ちがうよ、想像じゃないよ。あなたはレンブラントになれないって言われたんだ。レンブラントってだれ？」

「芸術家よ」母はまた前髪を吹きあげた。母が前髪を切ったり、ほかの髪形にしなかった理由がわからない。だって、ほんとにきれいな人だったから。

「むこうに食事しにいったら、きみが見たと思ったことはミスター・バーケットに話さないでね」

「話さないよ。でも、ほんとのことを言われたんだ。ぼくの七面鳥は最低だよ」ぼくはそこに傷ついていた。

それが通じたんだと思う。母が両腕を差し出したのだ。「こっちにおいで」

ぼくは近づいて母を抱きしめた。

「きみの七面鳥は美しいわ。こんなに美しい七面鳥は見たことがない。冷蔵庫にずっと貼っておくからね」

ぼくはまわした手に思い切り力をこめると、顔を肩のくぼみに押しつけて母の香水をかげるようにした。「愛してる、ママ」

「わたしもよ、ジェイミー、ものすごく。じゃあ、遊ぶかテレビを観てて。わたしは何本か電話をしたら、中華料理を注文するわ」

「わかった」ぼくは部屋に行きかけて足を止めた。「指輪は玄関のクローゼットのいちばん上の棚にあるって。スクラップブックの奥に」

母は口をぽかんとあけてぼくを見つめた。「どうしてそんなとこに置いたのかしら」

「訊いてみたけど、自分でもわからないって。そのときは頭が血で溺れてたって言ってた」

「なんてこと」と母はつぶやき、片手を首に置いた。

「中華を食べるときに、うまく伝えるように考えたほうがいいよ。ミスター・バーケットが心配しないように。ツォ将軍のチキンにしてくれる？」

「ええ。それとブラウンライスね、白じゃなくて」

「そう、そう」と答えたぼくはレゴで遊ぶことにした。ロボットをつくりかけていたのだ。

# 3

バーケット夫妻のアパートメントは、ぼくたちのところより狭かったが素敵だった。

夕食のあと、フォーチュンクッキーを食べているときに（ぼくのクッキーには、〝手のなかにある一枚の羽根は、空を飛ぶ一羽の鳥にまさる〟と意味不明なことが書いてあった）、母が「クローゼットは探した、マーティ？　指輪の話だけど」と切り出した。

「あいつがなんで指輪をクローゼットに置くんだ？」もっともな疑問だった。

「だって、脳卒中の発作に襲われたら、頭が朦朧とするんじゃないかしら」

ぼくたちはキッチンの隅の小さな円テーブルで食事をしていた。カウンターのスツールに腰かけたミセス・バーケットが、母の言葉に力強くうなずいていた。

「探してみようか」とミスター・バーケットは言った。あやふやな口調だった。「いまは疲れてるし、気分も落ち着かない」

「元気が出たら、寝室のクローゼットを探してみて」と母は言った。「わたしはいまから玄関のほうを見てみるわ。酢豚を食べたあとは、すこし身体を伸ばしたほうがよさそう」

ミセス・バーケットが言った。「彼女、これを自分で思いついたの？　そんなにお利口さんだとは知らなかった」すでに言葉が聞こえにくくなっていた。しばらくしたら分厚いガラスのむこうにいるように、声がまったく聞こえなくなって動く唇だけが見えるようになる。そうなったら、じきに姿も消えてしまう。

「ぼくのママはけっこう利口だよ」とぼくは言った。

「そうじゃないなどと言った憶えはないが」とミスター・バーケットが言った。「これで玄関のクローゼットであの指輪を見つけたら、私は帽子を食べてみせよう」

そのとき、母が「大当たり！」と声をあげ、伸ばした手のひらに指輪をのせて部屋にもどってきた。結婚指輪はごく普通のものだったが、婚約指輪のほうは目の玉ぐらい大きかった。本物のダイアモンドだった。

「なんてこった！」とミスター・バーケットは叫んだ。「いったいどうして……？」

「聖アントニウスにお祈りしたの」母はそう言いながら、ぼくに目配せした。そして頰笑んだ。「『トニー、トニー、どうか現われて！　失せものを見つけなくてはなりません！』って。そしたらほら、このとおり」

ぼくはミスター・バーケットに、帽子に塩こしょうをふりたくなったでしょ、と訊こうとしてやめた。いまはふざける場面じゃなかったし、母の口癖のように——生意気は嫌われる。

# 4

　葬儀は三日後におこなわれた。ぼくは初めての経験で興味深かったけれど、いわゆる楽しいものではなかった。少なくとも、母が先頭切って慰めることはなかった。ミスター・バーケットにはその役を担う妹と弟がいた。ともに老いてはいたが年下にはちがいない。ミスター・バーケットは式のあいだ泣きどおしで、妹がしきりにクリネックスを手渡していた。彼女のハンドバッグはティッシュで満杯だったんじゃないだろうか。ほかに物を入れる余地があったとは思えない。

　その晩、母とぼくは〈ドミノ〉のピッツァを食べた。母はワインを飲み、ぼくは葬儀でいい子にしていたので、ご褒美のクールエイドのジュースにありついた。ピッツァが最後のひと切れになったとき、母が、あそこにミセス・バーケットはいたと思うかと訊いてきた。

「うん。牧師さんと彼女の友だちが話してた場所に行く段々に座ってた」

「説教壇よ。もしかして……」母は最後のひと切れを手にして眺めると、また元にもどしてぼくを見た。「透けて見えるの?」

「映画の幽霊みたいにってこと？」

「ううん。つまりはそういうこと」

「ううん。ずっとそこにいたけど、ナイトガウンを着たままだった。見えてびっくりした、だって三日まえに死んだんだよ。ふつうはそんなに長くいないから」

「ただ消えるわけ？」母は頭のなかを整理しているようだった。そんな話をしたがってはいなかったと思うけれど、ぼくは話してくれたことに喜んでいた。ほっとした。

「うん」

「彼女は何してた、ジェイミー？」

「ただ座ってただけ。一度か二度、自分の柩《ひつぎ》を見てたけど、ほとんどは彼を見てた」

「ミスター・バーケットを。マーティをね」

「そうだよ。一回何か言ったんだけど聞こえなかった。死ぬと、人の声ってわりとすぐに聞こえなくなっていくんだ、カーラジオの音楽の音を絞ってくみたいに。そのうちぜんぜん聞こえなくなっちゃう」

「そしていなくなるのね」

「そう」とぼくは言った。喉が詰まった感じがしてクールエイドを飲み干した。「いなくなる」

「片づけを手伝って。それから『秘密情報部トーチウッド』を観ようか、もし観たいんだったら」

「うん、最高だね！」ぼくの意見では、『トーチウッド』は最高じゃなかったが、いつもより一時間夜更かしできるのは最高だった。

「いいわ。これがいつものことじゃないってわかってくれるんだったら。でもそのまえに話があるの、とっても大事な話、だからよく聞いてほしい。ちゃんと聞くのよ」

「わかった」

母はふたりの顔の高さがだいたい同じになるように片膝をつくと、ぼくの肩をやさしく、でもしっかりとつかんだ。「死んだ人が見えることは誰にも言っちゃだめよ、ジェイムズ。ぜったいに」

「信じてくれる人なんていないよ。ママだって信じなかったし」

「わたしはぼんやり信じてる。セントラルパークのあの日から。憶えてるでしょう？」

母は前髪を吹きあげた。「当然よね。忘れるはずがないわ」

「憶えてる」できるなら忘れたかった。

母は片膝をついたまま、ぼくの目をじっと覗きこんだ。「だから、そういうこと。人が信じないのはいいことだわ。でもいつか信じる人が出てくるかもしれない。そうなったら悪い噂がひろまったり、危ない目に遭ったりすることもあるから」

「どうして？」

「昔から死人に口なしって諺があるのよ、ジェイミー。でも、きみにはしゃべるんでしょ？　死んだ男や女が。彼らは質問に答えなくちゃならない、真実の答えを言わなきゃならないわけよね。死ぬことがペントタールナトリウムを射たれるみたいな感じで」

ぼくにはその意味がちんぷんかんぷんで、母もぼくの顔を見てそれに気づいたにちがいない。というのも母は、そこは気にしなくていいから、指輪のことを訊ねたミセス・バーケットが何て答えたか思いだしてと言ったのだ。

「それで？」母のそばにいるのは好きだったけれど、そんなふうにじっと見つめられるのは苦手だった。

「あの指輪は高価なものよ、とくに婚約指輪はね。人は秘密をかかえて死んでいくの、ジェイミー、そしてその秘密を知りたがる人ってかならずいるから。脅かすつもりはないけど、怖がることだけが教訓になったりもするの」

セントラルパークの男の人が、車には気をつけて、自転車に乗るときはかならずヘルメットをかぶるって教訓になったみたいに、とぼくは思った……でも言わなかった。

「話さないよ」とぼくは言った。

「ぜったいに。わたしにはいいけど。必要なときには」

「わかった」

「よかった。ふたりの間で了解ができた」

母が立ちあがり、ぼくたちはリビングルームに行ってテレビを観た。番組が終わると、ぼくは歯をみがき、おしっこをして手を洗った。母はベッドに寝かせたぼくにキスして、いつもの言葉を口にした。「甘い夢を、楽しい休息を、ベッドぜんぶにふとんをぜんぶ」

夜といえば、たいてい朝まで母の顔を見ることはなかった。ワインの二杯め（か三杯め）を注ぐグラスの音がして、そのうちジャズが低く流れ、母は原稿を読みはじめる。母にも並はずれた感覚があるんじゃないかと思うのは、その晩、ぼくのところにもどってきてベッドに腰をおろしたからだった。もしかすると、ぼくの泣き声を聞きつけたのかもしれない。ぼくとしてはそれを押し殺そうと一所懸命だったのだけれど。なぜって、これも母の口癖だが、問題を起こすより、解決にまわるほうが偉いから。

「どうしたの、ジェイミー？」母はぼくの髪の毛を撫でつけながら訊いた。「お葬式のことを考えていたの？　それともミセス・バーケットがいるの？」

「ママが死んだら、ぼくはどうなるの？　孤児院で暮らすことになる？」ハリー伯父さんといっしょなんてありっこない。

「まさか」母はぼくの髪を撫でつづけていた。「そういうのを思い過ごしって言うのよ、ジェイミー、だってわたしはまだ死なないもの。わたしは三十五歳、人生はこの先半分以上もあるんだから」

「ママがハリー伯父さんみたいになって、あそこでいっしょに暮らすことになったらどうする？」涙が流れ落ちていった。母におでこをさすられて気分はよくなったものの、なぜか余計悲しくなった。「あそこは臭いよ。おしっこの臭いがする！」

「そんなことになったりする可能性はほんのちっぽけよ、アリの隣りに置いたら、アリがゴジラに見えるくらい」と母に言われて、ぼくはすこし笑って気持ちも晴れた。年を重ねたいまのぼくには、母が嘘をついていたか、誤った情報を口にしたのだとわかるのだが、ハリー伯父の病気——早発型アルツハイマー——の引き金をひいた遺伝子は、さいわいなことに母を避けてくれた。

「わたしは死なないし、あなたも死なない、それにあなたの変わった才能は、年とともに薄れていく可能性が高いと思うの。だったら……いいんじゃない？」

「いいね」

「もう泣かないの、ジェイミー。いいから、甘い夢を——」

「楽しい休息を、ベッドぜんぶにふとんをぜんぶ」とぼくが後を引き取った。

「そうよ、そうよ」母はぼくのおでこにキスして部屋を出ていった。いつもやるように、ドアをすこしだけ開いて。

ぼくは泣いた理由が葬儀のことじゃなく、ミセス・バーケットのことでもないと母には話したくなかった。ミセス・バーケットのことはべつに怖くなかった。たいていの死者は怖くない。でも、ぼくはセントラルパークの自転車の男が死ぬほど怖かった。あれはエグかった。

# 5

ぼくたちは八六丁目の横断道路を車で走って、ブロンクスのウェイヴヒルに向かっていた。そこで幼稚園の友だちの豪華な誕生パーティが開かれることになっていた（「これが子どもをだめにするのよ」と母は言った）。ぼくはリリーへのプレゼントを膝に抱えていた。カーブを過ぎると、通りに群がる人が見えた。いましがた事故が起きたらしい。男が車道と歩道にまたがるように倒れ、そのかたわらにねじ曲がった自転車があった。誰かが男の上半身にジャケットを掛けた。下半身は赤いストライプがはいった黒のバイクショーツに膝あてを着けて、スニーカーは血まみれだった。靴下と脚も赤く染まっていた。サイレンの音が近づいてきた。

男の隣りに、同じショーツに同じ膝あての同じ男が立っていた。白髪に血がついていた。顔が真ん中でへこんでいたから、縁石にぶつけたんだと思う。鼻が二個に分かれたみたいになっていたし、口もそうだった。

車が停まりだして、母が言った。「目をつむって」母はもちろん、地面に倒れた男を見ていた。

「死んでるよ！」ぼくは声をあげた。「あの人、死んでる！」

ぼくたちの車も停まった。停まるしかなかった。前に車が詰まっていたからだ。

「ちがう」と母は言った。「あの人は眠ってるだけ。激しくぶつかったりすると、そうなることがあるの。あの人は大丈夫。だから目を閉じてなさい」

ぼくは言うことを聞かなかった。ぼろぼろになった男が片手を挙げ、ぼくに手を振った。彼らはぼくが見ていることがわかる。いつでもそうだ。

「顔がふたつに割れてる！」

もう一度確かめようとした母は、男が腰まで覆われているのを目にして言った。「自分で怖くなるようなことは言わないの、ジェイミー。いいから目を――」

「あそこにいる！」ぼくは指さした。その指はふるえていた。すべてがふるえていた。

「あ、あ、あそこだよ、自分の隣りに立ってる！」

それで母は怯えた。きつく引き結んだ唇でわかった。片手をクラクションの上に置いた。反対の手で窓を下ろすボタンを押し、前で停まっている車に手を振りあげた。「行って！」と叫んだ。「動いて！　いつまでも見てるんじゃないわよ、こいつは映画なんかじゃないんだから！」

車列は動きだしたが、すぐ前の一台だけがその場に居残った。その車の男は身を乗り出し、携帯で写真を撮っていた。母は相手のフェンダーにぶつけた。むこうが中指を立てた。母はバックして別の車線に車を出した。ぼくも中指を突き立ててやりたかったけれど、興奮しすぎていた。

母は反対から来た警察の車をきわどく避けると、出せるかぎりの速度で公園の反対側をめざした。そこまで行き着く手前で、ぼくはシートベルトをはずした。母がやめなさいと叫んだが、ぼくはかまわず窓を下ろすとシートに膝をつき、顔を外に出して車のサイドにぶちまけた。どうしようもなかった。母はセントラルパーク・ウェストに出たところで車を脇に停め、着ていたブラウスの袖でぼくの顔を拭いた。母がそのブラウスをふたたび着ることはあったかもしれないが、だとしてもぼくには記憶がない。

「ジェイミーったら。顔が真っ青よ」

「我慢できなかったんだ」とぼくは言った。「あんな人、見たことなかったし。骨が突き出してた、鼻がなくて……」そこでまた吐いたが、どうにか車内を避けて道にもどすことができた。それに量も多くなかった。

母はクラクションを鳴らして追い越していった車（たぶん、ぼくたちに指を突き立ててきた男）を無視して、ぼくのうなじをさすった。「いい、それはあなたの想像よ。身体が覆われてたんだから」

「倒れてた人じゃなくて、横に立ってた人だよ。ぼくに手を振ったんだ」

母はしばらくぼくのことを見つめて、何かを言おうとしていたが、結局ぼくのシートベルトを留めた。「パーティは休んだほうがよさそうね。それでどう？」

「いいよ。リリーは好きじゃないし。お話の時間にこっそりつねってきたりするから」

ぼくたちは家に帰った。ココアなら平気かと訊かれて、ぼくはうんと答えた。ぼくたちはリビングルームでココアを飲んだ。リリーのプレゼントはまだ持っていた。セーラー服を着せた小さな人形だ。翌週にそれを渡したら、リリーはつねる代わりにぼくの口にキスしてきた。それで周囲にはやしたてられたけれど、ぜんぜん気にならなかった。

ココアを飲んでいるときに（母は自分のカップに何かを足していたかもしれない）、母が切り出した。「わたしはね、妊娠してるとき、自分の子どもにはけっして嘘をつかないって誓いを立ててここまで来たの。ええ、あの人はたぶん死んでたわ」そこで息をつくと、「いいえ、あの人は間違いなく死んでた。ヘルメットをかぶってても助からなかったと思う、どこにもヘルメットは見当たらなかったけど」

たしかに、彼はヘルメットをかぶっていなかった。事故に遭ったときに（ぶつかったのはタクシーだと、あとで知った）ヘルメットをかぶっていたら、死体の脇に立っていた彼もかぶっていたはずなのだ。彼らはかならず死んだときの恰好をしている。

「でも、あなたは彼の顔を見たって想像しただけよ。見えるはずがないもの。誰かがジャケットで覆ってあげたの。とっても親切な人がね」

「あの人、灯台《ライトハウス》の絵がついたTシャツを着てたよ」ぼくはそう言って、別のことを思い浮かべた。ほんのちょっと楽しげなことだったけれど、あんな出来事があったあとには、その程度のことしかできないんじゃないだろうか。「けっこう年取ってたのに」

「なんでわかるの？」母は訝しそうにぼくを見ていた。思えば、母はこのとき信じはじめたのだ。少なくとも、ちょっとだけ。

「髪が白かったんだ。血がついてたとこもあったけど」

ぼくはまた泣きだした。母が抱きしめて揺すってくれて、いつしかぼくは眠っていた。そう、怖いことを考えているときは、母親がそばにいてくれるにかぎる。

家に〈タイムズ〉紙が届いた。母はそれを朝食のテーブルで、バスローブ姿で読むのが習慣だったが、セントラルパークの男のことがあった翌日は原稿を読んでいた。朝食がすむと着換えなさいと言われて、たしか〈サークルライン〉の観光船に乗ろうとしていたから、土曜日のことだったんじゃないか。セントラルパークの男が死んで最初の週末だと思った記憶がある。あのときのことがまた甦ってきた。

ぼくは母の言うとおりにしたが、まずは母がシャワーを浴びているあいだに彼女の寝室へ行った。ベッドに新聞が置かれていて、〈タイムズ〉の著名人の死を報じるページが開いてあった。そこにセントラルパークの男の写真が載っていた。男の名はロバート・ハリスン。ぼくは四歳にしてすでに三年生レベルの読む力があって、母もそれをずいぶん自慢にしていたし、記事の見出しに難解な単語はなかったから全部読めた。**ライトハウス財団のCEOが交通事故で死去**

その後もぼくは死者を何人か目にして——生死は隣りあわせというのは、人の思いより真実に近い——母に何かを告げたりもしたけれど、動揺させるのが厭でほとんど話さなかった。あらためてその話をふたりでしたのは、ミセス・バーケットが死んで、母がクローゼットに指輪を見つけてからだった。

あの晩、母が部屋を出ていってから、ぼくは眠るまいと思った。もし寝てしまったら、顔が割れて鼻から骨が突き出たセントラルパークの男のことか、柩におさめられながら、説教壇につづく階段に座りこんでぼくにしか見えない母の姿が夢に出てくるんじゃないかと。でも思いだすかぎり、ぼくはなんの夢もみなかった。翌朝起きると気分はすっきりしていて、母もご機嫌で、ふたりでときどきやるように冗談を言いあった。母がぼくの七面鳥を冷蔵庫に貼って大げさなキスをするのも可笑しかったし、学校に送ってもらってからはミセス・テイトが恐竜の話をしてくれたりで、普段の悪くない人生が二年間つづいた。そしてすべてが崩れ去った。

# 6

状況が悪化していると母が気づいたのは、ぼくが立ち聞きしていた電話で、彼女が友人の編集者アン・ステイリーとハリー伯父の話をしているときのことだった。母はこう言った。「あの人、ボケるまえからおかしかった。いま思うとね」

六歳ならわからなかっただろう。でも当時、八歳から九歳になろうとしていたぼくには一部が理解できた。母は早発型アルツハイマーが伯父の脳を夜中の泥棒のように盗んでいく以前から、伯父本人を——そして母を——おとしいれた窮地について話していた。ぼくはもちろん母と同じ意見だった。なにしろ彼女がぼくの母親で、ぼくたちはふたりのチームで世間に対抗していたからだ。ぼくは厄介に引きずりこんだハリー伯父を憎んだ。のちに十二歳か、あるいは十四歳になって初めて、ぼくは母にも責任があったことを知った。まだ時間があるうちに脱け出せたかもしれない、いやきっと脱け出せたはずなのに、母はそれをしなかった。〈コンクリン文芸エージェンシー〉を創立したハリー伯父と同じく、母は本のことはよく知っていたけれど、お金に関する知識は乏しかった。

　母は二カ所から警告も受けていた。ひとつは友人のリズ・ダットンから。リズはニューヨーク市警《NYPD》の刑事で、レジス・トーマスのロアノーク・シリーズの大ファンだった。母はシリーズの一冊の出版記念パーティで出会った彼女と意気投合した。それは結局、あまりいいことじゃなかった。あとで書くことにするが、ここではリズが母に、〈マッケンジー・ファンド〉の話が出来すぎていると言ったとだけ述べておく。たしかミセス・バーケットが亡くなったころのことで、はっきりはしないのだけれど、ぼくらのところもふくめて経済が破綻した二〇〇八年の秋よりまえの話だ。

　ハリー伯父は大型船が停泊する九〇番埠頭近くの洒落たクラブで、よくラケットボールをやっていた。いっしょにプレイしていた友人のブロードウェイのプロデューサーが、伯父に〈マッケンジー・ファンド〉のことを話した。この友人はファンドを大儲けの道具と呼び、ハリー伯父はそれを真に受けた。当然じゃないだろうか。彼はそれこそ何兆億年にもわたって無数のミュージカルをブロードウェイに掛け、さらに全国で上演してロイヤリティをがっぽり手にしていたのだ（ぼくにはその正確な額がわかった――なにせ文芸エージェントの子どもなので）。

　詳細を調べたハリー伯父はファンドで働いていたある大物に声をかけ（ジェイムズ・マッケンジー本人と話さなかったのは、その巨大な仕組みのなかで、しょせんハリー伯父は小物だったから）、相当な金を投資した。利益が揚がり、伯父はさらに注ぎこんだ。またさらに。伯父がアルツハイマーになって――病状は坂を転げ落ちるように悪化した

――口座をすべて引き継いだ母は、〈マッケンジー・ファンド〉と手を切るどころか投資額をふやした。

当時、契約関係を手伝ってくれていた弁護士のモンティ・グリシャムから、これ以上の投資はやめて、状況がいいうちに引き揚げたほうがいいという話があった。それがもうひとつの警告で、母が〈コンクリン・エージェンシー〉を継いでまもなくのころだ。グリシャムはうまい話にはきっと裏があると言った。

ぼくはいま、自分が知ったことすべてをちょっとずつお話ししている――たとえば、立ち聞きした母と編集者の会話とか。みなさんはきっとお気づきのはずで、〈マッケンジー・ファンド〉が壮大な投資詐欺《ポンジ・スキーム》だったことは言うまでもない。これはマッケンジーと陽気な盗賊一味が何百万という金を集め、高額配当を謳いながら投資資産をかすめ取る仕組みなのだ。選ばれたごく少数の人間だけがこのファンドに参加できると言葉巧みに誘いを持ちかけ、新たな出資者をつぎつぎ引き入れていくことでつづいていく。実際には、選ばれたごく少数とは何千人もいて、ブロードウェイのプロデューサーから裕福な未亡人までが、ほぼ一夜にしてその富を失うことになった。

こういった詐欺は配当に満足した投資家が、ファンドへの初期投資にくわえて追加出資をすることで成り立つ。当面はよかったが、二〇〇八年に経済が破綻して、ファンドの参加者の大半が返金を求めたときにはもう金がなかった。ポンジ・スキームの帝王、バーニー・マドフにくらべるとケチくさいマッケンジーだったが、大物バーニーともそれなりに張りあおうとした。集めた額は二百億ドル、それでマッケンジーの口座には千五百万しか残っていなかった。彼が投獄されたのはよしとしても、母はときおり、「根性で食料は買えないし、復讐で支払いはできない」とぼやいた。

「わたしたちは大丈夫、大丈夫よ」マッケンジーがニュース番組や〈タイムズ〉で取りあげられるようになると、母は言った。「心配しないで、ジェイミー」でも、目の下の隈は母がひどく心配していることを物語っていたし、それだけ心配する理由もあった。

あとから知ったことだが、母の手持ちの資産は、彼女とぼくの保険証券もふくめて約二十万しかなかった。帳簿上の負債となると、それは知らないほうがいいと思う。いま一度思い起こしてほしいのは、ぼくたちの住むアパートメントはパーク・アヴェニューに、エージェンシーのオフィスはマディソン・アヴェニューにあったこと。そしてハリー伯父が生活する（「あれを生活って呼ぶならね」と言う母の声が聞こえてきそうだ）パウンド・リッジの長期介護施設は、想像どおりに費用が高くついた。

母の最初の行動はマディソンのオフィスを閉じることだった。それからしばらく、母は〝パークの宮殿〟を仕事場にしていた。例の保険証券を、兄の分も合わせて現金化して家賃を前払いしたものの、それも八カ月か十カ月しか保たなかった。母はスピオンクのハリー伯父の家を貸しに出した。レンジローヴァーを売り払い（「都会で車は必要ないよね、ジェイミー」と母は言った）、トマス・ウルフの『天使よ故郷を見よ』のサイン本をふくむ初版本の山を手放した。ウルフの本は半値にしかならなかったと母は嘆いた。多くの書籍商が母と同じく金に困って、希少本のマーケットも低迷していたのだ。アンドリュー・ワイエスの絵も同じ運命だった。母は毎日、ジェイムズ・マッケンジーは盗っ人で金に汚い最低なゲスの切れ痔野郎だと毒づいた。ときにはハリー伯父のことも、年末にはゴミ回収容器の裏で暮らすんだからいい気味だと罵ったりした。公平を期すために言うと、後に母も、リズやモンティに耳を貸さなかった自分に悪態をつくようになった。

「まるで夏じゅう働かずに遊びまわってたキリギリスの気分だわ」と母はある晩、ぼくに言った。二〇〇九年の一月か二月のことだと思う。あのころはたまにリズが泊まりにくることがあったけれど、その夜はいなかった。もしかすると、このとき初めて母の可愛らしい赤毛に白いものを見つけたのかもしれない。あるいは母が泣きだして、今度はこっちが慰める番なのに、たかが子どもにはそのやり方もわからなかった記憶がある。

その夏、ぼくたちは〝パークの宮殿〟を出て、十番街のずっと小さな場所に引っ越した。「ぼろ家じゃないし」と母は言った。「家賃も手ごろだし」それから、「街を出るなんてありえないから。そうなったら白旗よ。クライアントが離れちゃう」

当然、エージェンシーも移転した。オフィスは、こんな惨めったらしいことにならなければぼくの寝室になるはずの場所だった。ぼくの部屋はキッチンに隣接したアルコーブだった。夏は暑くて冬は寒かったけれど、少なくともいい匂いがした。パントリーに使われていたんだと思う。

母はハリー伯父をベイヨンの施設に移した。そこをよく言う者は少なかった。いい点がひとつあったとすれば、哀れなハリー伯父には、どのみち自分の居場所がわからなかったことだろう。きっと、ベヴァリー・ヒルトンにでも泊まってる気分でパンツを濡らしていたはずだ。

二〇〇九年と二〇一〇年の出来事でほかに憶えているのは、母が髪を切るのをやめたこと。友人とのランチもしなくなり、どうしても必要なエージェンシーのクライアントとだけ食事をした（請求書で首がまわらなかったから）。新しい服はめったに買わず、買うのはもっぱらディスカウントストアだった。それにワインを飲む量がふえた。一気に。友人のリズ——レジス・トーマスのファンで、刑事であることはすでに話した——と、ふたりして泥酔することもあった。そんな翌日には、母は赤い目をしてぎすぎすして、パジャマ姿でオフィスに出入りした。ときどき、「クソみたいな日々がもどってきた、空はまたうっとうしくて」と歌った。あのころは学校へ行くのが救いだった。もちろん公立の学校だ。ジェイムズ・マッケンジーのおかげで、ぼくの私立の日々は終わった。

そんな暗闇のなかにも幾筋かの光は射した。希少本のマーケットはどん底だったかもしれないが、人々はまた普通の本を——逃避用の小説と自己啓発本を読みだしていた。それは率直に言うと、二〇〇九、一〇年には多くの人が自分を助ける必要にせまられていたからだ。母は大のミステリー読者で、ハリー伯父から仕事を受け継いで以来、コンクリン厩舎のその部分を築いてきた。すでにミステリー作家を十人から十二人ぐらいは抱えていた。作家たちは男女とも大物とはいえないまでも、その売り上げの十五パーセントがはいってきて、新しいわが家の家賃と光熱費をまかなうことができた。

さらにノースカロライナの図書館司書、ジェーン・レイノルズがいた。彼女から『死の紅』というミステリー小説が勝手に送られてきて、それを読んだ母は絶賛した。その出版権をめぐってオークションとなり、大手の会社がこぞって参加した結果、権利は二百万ドルにまで競りあがった。その額のうち三十万ドルを手に入れたことで、母にふたたび笑顔がもどってきた。

「パーク・アヴェニューにもどる道のりは長いし、ハリー伯父さんが掘った穴から脱け出すまで、まだずいぶん登らなくちゃいけないけど、なんとかやれそうな気がしてきたわ」

「パーク・アヴェニューには帰りたくないよ」とぼくは言った。「ここが好きなんだ」

母は笑ってぼくを抱きしめた。「きみはいい子ね」と言って、腕の長さのぶんだけ距離を置いてぼくのことをじっと見つめた。「もうそんなに小さくないけど。わたしが何を望んでいるかわかる?」

ぼくは首を振った。

「ジェーン・レイノルズが一年に一作書くこと。『死の紅』が映画になること。それがどっちも駄目でも、レジス・トーマスおじさまと彼の〈ロアノーク・サーガ〉がある。

彼はわたしたちの王冠の宝石よ」

結局、『死の紅』は大嵐が来るまえの最後の光芒みたいなものだった。映画化されることはなく、本を競り落とした出版社としては、たまにあることだが目論見がはずれた。本が失敗しても、こちらの懐は痛まなかった——お金は払われたので——しかし別件もあって、例の三十万は風に舞う塵のように消えていった。

まず、母の親知らずが化膿した。まとめて抜かざるをえなくなった。これが痛手だった。それにハリー伯父、まだ五十歳にもなっていない足手まといのハリー伯父が、ベイヨンの介護施設で転倒して頭蓋骨を折った。ずっと大きな痛手だった。

母は本の契約関係を見てくれていた（そして、うちのエージェンシーから相当な手数料をむしっていた）弁護士に相談した。そこで過失責任訴訟が専門の弁護士を紹介された。この弁護士から訴訟の根拠は充分と言われてその気になったのに、事件が法廷へ行くまえにベイヨンの施設が破産宣告をした。で、この件で儲けたのは転倒事故専門のおしゃれな弁護士だけで、彼は四万ドルにわずかに欠ける額を銀行口座に入れた。

「あれに費やした労働時間、屁のつっぱりにもなんない」ある晩、リズ・ダットンと二本めのボトルを飲んでいるとき、母はそう言った。リズが笑ったのは自分の四万ドルじゃなかったから。母が笑ったのは酔っていたから。ぼくひとり、その面白さがわからなかったのは、弁護士の報酬だけの問題じゃなかったから。ぼくたちはハリー伯父の医療費も背負っていた。

とどめを刺したのは、ハリー伯父が税金を滞納していた件で、母が内国歳入庁《IRS》の追及を受けたことだった。伯父は別の伯父《アンクル》——サム——をうまく言いくるめて、浮いた金を〈マッケンジー・ファンド〉に突っ込んでいた。そして残ったのはレジス・トーマス。

われらが王冠の宝石。

# 7

確認してほしい。

二〇〇九年の秋。オバマが大統領で、経済はゆっくり回復に向かっている。ぼくたちはそうでもなかったけれど。三年生のぼくがミズ・ピアースに指されて、黒板で分数の問題を解いていたのは、ぼくがそういうのを得意にしていたから。なぜって、ぼくは七歳のころからパーセンテージの計算をやっていたのだ——文芸エージェントの子だけに。後ろで座っている子どもたちは、感謝祭とクリスマスにはさまれたちょっと特別な時期だったから、なんだかそわそわしている。出された問題はトーストに柔らかいバターを塗るみたいに簡単で、もう計算が終わるというときに教頭のミスター・ハーナンデスが教室に顔を覗かせる。彼とひそひそ言葉を交わしたミズ・ピアースが、やがてぼくに向かって、廊下に出なさいと声をかける。

廊下にいたのは母で、グラスに注いだミルクみたいに顔が白い。スキムミルクみたいに。ぼくは最初、役立たずの脳を護るため頭蓋にスチールのプレートを入れたハリー伯父が死んだのかと思った。罰当たりな話だけれど、だったら経費の節約になるじゃないかって。でもぼくが訊ねると、ハリー伯父さんは――そのころはピスカタウェイにある三流の介護施設にいて（イカれた脳死状態の開拓者よろしく、伯父は西へ西へと移っていた）――元気よ、と母は答えた。

母に急かされて廊下を歩いたぼくは、その先の質問もできずに校舎を出た。親が子どもを送り、午後には迎えにくる黄色の縁石のあたりに、フォードのセダンが駐まっている。ダッシュボードに円いライトが目立つ。そのフォードの脇に、胸に〈ＮＹＰＤ〉と記されたブルーのパーカ姿で立っていたのがリズ・ダットン。

車のほうに追い立てようとする母に、ぼくは逆らって動くまいとする。「どういうことなの？」とぼくは訊く。「教えてよ！」泣いてはいないが涙があふれそうだった。〈マッケンジー・ファンド〉のことがあってからは悪い報らせばかり多くて、もう耐えられないと思いながらも受け入れた。レジス・トーマスが死んだ。

われらが王冠の宝石がはずれて落ちた。

# 8

ここで立ちどまってレジス・トーマスのことを話さなくてはいけない。母はよく、作家という連中は闇のなかで光る糞みたいに奇抜だと話していたが、ミスター・トーマスはその典型だった。〈ロアノーク・サーガ〉――と本人が命名したシリーズ――は、彼が死んだときには九巻まで出ていて、どの一冊を取っても煉瓦のように分厚かった。「レジスおじさまは、いつも山盛り一杯出してくるのよ」と母は言った。ぼくは八歳のとき、オフィスの書棚から第一巻の『ロアノークの死の沼地』をこっそり抜き出して読んでみた。問題なく読めた。ぼくは数学や死んだ人を見るのと（こっちは事実としても自慢じゃない）同じくらい読書が得意だった。それに、『死の沼地』は『フィネガンズ・ウェイク』とはちょっとちがう。

書き方がひどいと言うつもりじゃない。そんなふうには受け取らないでほしい。この作家には物語を語る力がある。冒険たっぷり、怖い場面が（とくに『死の沼地』では）ふんだんに描かれ、宝探しがあって、古き良きS－E－Xの場面も盛りだくさんだった。

ぼくはこの本で、たぶん八歳の子どもが知るべきじゃないシックスティナインの本当の意味を学んだ。ほかにも学んだことがある。あとから腑に落ちたのだが、母の友人のリズが泊まっていたあの当時の夜のことだ。

『死の沼地』には約五十ページに一回セックスシーンが出てきて、そこには飢えたワニが足もとを徘徊するなか、木の上でするというのもあった。言ってみれば、『フィフティ・シェイズ・オブ・ロアノーク』かな。十代前半のぼくは、マスをかくことをレジス・トーマスから教わった。それは無駄な情報だとしても、素直に受け取ってほしい。

物語はたしかにサーガで、同じ登場人物で話が継続していた。金髪で優しい目をした勇者たち、狡猾な目を光らせるいかがわしい男たち、気高きインディアン（後の巻では気高きネイティブアメリカンになった）、固く突き出した胸を持つ美女。その全員が全員──善も悪も、突き出した胸も──みんなスケベだった。

シリーズの核心にあって読者を（決闘、殺し、セックス以外で）惹きつけたのが、ロアノークの居住者全員が姿を消した裏にひそむ壮大な謎である。それは悪の親玉ジョージ・スレッドギルのせいだったのか。ロアノークの地下に埋もれた古代都市には、先人の叡智が詰まっていたのか。マーティン・ベタンコートが息絶えるまえに発した、「鍵は時間だ」の言葉の真意は何なのか。廃墟となった砦に彫られているのが発見された、〝クロトアン〟という謎めいた言葉の意味とは？　何百万という読者が、そうした疑問への答えを待ち焦がれていた。そんなの信じられないという遠い未来の人間にたいして、ぼくなら単純に、ジュディス・クランツかハロルド・ロビンズの書いたものを探してみたらと勧める。彼らの作品にも読者が何百万もいる。

レジス・トーマスの登場人物たちは型にはまっていた。もしかすると、願望を充足させるためだったのかもしれない。作家自身は皺だらけの小男で、顔がすこしでも女性の革財布に見えないようにと著者写真を頻繁に変えていた。ニューヨークシティに出てこなかったのは、出てこられなかったから。邪悪な沼地を切り開き、決闘をおこない、星の下で運動選手ばりのセックスをする恐れ知らずの男たちを描く当の本人は、孤独に暮らす外出恐怖症の独り者だった。しかも、自著にたいしては極度の被害妄想を抱えていた（と母は言っていた）。最初の二巻が、ベストセラーリストのトップに何カ月も留まるような大きな成功をおさめてからというもの、原稿整理の編集者もふくめて、刊行までその中身を見る者はいなかった。自分が書いたものを一字一句そのまま出版するように求めていたのだ。

トーマスは年に一冊ペースの著者（文芸エージェントにとっての黄金郷《エルドラド》）ではなかったが頼もしい存在で、〈ロアノーク〉を冠した本は二、三年ごとに一冊は世に出ていた。最初の四巻はハリー伯父の時代の、つぎの五巻は母の時代の刊行で、例の『ロアノークの幽霊の乙女』は最後から二巻めになるとトーマスは公表していた。シリーズ最終巻では、〝死の沼地〟への最初の冒険からこのかた、忠実な読者がずっと抱いてきた疑問に一挙答えるかたちになるとの宣言もあった。しかも最長の七百ページになるとのことだった（出版社はその販売価格に一、二ドル上乗せすることになる）。そしてトーマスは、母がニューヨーク北部の屋敷を訪れた際に、ロアノークがらみの一連のミステリーにケリがついたら、今度は幽霊船〈メアリー・セレスト〉号をめぐる複数巻におよぶシリーズに着手すると伝えていた。

こうして最高傑作をたった三十ページほど書き終えた作家が机で急死するまでは、すべてが順調に思えた。きっかり三百万ドルの前払い金を受け取ったトーマスは本を出さずじまいで、前払い金はぼくらの取り分をふくめて返却されることになった。ぼくらの取り分は消えるか他人の手に渡るだけだった。もうお察しの方もいるかもしれないが、ここでぼくの出番が来た。

オーケイ、話にもどろう。

# 9

覆面の警察車に近づいていくと（すぐに見分けがついた。うちのビルの前で、ダッシュボードに**警官対応中**のサインを出して駐まっているのをよく見かけた）、リズがパーカのサイドを開き、空のショルダーホルスターをぼくに見せた。これはぼくたちの間のジョークみたいなものだった。息子のまわりに銃は置かないという、母の厳格なルールがあったのだ。ホルスターを着けてきたリズは、いつも空であることをぼくに示し、ぼくはそれをうちのリビングのコーヒーテーブルの上で何度も目にした。母が使わないベッド脇のナイトテーブルに置かれていることもあり、九歳になったころにはその意味がずいぶんわかるようになった。『ロアノークの死の沼地』に、ローラ・グッドヒューとマーティン・ベタンコートの未亡人、ピュリティ・ベタンコート（彼女は清らか《ピュア》じゃなかった）の濡れ場があった。

「なんでリズがここにいるの？」車まで来たぼくは母に訊ねた。リズがいる前で、それは露骨ではないにせよ、失礼な言い方だったと思うけれど、なにしろぼくは教室から引っぱりだされ、外に出るまえから食事券が無駄になると言い渡されたのだ。

「乗って、チャンプ」とリズが言った。彼女はぼくのことをチャンプと呼んだ。「時間の無駄よ」

「乗りたくない。昼はフィッシュスティックを食べるんだ」

「いいえ」とリズは言った。「食べるのはワッパーとフレンチフライ。わたしがごちそうするわ」

「乗りなさい」と母が言った。「お願いだから、ジェイミー」

ぼくは後ろの席に乗った。足もとに〈タコベル〉の包みが二個あって、電子レンジ用のポップコーンのような匂いがした。ほかにも、ハリー伯父を見舞ったあちこちの介護施設を思わせる臭いがしたが、少なくとも母が観ていた警察ドラマに出てくるような(母は『ザ・ワイヤー』がお気に入りだった)車の前後を仕切る金属の格子はなかった。

母は前に乗り、リズは最初の赤信号で停まるとダッシュボードの点滅灯の電源を入れた。信号を抜け出した車はライトをぴかぴか光らせながら、サイレンは鳴らさずにFDRドライブを疾走していった。

振りかえった母がシートの間から覗かせた顔に、ぼくは怯えた。母は必死の形相だった。「彼は家にいるかしら、ジェイミー？　遺体は保管所か葬儀場に運ばれてるはずだけど、まだそこにいる？」

それにたいするぼくの答えは〝知らない〟だったが、最初は知らないともなんとも言わなかった。びっくりしていたし、傷ついていた。怒ってもいたかもしれないが、そこはあまり記憶がない。驚きと苦痛を感じたのはよく憶えている。死んだ人間が見えることを、母はけっして他人には言うなとぼくに釘を刺した。ぼくはそれを守ったのに、母のほうが破った。リズに話した。だからリズはここにいて、さっそくダッシュボードのライトを点滅させ、スプレイン・ブルック・パークウェイを移動しているんだろう。

ようやく、ぼくは言った。「彼女はいつから知ってるの？」

ルームミラー越しにリズがウィンクしてきた。〝ここだけの秘密ね〟という感じのウィンクで、ぼくはそれが厭だった。秘密は母とぼくの間のことなのに。

母がシートのむこうから手を伸ばし、ぼくの手首をつかんだ。母の手は冷たかった。

「気にしないで、ジェイミー、彼がまだいるかどうかだけ教えて」

「いると思うよ。そこが死んだ場所なら」

ぼくの手を離した母はもっと急いでとリズに告げたが、リズは首を振った。

「それはあまり賛成しない。警察のエスコートがついてきたりしたら、彼らはきっとどんな大事件か知りたがる。死んだ人間が消えるまえに話さなきゃなんて、わたしから言えると思う？」その話し方から、リズが母から聞いた言葉をまるで信じておらず、調子を合わせているだけだとわかった。母をからかっていた。ぼくはそれでよかった。母はというと、クロトン‐オン‐ハドソンまで連れていってくれるかぎり、リズの考えることとなんて気にならなかったんだと思う。

「じゃあ、できるだけ急いで」

「了解、ティー-ティー」ぼくは母にたいするその呼び方が好きになれなかった。クラスに、トイレに行くことをそうやって言う連中がいたからだが、母は気にしていないようだった。その日は、リズにボニー・デカパイと呼ばれても気に留めなかったんじゃないか。たぶん気づきもしなかったろう。

「秘密を守れる人と守れない人がいる」とぼくは言った。言わずにはいられなかった。だから怒っていたんだと思う。

「やめて」と母は言った。「そっちのへそ曲がりに付きあってる余裕はないの」

「へそ曲がりじゃない」ぼくはへそ曲がりっぽく言った。

母とリズが親密なのは知っていたけれど、母とぼくのほうが絆が強くあるべきだ。リズとふたり、ある晩のベッドでレジス・トーマスの言う〝官能の階段〟を昇ったあと、ぼくたちのいちばん大きな秘密を洩らすんだったら、そのまえにぼくの思いを訊いてくれてもよかったんじゃないか。

「いらいらしてるのはわかるし、あとでわたしに怒るのはかまわないけど、いまはとにかくあなたが必要なの」まるでリズがその場にいるのを忘れているようだったが、ミラーに映るリズの目を見れば、彼女がひと言洩らさず聞いているのがわかった。

「わかった」母のことがすこし怖くなっていた。「もういいよ、ママ」

母は自分の髪に手櫛を通し、そのうえ前髪を引っぱった。「こんなの不公平よ。なんでこんなことばかり、わたしたちに……いまもまだつづいてるけど……もうふざけんな、このクソが！」今度はぼくの髪の毛をくしゃくしゃにした。「いまのは聞かなかったわね」

「いや、聞いたよ」とぼくは答えた。なぜならぼくはまだ腹を立てていたし、母は正しかったから。まえにディケンズの小説みたいだと話したのは憶えているだろうか。ただし汚い言葉付きの。なぜ人があんな本を読むのかおわかりだろうか。それはその人たちが幸福で、クソみたいなことが自分の身に降りかかってこないからだ。

「この二年間、お札をさんざんやりくりしてきて、ただの一枚だって落っことしたことないんだから。ときどき大きいので払うやつを小さいので払ったり、細かいのをいっぱい集めて払ったりなんてこともあったけど、電気は消えずに点いていたし、食事抜きもなかった。でしょ？」

「そうね、そうね」ぼくは笑顔を引き出せるかもしれないとそう言ってみた。成功しなかった。

「それが……」母はまたも前髪を引っぱり、乱れたままにした。「いまや返済期限がいっぺんに五つも六つも来て、それもいまいましい地獄のＩＲＳが先頭に立ってよ。赤字の海に溺れそうなとこを、レジスが助けてくれるって思ってたのに。そしたら、あんちくしょうは死んだわ！　五十九歳で！　百ポンド肥りすぎたわけでもない、ドラッグをやってたわけでもない五十九歳が死ぬ？」

「ガンになった人は？」とぼくは言った。

母は鼻をすると、罪のない前髪を引っぱった。

「落ち着いて、ティー」とリズがささやきかけた。リズは母の首に手のひらを添えたが、母は気づかなかったと思う。

「本が助けてくれるって。あの本が、あの一冊が、あの本だけが頼りだった」母はげらげら笑いだして、ぼくはなおさら怖くなった。「彼が二章分ぐらいしか書いてないのは知ってる。そういった事情は本人から、病気になるまえのハリーと、いまはわたしだけが聞かされてる。彼はアウトラインも書かないし、メモも取らなかったのよ、ジェイミー、創作の過程の邪魔になるからって。それにそんなことする必要もなかった。どう進めるかはいつも頭にあったから」

母はまたぼくの手首を取って、痣が残るほどきつく握りしめた。その夜、ぼくはあとになってその痣に気づいた。

「まだ頭のなかに残ってるかもしれない」

# 10

タリータウンの〈バーガーキング〉のドライブスルーで、ぼくは約束のワッパーを買ってもらった。チョコレートシェイクも。母は店に寄りたがらなかったが、リズが譲らなかった。「育ちざかりの男の子なのよ。あなたが要らなくたって、彼には食べさせないと」

ぼくはリズのそういうところが好きで、ほかにも好きな理由はあったけれど、好きじゃないところもあった。大事なことが。そこにはいずれふれるし、ふれなくちゃいけないのだが、いまはニューヨーク市警二級刑事、エリザベス・ダットンにたいするぼくの感情は複雑だったとだけ言っておこう。

もうひとつ、リズがクロトン－オン－ハドソンに着くまえに話したことを記しておく必要がある。リズが何気なくしゃべっていた内容が、あとから（ほら、またあの言葉だ）重要なことだとわかったのだ。リズは、サンパーがついに人を殺したと言った。

サンパーを名乗るその男のことは、この数年ローカルニュースで、とくにＮＹ１で度々取りあげられていた。ＮＹ１は母が夜になると食事をつくりながら（面白いニュースがあった日には、食事しながらでも）観ていたチャンネルだ。サンパーの〝恐怖の時代〟――NY1に感謝――は、じつはぼくの生まれるまえからつづいていて、いまや彼は都市伝説的な存在となっていた。たとえば、爆弾を持ったスレンダーマンやフックマンと言えばわかるだろうか。

「誰を？」とぼくは言った。「誰を殺したの？」

「まだ着かない？」と母が訊いた。母はサンパーに無関心だった。別のことに気を取られていた。

「ある男が、マンハッタンに残った数少ない電話ボックスを使おうとしたのが間違いだった」リズは母のことを顧みずに言った。「爆弾処理班は、彼が受話器を取った瞬間に爆発したって考えてる。二本のダイナマイトが――」

「いまそんな話が大事？」と母が訊いた。「それに、なんで信号がみんな赤に変わるわけ？」

「二本のダイナマイトが、お釣りを取る小さな出っ張りの下にテープで留めてあった」リズはかまわずつづけた。「サンパーは抜け目ないやつでね、そういうことを思いつくのよ。警察は新しく特別班をつくろうとしてる――一九九六年以来、これで三度め――わたしもそこに参加するつもり。まえにいたから要領はわかってるし、時間外でやれるし」

「信号が青よ」と母は言った。「行って」

リズは車を走らせた。

# 11

車がコブルストーン・レーンという袋小路に曲がったとき、ぼくはまだ残り数本になったフレンチフライを（もう冷えていたけど、おかまいなしに）食べていた。昔は丸石《コブルストーン》が敷き詰められていたのかもしれないが、いまはなめらかな舗装路だった。突き当たりの家がコブルストーン・コテージ。石造りの大きな家で、鎧戸に派手な装飾が彫りこまれ、屋根は苔むしていた。苔むすって、正気か？　門があったが開いていた。家と同じ灰色の石の門柱に看板が掲げられていた。その一枚には**立入禁止、死体を隠すのはうんざりだ**と書かれていた。もう一枚には歯を剝き出したジャーマンシェパードの絵とともに**猛犬注意**とあった。

車を停めたリズは、眉を上げて母のことを見た。

「レジスが埋めたのは、ペットのインコのフランシスだけ」と母は言った。「冒険家のフランシス・ドレークから採った名前。犬を飼ったことはないわ」

「アレルギーだから」ぼくは後ろのシートから言った。

リズは車を家に寄せて停めると、点滅するダッシュボードのライトを切った。「ガレージのドアは閉まってるし、車もない。誰かいるの？」

「いない」と母は答えた。「彼を発見したのは家政婦。ミセス・クエール。名前はダヴィナ。スタッフは彼女とパートタイムの庭師で全員。いい女性よ。救急車を呼んですぐ、わたしに連絡をくれたわ。救急車を呼ぶってことは、死んでるかどうかわからなかったのかと思ったんだけど、彼女はレジスのところに来るまえは介護施設で働いてたから、はっきりわかったって。でも、まずは病院に行かせようと思ったのね。わたしから、遺体が運ばれたらすぐに家に帰ってと言っておいた。かなり取り乱してたし。レジスのビジネスマネジャーのフランク・ウィルコックスのことを訊かれたから、わたしから連絡を取るって言ったわ。そうするつもりではいるけど、最後にレジスと話したとき、フランクと奥さんはギリシャにいるって聞いたから」

「マスコミは？」リズが訊ねた。「レジスはベストセラー作家だったんだし」

「ああ、どうしよう」母はそこらの茂みに記者たちが潜んでるといわんばかりに、慌てて周囲を見まわした。「姿は見えないけど」

「きっとまだ知らないのよ」とリズは言った。「知ってたら、無線を傍受してたら、警察や救命チームの後を追っかけてる。遺体がここにないなら、記事もここにはないんだし。まだ時間はあるから気を落ち着けて」

「目の前に破産が迫ってるのよ。あと三十年居座るかもしれない兄貴がいて、いつか大学に行くかもしれない息子がいるわたしに、気を落ち着けてなんて言わないで。ジェイミー、彼が見える？　どんな顔してるかわかってるでしょ？　彼が見えると言って」

「顔は知ってるけど、見えないよ」とぼくは言った。

母は呻き声をあげると、もつれた前髪に手のひらの付け根を押し当てた。

ぼくはドアのハンドルに手を伸ばしたが、びっくりしたことにハンドルはなかった。で、リズに頼んで外に出してもらった。三人とも車を降りた。

「ドアをノックして」とリズが言った。「返事がなかったら横にまわって、ジェイミーを持ちあげて窓から覗いてもらうわ」

それができるのは、鎧戸が——派手な飾りが彫られた戸が——全部開いていたからだ。

母が玄関に駆けていき、その間、リズとぼくはふたりきりになった。

「ほんとはあの映画に出てくる子みたいに、死んだ人が見えるわけじゃないよね、チャンプ？」

リズが信じても信じなくても、どうでもよかったのだが、その口調に——全部がお笑いのネタみたいな言い方に——ぼくはむかついていた。「ママからミセス・バーケットの指輪の話を聞いたんでしょ？」

リズは肩をすくめた。「それってまぐれ当たりだったりして。ここに来るまで、死んだ人は見えなかったんだよね？」

ぼくは見えなかったと答えたが、そこは彼らに話しかけるか……むこうから話しかけられないかぎり判断が難しい。以前、母とバスに乗っているとき、赤いブレスレットのような深い傷を手首につけた女の子を見かけた。セントラルパークの男みたいにエグくはなかったけど、たぶん彼女は死んでると思った。しかもその同じ日に、街を出ようとしていて八番街の角でピンクのバスローブを着た老婆を見た。信号が〈進め〉に変わっても、老婆はその場に立ちつくし、観光客みたいにきょろきょろしていた。髪にはあのカーラーってやつを巻いて。彼女も死んでいたのかもしれないし、母が最初の施設に入れるまえのハリー伯父のことを言ってたみたいに、生きて徘徊していただけかもしれない。母はハリー伯父がパジャマ姿でそんなことをしはじめて、よくなる見込みはないと諦めたと話していた。

「占い師なんか、いつもまぐれ当たりだし」とリズは言った。「昔から言うじゃない、止まってる時計だって一日に二度は正しい時間を指すって」

「じゃあ、ぼくのお母さんは気がちがってて、ぼくもそうなるように助けてるって思ってるの？」

リズは笑った。「そういうときは〝仕向けてる〟って言うのよ、チャンプ。それにそう、わたしはそんなふうに思ってないの。彼女は動揺して、藁にもすがろうとしてるんだと思ってる。その意味はわかる？」

「ああ。気ちがいってことだよね」

リズはふたたび、今度はきっぱり首を振った。「彼女は強いストレスにさらされてる。わたしにはよくわかる。でも、こんなふうに作り話をするのはあの人のためにならない。

そこはわかってほしいな」

母がもどってきた。「返事がないし、ドアは鍵がかかってる。試してみたけど」

「オーケイ」とリズは言った。「窓から覗きましょう」

ぼくたちは脇にまわった。地面まである食堂の窓からは室内が覗けても、ほかはぼくの背が低くて見えなかった。リズの手に支えられてなかをうかがうことができた。広い居間にはワイドスクリーンのテレビと、洒落た家具がたくさん置かれていた。食堂のテーブルは、メッツの先発メンバーにブルペンのピッチャー陣まで座れるぐらいの長さがあった。人嫌いの男には似つかわしくない。母が応接間と呼ぶ部屋が見えて、その奥にキッチンがあったが、ミスター・トーマスの姿はどこにもなかった。

「階上《うえ》かもしれない。わたしは上がったことないけど、死んだのがベッドか……バスルームだとしたら……もしかして、まだいるかも……」

「エルヴィスみたいに便座《スローン》で死んだとも思えないけど、その可能性もなくはない」

それを聞いたぼくは笑った。トイレを玉座《スローン》と言われるといつも笑ってしまうのだが、母の顔を見て声を呑みこんだ。母はいたって真剣で、しかも希望を失いかけていた。母はキッチンにあったドアノブをいじったが、玄関同様に施錠されていた。

母はリズに向きなおった。「もしかして、これ……」

「妙なことは考えないで」とリズが言った。「不法侵入はだめよ、ティー。亡くなったばかりのベストセラー作家のセキュリティシステムに通報が行って、そこで現われた警備会社の〈ブリンクス〉や〈ADT〉の連中に、ここで何してるか説明するなんてことにならなくても、こっちはもう充分署で問題を抱えてるし。地元の警官が来るかもしれない。ちなみに警官が来たら……彼は独りで死んだのよね？　家政婦が発見して？」

「ええ、ミセス・クエールが。彼女がわたしに連絡をよこした。それで――」

「警官はその彼女に質問したがるはずよ。おそらく、いまごろしてるでしょう。それか検視官がね。ウェストチェスター郡のやり方は知らないけど」

「それって彼が有名だから？　誰かが殺したんじゃないかと疑うわけ？」

「それが決まった手順だから。それにそう、有名だからかな。要は彼らが現われたときには、わたしたちは姿を消してるほうがいい」

母は肩を落とした。「見えない、ジェイミー？　彼はいそうにない？」

ぼくは首を振った。

母は嘆息してリズを見た。「ガレージは見てもいい？」

リズが肩をすくめたのは、〝あなたが主役だから〟の意味だった。

「ジェイミー？　どう思う？」

ぼくにはミスター・トーマスがガレージをうろつく理由は想像できなかったけれど、そういうこともあるかなとは思った。お気に入りの車があったかもしれない。「そうしたほうがいいかもね。ここにいられるうちに」

三人でガレージに向かう途中、ぼくは立ちどまった。ミスター・トーマスの水を抜いたスイミングプールのむこうに砂利道があった。並木の小径だったが季節柄、その葉はほとんど落ちていた。緑色の建物が見えた。ぼくはそれを指さした。「あれはなに？」

母はまた自分の額を叩いた。ぼくは母が脳腫瘍にでもなったんじゃないかと心配になりはじめた。「そうだった、森のなかの小さな家《ラ・プティ・メゾン・ダン・ル・ボワ》！　なんですぐ思いつかなかったのかしら」

「なにそれ？」

「彼の書斎よ！　そこで書いてるの！　彼がいるとしたらあそこよ！　さあ！」

母はぼくの手を取り、プールの浅いほうをまわって走ったが、ぼくは砂利道に達したところで足を止めた。母はそのまま行こうとして、リズが肩をつかんでくれなかったら、ぼくはまともに顔から倒れていただろう。

「ママ？　ママ！」

母は焦れた様子で振り向いた。と、これはふさわしい言葉じゃない。半狂乱だった。

「早く！　いるとしたらあそこだって言ったでしょ！」

「落ち着きなさい、ティー」とリズが言った。「執筆小屋を調べたら、ここを出たほうがいい」

「ママ！」

母は取りあわなかった。泣いたりしなかった母が泣きだしていた。ＩＲＳから要求額を聞かされたとき、机に拳を叩きつけ、役人たちを意地汚い吸血鬼どもと呼び棄てたあの日も泣かなかった母が、いまは泣いていた。「あなたは行きたいなら行って、わたしたちはジェイミーが失敗したってわかるまでここに残る。あなたにしてみれば、気のふれた女の機嫌をとる楽しい小旅行かもしれないけど——」

「そんな言い方ないわ！」

「——でも、これはわたしの人生のことで——」

「わかってる——」

「——ジェイミーの人生のことで、それと——」

「ママ！」

子どもにとって最悪なのは、たぶんいちばん最悪なのは、くだらないことに気を取られた大人に無視されることなのだ。「ママ！　リズ！　ふたりとも！　止まって！」

ふたりは立ちどまった。ぼくのことを見つめた。こうしてぼくたち、女性ふたりとニューヨーク・メッツのパーカを着た少年は十一月の曇ったある日、水を抜いたプールの脇にたたずんだ。

ぼくは木立のなかに建っている、ミスター・トーマスがロアノークの本を書いた小さな家につづく砂利道に指を向けた。

「あそこにいるよ」とぼくは言った。

## 12

こちらに歩いてくるその姿に、ぼくは驚かなかった。彼らはだいたい、全部じゃないけれどほとんどは、殺虫灯に誘き寄せられる虫みたいに生きている人間に近づいてくる。なんだか表現がおぞましいが、それしか思いつかない。たとえ死んだと知らなくてもそうとわかるのは、着ている服のせいだ。うすら寒い日なのに白のTシャツとぶかぶかのショートパンツ、それに母がキリスト靴と呼ぶ編み上げサンダルを履いていた。あともうひとつ奇妙なもの、青いリボンをピンで留めた黄色のサッシュを掛けていた。

リズが母に向かって、誰もいないのに芝居をしてるんだと話していたが、ぼくは気にしなかった。母の手から離れて、ぼくはミスター・トーマスのほうへ歩いていった。彼は歩みを止めた。

「こんにちは、ミスター・トーマス」とぼくは言った。「ぼくはジェイミー・コンクリン。ティアの息子です。はじめまして」

「もう、やめてよ」背後でリズが言った。

「静かに」と母は言ったけれど、リズの猜疑心が伝わったらしく、ミスター・トーマスは本当にそこにいるのと訊いてきた。

ぼくはこれも無視した。彼が掛けているサッシュに興味があった。死んだときに着けていたものなのだ。

「机に向かっていてね」と彼は言った。「執筆のときにはいつもサッシュを掛ける。お守りだな」

「その青リボンはどうしたんですか？」

「六年のときに地域のスペリング大会で優勝したんだ。二十あまりの学校から子どもが集まる大会だ。州の大会では負けたが、地域でこの青リボンをもらってね。母がサッシュをこしらえてリボンを留めてくれた」

ぼくの考えでは、いまだにそんなものを身に着けるというのが不思議だった。ミスター・トーマスにとって六年生は遠い遠い昔のことなのに、本人は照れることなく、かといって自意識を表に出すこともなくそう言ったのだ。死んだ人間は愛を感じるし――ミセス・バーケットがミスター・バーケットの頰にキスした話は憶えているだろうか――憎しみを感じることもある（これには後々気づいた）けれど、それ以外の大方の感情は死ぬと消えていくものらしい。愛ですらそこまで強いものとは思えなかった。こんなことは言いたくないが、憎しみのほうが強く長く残っていく。人が幽霊（死んだ人間の対極にある存在）を見るのは、自分が憎しみにあふれてるからだと思う。人が幽霊を怖いと思うのは、自分が怯えているからなのだ。

ぼくは母とリズを振りかえった。「ママ、ミスター・トーマスがものを書くとき、サッシュを掛けてたのは知ってた？」

母は目を瞠った。「五、六年まえの〈サロン〉のインタビューに載ってたわ。いまも掛けてるの？」

「うん。青リボンを付けて。それって——」

「スペリング大会で優勝したのよ！　そのインタビューで、彼は笑いながら、『私のくだらない見栄だ』と言ってた」

「そうかもしれないが」とミスター・トーマスが言った。「作家というものは、大半がくだらない見栄と迷信にとらわれてる。そこはわれわれも野球選手と同じだよ、ジミー。それで、〈ニューヨーク・タイムズ〉の九週連続ベストセラーに文句をつけるやつはいるかね？」

「ぼくはジェイミーだよ」とぼくは言った。

リズが言った。「あなた、インタビューのことをチャンプに話したのよ、ティー。そうに決まってる。それか彼が自分で読んだのね。本の虫だから。知ってただけよ、で——」

「黙って」母がものすごい剣幕で言った。リズは降参とばかりに両手を挙げた。

母はぼくの横に来て、母にとっては誰もいないただの砂利道を見つめた。すぐ目の前に、ミスター・トーマスがショートパンツのポケットに手を突っ込んで立っていた。ぼくはそのゆるいパンツのポケットをあまり押しさげないでほしいと思った。ミスター・トーマスが下着をはいてないように見えたから。

「わたしが話してって言ったことを、彼に話して！」

母がぼくに語らせたがっていたのは、ぼくたちを助けるというか、一年あまり金銭的に薄氷を踏んできて、もはや借金の海に溺れそうになっているぼくたちをどうにかしてもらいたいということだった。それと一部の作家たちが、ぼくたちはもう立ち行かないだろうと見切ったせいで、エージェンシーからクライアントが欠け落ちていたこと。母はリズがいないある晩、四杯めのワインを飲みながら、あいつらは沈みかけた船から逃げ出す鼠よと言った。

そんなことを、ぼくは長々と話す気はなかった。死人はこちらからの疑問に答えなくてはならないし——少なくとも消えてしまうまでは——真実を語らなくてはならない。だから、ぼくはずばり要点をついた。

「ママは『ロアノークの秘密』の中身を知りたがってるんだ。話全体を知りたがってる。中身は全部知ってるの、ミスター・トーマス？」

「もちろんだ」ミスター・トーマスは両手をさらに深くポケットに突っ込んだ。すると、お腹のへその下に生えている毛の筋が見えた。見たくなかったが、どうしようもなかった。「私は何かを書きだすまえから、すべてわかってる」

「頭のなかに全部しまってるの？」

「そうだ。でないと、誰かに盗まれることだってある。インターネットに載せられてしまう。サプライズが台無しだ」

彼が生きていれば、パラノイアってことになるかもしれない。死んだ彼は事実を、または事実と信じていることを淡々としゃべっていた。それにそうだ、ぼくもそこは筋が通っていると思った。コンピュータで〝荒らし〟をやる連中は、政界の秘密みたいなくだらないことから、『フリンジ』のシーズン最終回がどうなるかといった本当に大事なことまで、何もかもをネット上にさらしているのだ。

リズがぼくと母から離れていき、プールサイドのベンチに腰かけて脚を組むと煙草に火をつけた。精神異常者たちに病院の切り盛りを任せることにしたらしい。ぼくはそれでオーケイだった。リズにも長所はあったけれど、あの朝の彼女はおおむね邪魔だった。「ママが全部しゃべってほしいって」とぼくはミスター・トーマスに言った。「ぼくがそれを伝えて、ママがロアノークの本を書くって。死ぬまえのあなたからほとんど出来た原稿と、完結する最後の二章分のメモが送られてきたって話すらしいよ」

生きていたら、他人が自分の本を完成させるなんていうアイディアに激怒していただろう。ミスター・トーマスにとって自分の作品は人生における最重要のもので、しかも彼は独占欲がひときわ強い人だった。でも、残る肉体はどこかの葬儀屋の台の上に、最後の数行を書いていたときのカーキ色のパンツと黄色のサッシュという恰好で横たわっている。ぼくに話をしている彼は、秘密に関してもはや嫉妬もなければ独占欲もなかった。

「彼女にできるかね?」と、それだけ訊ねてきた。

コブルストーン・コテージに向かう途中、母はぼく(とリズ)に、やってみせると宣言していた。レジス・トーマスは、自分の大切な文章は編集者に一語たりともいじらせないと豪語していたが、じつは長年、母が本人に断わらず手を入れていた——ハリー伯父がまだ正気でビジネスをやっていたころからの話だ。一部でかなり大きな変更をくわえたりしたが、作家自身はそれに気づくことがなく——あるいは、気づいていても黙っていた。世界でミスター・トーマスの文体を模倣できるとすれば、それは母だった。でも問題は文体じゃない。問題はストーリーだった。

「できるよ」いまの話をするより簡単なので、ぼくはそう答えた。

「もうひとりのあの女は何者だ?」ミスター・トーマスはリズを指して訊いた。

「あれはお母さんの友だちさ。名前はリズ・ダットン」ふと顔を上げたリズは新しく煙草をつけた。

「あの女とお母さんはやってるのか?」とミスター・トーマスが訊ねた。

「たぶんね、うん」

「だろうな。おたがい、そんな目で見つめあってる」

「彼は何て言ったの?」と母が不安そうに訊いてきた。

「ママとリズは親友なのかって」とぼくは言った。下手な答えだったけれど、とっさに思いついたのはそれだけだった。「じゃあ、『ロアノークの秘密』のことを話してくれるの？」ぼくはミスター・トーマスに言った。「本全体のことだよ、秘密の部分だけじゃなくて」

「ああ」

「話すって」とぼくが伝えると、母はバッグから電話と小型テープレコーダーの両方を取り出した。一言も聞き洩らすまいとしていた。

「できるだけ詳細にとお願いして」

「ママが――」

「聞こえてる」とミスター・トーマスは言った。「死んでも耳は聞こえる」ショートパンツがこれまでになく下がった。

「やった」ぼくは言った。「ねえ、パンツを上げたほうがいいよ、ミスター・トーマス。おちんちんが冷えるから」

ミスター・トーマスは腰骨に掛かるまでショートパンツを引きあげた。「冷えるって？　私にはそこまで感じないがね」そして声の調子を変えることなく、「ティアは老けはじめたな、ジミー」。

ぼくはもうジェイミーだと訂正はしなかった。かわりに母に目を向けると、母は老けていた。というか、老けはじめていた。いつからだろうか。

「ストーリーを聞かせて」とぼくは言った。「始まりからだよ」

「あたりまえだ」とミスター・トーマスは言った。

# 13

作業は一時間半かかり、それが終わるころにはへとへとで、母もそうだったと思う。ミスター・トーマスは始めからまったく変わらない様子で立ちつづけ、哀れ黄色いサッシュは、ぽっこり出たお腹と下がったショートパンツのあたりまでずり落ちていた。リズは車を門柱の間に駐めて、ダッシュボードのライトを点灯させていた。これはいい思いつきだったんじゃないか。というのも、ミスター・トーマスが死んだというニュースが広まって、コブルストーン・コテージの写真を撮ろうという人たちが表に集まりだしていた。リズは一度、まだ時間がかかるのかと訊きにきて、母に敷地でも調べておいてと追い払われたが、なんとか我慢していた。

疲れるし、緊張を強いられる作業だった。それはぼくたちの未来がミスター・トーマスの本にかかっていたからだ。こんな重い責任を負わされるのは、九歳にとってはあんまりだが、ほかにどうしようもなかった。ぼくはミスター・トーマスが母に——というより、母の録音機器に——話したことすべてを反復しなくてはならなかったし、ミスター・トーマスはやたらしゃべった。彼が何もかも頭のなかにしまっておけると言ったのは、単なるうぬぼれじゃなかった。それに、母がなにかと説明を求めて質問をくりかえしても、ミスター・トーマスは厭な顔ひとつしなかった（というか、どうでもよさそうだった）が、母のしつこい訊き方にぼくのほうがうんざりしてきた。しかも喉が異常に渇いた。リズが残っていた〈バーガーキング〉のコークを持ってきてくれて、それを二、三口で飲み干したぼくはリズにハグをした。

「ありがとう」ぼくは紙コップを返して言った。「これが欲しかったんだ」

「どういたしまして」リズはもう退屈そうにはしていなかった。物思わしげな表情だった。ミスター・トーマスのことは見えていないし、彼がそこにいると完全に信じてはいなかったと思うけれど、何かが起きていることは察していた。なにしろ九歳の子どもが、半ダースもの主要な登場人物と最低二ダースにも上る脇役たちが絡む、複雑なプロットを得々と語っているのだから。おっと、それとジョージ・スレッドギル、ピュリティ・ベタンコート、ローラ・グッドヒューの三人のこと（ノットウェイ族のネイティブアメリカンからもたらされた、オニクサヨシの影響があった）。最後、ローラは妊娠してしまう。可哀そうに、ローラはいつも貧乏くじを引かされる。

ミスター・トーマスの梗概《こうがい》の最後で大きな秘密が明かされて、これが異彩を放つものだった。その中身をここでお話しするつもりはない。ご自身で本を読み、確認してもらいたい。まだ読んでいない方はぜひ。

「では、結びの一文を教えよう」とミスター・トーマスが言った。彼は変わらず生き生きしていた……死んだ人間を〝生き生き〟とするのは誤った表現かもしれない。でも声がかすれはじめていた。ほんのすこし。「なぜなら、私はつねにそこを最初に書く。その篝火《かがりび》に向けて漕いでいくのだ」

「結びの一文だって」とぼくは母に告げた。

「よかった」

ミスター・トーマスは、古い俳優が講釈を垂れるみたいに指を一本立ててみせた。「『その日、人の住まわぬ居留地のむこうに赤い陽が落ち、この先幾世代をも惑わせようという彫字が、血で絵取られたかのごとく照り輝いた。すなわち、クロトアンと』〝クロトアン〟は大文字でと伝えてくれ、ジミー」

ぼくは母にそう伝えると（〝血で寝取られた〟の意味がよくわからなかったが）、これで終わりなのかとミスター・トーマスに訊ねた。彼が終わりだと言ったそのとき、表のほうで短くサイレンが鳴った――甲高い音がふたつに低音ひとつ。

「あっ」リズが声をあげたが焦る様子もなく、覚悟はしていたようだった。「行くわよ」

彼女はベルトにバッジを付け、それが見えるようにパーカのジッパーを開いた。そして表に出ていくと警官ふたりを連れてもどってきた。そのふたりもパーカを着て、ウェストチエスター郡警察の記章を付けていた。

「ずらかれ《チーズ・イット》、サツだ」とミスター・トーマスは言ったが、ぼくにはまるで意味がわからなかった。あとで母に訊ねると、一九五〇年代の昔から使われているスラングだと教えてくれた。

「こちらはミズ・コンクリン」とリズが言った。「わたしの友人でミスター・トーマスのエージェント。彼女にここまで連れてきてくれと頼まれたの、誰かがおみやげを盗みにはいるんじゃないかと心配だったから」

「それと原稿を」と母は付け足した。小型テープレコーダーは無事バッグにおさまり、電話はジーンズの尻ポケットに挿してあった。「とくに、ミスター・トーマスが執筆してた最後の本があったから」

リズが〝もういいから〞という顔をしてみせたにもかかわらず、母はつづけた。

「ちょうど書き終えたばかりで、何百万という人がそれを読みたがってます。その機会をちゃんと提供することが、わたしの義務だと思っているので」

警官たちはあまり興味がなさそうだった。彼らはミスター・トーマスが死んだ部屋を検分するために来た。またこの敷地で目にした人間に、ここにいる相応の理由があるかを確かめるためでもある。

「彼は書斎で亡くなったみたい」母はそう言って小さな家《ラ・プティ・メゾン》のほうに指を向けた。

「ああ」と警官のひとりが言った。「われわれもそう聞いているので確認します」彼は両手を膝に当ててぼくに話しかけてきた。あのころのぼくは小エビみたいにチビだった。

「きみの名前は、坊や?」

「ジェイムズ・コンクリン」ぼくは当てつけの視線をミスター・トーマスに投げた。

「ジェイミー、ジェイミー。こっちがお母さん」ぼくは母の手を取った。

「きょうは学校をサボったのかい、ジェイミー?」

ぼくが答えるまえに、母がすんなり割ってはいった。「ふだんはわたしが放課後に迎えにいくんだけど、きょうは時間にもどれないかもと思って、途中で拾ってきたの。でしょ、リズ?」

「そうね」とリズは言った。「ねえ、わたしたちは書斎を調べてないから、施錠されてるかどうか知らないんだけど」

「家政婦は遺体を室内に残し、ドアをあけたままにしておいたと」ぼくに話しかけた警官が言った。「でも鍵を渡してくれたから、手早く調べたらこっちで施錠しますよ」

「犯罪行為はなかったと話したほうがいいぞ」とミスター・トーマスが言った。「私は心臓発作に襲われたんだ。そりゃもうひどい痛みだった」

そんなことはみんなに言う気もなかった。わずか九歳でもその分別はあった。

「門の鍵はある?」とリズが訊いた。いまやすっかりプロの応対だった。「着いたときには開いていたけど」

「ありますよ、出るときにこっちで鍵をかけましょう」と二番めの警官が言った。「あそこに車を駐めたのはさすがだな、刑事」

リズは、そんなのはあたりまえと言わんばかりに両手をひろげた。「邪魔だったらどけるから」

ぼくに話しかけた警官が言った。「その貴重な原稿を無事確保するのに、どんな形のものかを知っておきたいんですが」

ここは母の出番だった。「元の原稿は先週、わたしのところに送られてきたんです。USBドライブで。別のコピーが存在するとは思えないわ。彼は猜疑心が強かったから」

「そのとおりだ」とミスター・トーマスは認めた。ショートパンツがまた下がっていた。

「ここを見張っててくださって助かった」と二番めの警官が言った。彼ともうひとりは母とリズ、それにぼくと握手すると、砂利道をミスター・トーマスが死んだ緑色の小屋に向かっていった。のちにぼくは、大勢の作家が机で死んだことを知った。心理学でいうA型行動様式の職業なんだろう。

「行くわよ、チャンプ」とリズが言った。リズはぼくの手を握ろうとしたが、ぼくはそれを拒んだ。

「スイミングプールのそばにもうすこし立ってて」とぼくは言った。「ふたりとも」

「どうして」と母が訊いてきた。

ぼくはたぶん、それまでしたことのないやり方で母を見つめた——馬鹿なんじゃないかという顔をして。そしてすぐさま、馬鹿なんだと思った。ふたりとも。ひどい礼儀知らずだってことは言うまでもない。

「欲しいものをもらったんだから、お礼は言わなきゃ」

「そうだったわ」母はまたも額を叩いた。「なに考えてたのかしら、わたし。ありがとう、レジス。本当に」

母が花壇に向かってお礼をしていたので、ぼくは彼女の腕を取って向きを変えてやった。「彼はこっちだよ、ママ」

母はあらためてお礼を述べたが、ミスター・トーマスの反応はなかった。彼は気にしていないようだった。やがて母は、空のプールの横で新しく煙草をつけたリズのところへ歩いていった。

本当は礼を言う必要はなかったし、そのころにはもう死者がそんなくだらないことに目くじらを立てないのは知っていたけれど、とにかくありがとうと伝えた。ただ礼儀の問題で、あともうひとつ知りたいことがあった。

「ママの友だち」ぼくは言った。「リズのことだけど」

ミスター・トーマスは無言でリズのことを見た。

「彼女はいまでも、あなたが見えるって話をぼくがつくってるんだと思ってるんだ。そりゃ不思議なことが起きてるって気づいてるよ、だって子どもに話全体がつくれるわけないんだからさ——そうそう、ジョージ・スレッドギルに起きた結末は好きだったな——」

「ありがとう。あれは当然の報いだ」

「でもね、リズは頭のなかで勝手に変えて、最後は自分のしたいように納得しちゃうんだ」

「合理化するんだな」

「そういう言い方があるんだね」

「ある」

「じゃあ、あなたがここにいるって彼女に示す方法はある？」ぼくは奥さんにキスされたミスター・バーケットが、頰を搔いていたのを頭に思い浮かべていた。

「どうかな。ジミー、きみのほうにアイディアはあるかね？」

「残念だけど、ミスター・トーマス。ないよ」

「自分で思いつくしかないか」

彼はもう二度と泳ぐことのないプールのほうへ歩いていった。暖かい気候がもどってきたら誰かが水を張るかもしれないが、それはもう彼が遠く去ってしまった後のことだろう。母とリズは低声でしゃべりながら、リズの煙草をシェアしていた。ぼくがリズを好きじゃない理由のひとつが、母にまた煙草をはじめさせたことだった。ごくたまに、リズといっしょのときだけだったけれど、それでも。

リズの真ん前に立ったミスター・トーマスが、深く息を吸って吐き出した。リズには吹きあがる前髪がない。髪はひっつめてポニーテイルにまとめていたが、顔が強風にさらされたときの反応で目を細め、後ずさりした。母が押さえなければプールに落ちていたんじゃないかと思う。

ぼくは言った。「いまのは感じた？」ばかばかしい質問で、リズはもちろん感じたのだ。「いまのがミスター・トーマスだよ」

当の本人はぼくたちから離れ、書斎にもどろうと歩きだしていた。

「何度もありがとう、ミスター・トーマス！」とぼくは叫んだ。彼は振り向くことなく挙げた片手を、ふたたびショートパンツのポケットにもどした。ぼくはみごとに露出した彼の水道管の割れ目（母はローライズのジーンズを穿いた男を見つけるとそう言った）を眺めていた、と、これもまた余計な情報だったら申しわけない。ぼくたちは――一時間ほどで！――彼が考えつくのに何カ月もかけたすべてを聞き出した。ノーとは言えず、そのぶんお尻を見せる権利はあったのかもしれない。

当たり前だが、それを見たのはぼくだけだった。

# 14

いまからリズ・ダットンのことを話すので注目してほしい。彼女に注目してほしい。

身長は母と変わらない五フィート六インチ、黒髪が（警察で認められたひっつめのポニーテイルじゃないときには）肩までとどいて、知ったような口をきく四年生の少年たちが〝超セクシーボディ〟と呼ぶような身体をしていた。すてきな笑顔の持ち主で、灰色の目がふだんはやさしげだった。怒っていなければ。怒るとその灰色の目は、十一月のみぞれ交じりの一日みたいに冷たくなる。

ぼくはリズの、たとえば口と喉がからからだったとき、頼んでいないのに〈バーガーキング〉のコークの残りを持ってきてくれたみたいに、思いやりのあるところが好きだった（母はといえば、書かれていないミスター・トーマスの最後の作品のことで我を忘れていた）。それと、たまにぼくが集めていた〈マッチボックス〉のミニカーを買ってきてくれて、床に這いつくばっていっしょに遊んでくれたりした。ぼくを抱きしめて髪の毛をくしゃくしゃにすることもあった。ぼくがやめてと叫ぶか、おしっこを漏らすまでくすぐりつづけることも……リズはそれを〝きみのジョッキーショーツを水浸しにする〟と呼んだ。

ぼくはリズの、それもコブルストーン・コテージへ行ったあと、スライドガラスに載せた虫を観察するみたいな目つきで見てくるところが嫌いだった。そんなときの灰色の目には、ぬくもりのかけらもなかった。また、部屋が散らかってると言われたこともある。公平に見てだいたいそのとおりだったけど、母はべつに気に留めるふうでもなかったのだ。「目が痛くなる」とリズは言った。あるいは「一生こうやって生きていくつもり、ジェイミー？」と。ほかにも、ぼくがもう夜じゅう電気を点けっぱなしにする年齢じゃないという意見だったが、その議論には母の「ほっといて、リズ。そのうちあの子は自分でやめるから」というひと言で終止符が打たれた。

何がいちばんの問題だったのか。それは母がぼくに向けていた気持ちや愛情の多くを、リズが奪っていったこと。ずっとあとになって、大学二年生の心理学の講義でフロイトの理論を読んだぼくは、子どものころに典型的な母親固着があり、リズをライバル視していたのだと気づいた。

そりゃそうだ。

むろんぼくは嫉妬していたし、嫉妬するそれなりの理由もあった。ぼくには父親がいなかったし、母が話してくれないせいでその父親がどこの誰かも知らなかった。のちに母がそんな態度を取ったことにちゃんと理由があったことを知ったが、当時のぼくに理解できたのは、「きみとわたしで世の中に立ち向かうのよ、ジェイミー」という、そこだけだった。リズがやってくるまでは。ここで思い起こしてほしいのは、ぼくがリズの登場以前から母を独り占めできなかったことだ。ハリー伯父とふたり、ジェイムズ・マッケンジーにカモられてからというもの（ぼくはやっと同じ名前なのが厭だった）、母はエージェンシーを立てなおすのに必死になっていたからだ。持ち込み原稿のなかに金鉱を掘りあてようと、新たなジェーン・レイノルズを見つけようとしていた。

この好き嫌いのバランスが、コブルストーン・コテージに行った日にほぼ均衡したとは言っておかなくてはならない。しかも好きのほうが若干上回ったのには、最低四つの理由がある。つまり、〈マッチボックス〉の車とトラックは馬鹿にならない。ソファでふたりの間に座って『ビッグバン★セオリー』を観るのがくつろげて楽しかった。母が好きな相手を好きになりたかった。リズは母を幸せにした。のちには（また出てしまった）そうでもなかったけれど。

その年のクリスマスは最高だった。ぼくはふたりからクールなプレゼントをもらったし、三人で〈チャイニーズ・タキシード〉へ行き、リズが仕事に出るまえに早めの昼食を食べた。「犯罪に休みはないから」とリズが言ったのだ。そこで、母とぼくはパーク・アヴェニューの昔の家を訪ねた。

母は引っ越してからもミスター・バーケットと連絡を取りあっていて、ときどきぼくら三人で出かけたりもした。「彼は独りぼっちだし」と母は言った。「ほかにも理由があるよね、ジェイミー？」

「あの人のことが好きだから」とぼくは言った。それは本当だった。

ミスター・バーケットのアパートメントでクリスマスディナーをしたのは（食べたのは〈ゼイバーズ〉で買ったターキーとクランベリーソースのサンドウィッチだった）、西海岸にいる娘さんが帰ってこなかったからだ。そのへんの詳しい事情はあとから知った。

それにそう、ぼくたちは彼が好きだった。

もうお話ししたかもしれないが、ミスター・バーケットはじつはバーケット教授、いまは名誉教授で、ということはもう退職はしていたわけだが、いまでもNYUあたりで飛び切り専門的な講義を持ったりしていた。それがE&E――英国およびヨーロッパ文学《リテラチャー》だった。ぼくはこれを〝リット〟と呼ぶ間違いをして、ミスター・バーケットから正されたことがある。〝リット〟は灯りか酔っ払いを指すんだと。

それはともかく、詰め物がなく、野菜はニンジンしかないターキーでもおいしかったし、そのあとはプレゼント交換もした。ぼくはミスター・バーケットがコレクションしていたスノードームをあげた。あとから、これは奥さんの趣味だったと知ったのだが、彼は喜んでぼくにお礼を言うと、ほかのと並べてマントルピースの上に置いてくれた。母が贈ったのは『新・注釈付きシャーロック・ホームズ』という大きな本で、これは彼が現役のころに〈英国フィクションにおけるミステリーとゴシック〉という講座をやっていたからだ。

ミスター・バーケットは母に、奥さんのものだったというロケットを渡した。母はお嬢さんにさしあげて、と断わろうとした。シヴォーン（Siobhan）はモナの宝石のいいものは全部持っていったし、それに「のんびりしてるほうが負けだ」とミスター・バーケットは言った。これはつまり、東に来なけりゃ娘さんの（その音からして、綴りはShivonn かと思っていた）手にはいらないという意味だろう。それはまあそうだ。なぜって、お父さんとあと何回クリスマスをすごせるかわかる人なんていやしない。お父さんは神様より年上なのだ。しかも、ぼくとしては、自分にいない父親というものに憧憬があった。もとからないものは恋しくならないという説があって、それも一面真実ではあるけれど、ぼくは何かに焦がれる自分に気づいていた。

ミスター・バーケットからぼくへのプレゼントも本だった。書名は『削除されていない二十のおとぎ話』。

「〝削除されていない〟という意味はわかるかね、ジェイミー？」かつての教授は、いつでも教授なんだろう。

ぼくは首を振った。

「どういうことだと思う？」彼は笑顔で、大きな無骨な手を細い太腿の間にはさんで身を乗り出した。「タイトル全体から想像できるかな？」

「無修正？　R指定とか？」

「お見事。よく出来ました」

「あまりセックスのことがはいってないといいけど」と母が言った。「ハイスクール程度の読書はするけど、まだ九歳だから」

「セックスはない、昔ながらの暴力だけで」とミスター・バーケットは言った（あのころ、ぼくは彼を〝教授〟と呼んだことはなかった。堅苦しい感じがしたので）。「たとえば、元々の『シンデレラ』の話では、意地悪な義姉たちが――」

母がぼくを見て、聞こえよがしにささやいた。「ネタバレ注意よ」

ミスター・バーケットは止まらなかった。もう完全に講義モードにはいっていた。ぼくとしては構わなかったし、興味をおぼえていた。

「原本では、意地悪な義理の姉たちは、ガラスの靴が履けるように自分たちの爪先を切った」

「うえっ！」ぼくは〝気持ちわるい、もっと話して〟というつもりでそう返した。

「しかもガラスの靴はガラスじゃなかったんだ、ジェイミー。どうやらこれはおとぎ話を均質化した、ウォルト・ディズニー一流の誤訳だったらしい。靴も本当はリスの毛皮でつくったものだった」

「へえ」とぼくは口にした。義理の姉たちが爪先を切るところにくらべると面白くなかったが、とにかく先をつづけてほしかった。

「『かえるの王さま』の原作では、王女はカエルにキスをしなかった。かわりに――」

「もうたくさん」と母が言った。「話は本人が読んで知ればいいことよ」

「それがいちばんだ」とミスター・バーケットは同意した。「そうしたら議論をしようか、ジェイミー」

ほんとはこっちを聞き役にして講義を進めようとしているくせに、と思ったけれど、べつにそれでよかった。

「ホットチョコレートを飲まない？」と母が訊いた。「これも〈ゼイバーズ〉のだけど最高なのよ。すぐ温めるから」

「かかってこい、マクダフ」とミスター・バーケットは言った。「先に『もういい！』と叫ぶ者こそ呪われよ」これはイエス、ではホイップクリーム付きで、の意味だった。

ぼくの記憶のなかで、これが子どものころの最高のクリスマスだった。リズが焼いた朝のサンタ・パンケーキから、母とぼくが住んでいた家から廊下つづきのミスター・バーケットのアパートメントで飲んだホットチョコレートまで。大晦日もよかった。新年のタイムズスクウェア・ボールが落ちるまえに、ぼくは母とリズにはさまれたカウチで眠りこけてしまったけれど。すべてが楽しかった。だが二〇一〇年、口論がはじまった。

それ以前、リズと母はおおむね本について、母が〝活発な議論〟と呼ぶようなことをしていた。ふたりは好きな作家が共通していたし（ほら、レジス・トーマスに関しては同志だったし）、映画の趣味も同じだったが、リズは母が売り上げとか前払い金とか、いろんな作家のストーリーより業績に気を取られすぎていると考えていた。そして母の何人かのクライアントの作品を挙げて、〝ろくに読み書きができない〟と嘲笑した。それにたいして母は、そんな読み書きができない作家たちが家賃を払い、電気《ライト》を点けてくれている（酔《リット》わせてくれている）と返した。ハリー伯父が自分のおしっこでマリネしていた介護施設の支払いは言うまでもなく。

やがて、議論は本と映画という無難なところから離れて白熱していった。政治の話がそうだ。リズは議会にいるジョン・ベイナーのことが好きだった。母はこのベイナーのことを、ぼくの知り合いの子どもたちが使う〝おっ立ててる〟の意味でジョン・勃起野《ボウナ》郎《ー》と呼んだ。もしかしてついうっかりの過ち《ボウナー》だったのかもしれないが、ぼくはそうは思わない。母はナンシー・ペロシ（この人も政治家で、いまも健在だからみなさんもおそらくご存じだろう）こそ、〝ボーイズクラブ〟のなかで頑張っている勇敢な女性だと考えていた。リズにしたら、ペロシは低俗なリベラルのくそったれだった。

政治をめぐるいちばんの大喧嘩は、オバマがアメリカ生まれだとは信じられない、とリズが言ったのがきっかけで起きた。母はリズのことを愚かなレイシストと呼んだ。ふたりはドアをしめた寝室にいたが――でも大声を出していたので――リビングルームにいたぼくにも筒抜けだった。数分後、リズがドアを叩きつけて出ていき、その後一週間近くもどってこなかった。もどってくると仲直りした。寝室で。ドアをしめて。ぼくがそれに気づいたのは、仲直りのパートがかなり騒がしかったから。うめき声と笑い声、そしてベッドスプリングの軋む音と。

ふたりは警察の戦術についても議論していて、これはブラック・ライブズ・マターの数年まえのことだ。そこはやはりリズの弱点だった。母がいわゆる〝人種的プロファイリング〟を非難して、リズは特徴がはっきりしているからこそ人物分析ができるのだと言った（当時はこれが理解できなかったし、いまも理解できない）。母は黒人と白人が同じ種類の罪を犯した場合、重い刑を食らうのは黒人で、白人だと服役を免れることさえあると言った。リズは「あなたがどこの街でもいいけど、マーティン・ルーサー・キング・ブールヴァードの場所を教えてくれたら、わたしは犯罪多発地域を教えてあげる」と反論した。

口論はしだいにふえていって、若かりしぼくにもその大きな理由はわかった――ふたりとも飲みすぎていた。母が週に二度、三度はつくってくれていた温かな朝食がほとんど出なくなった。ぼくが朝起きていくと、おそろいのバスローブ姿で腰かけたふたりが、青ざめた顔に血走らせた目でコーヒーのマグを覗きこんでいたりした。ゴミ箱には煙草の吸い殻を入れたワインの空き壜が三本、ときには四本捨ててあった。

母のセリフはというと、「わたしが着換えてるあいだに、ジュースとシリアルを自分で出してね、ジェイミー」。そしてリズは、アスピリンがまだ効いてないから大きな音をたてないで、頭が割れそうと言いながら、署に行くか何かの事件の張り込みに出かけていく。サンパーの特別班じゃない。彼女はそこに参加していなかった。

そんな朝のぼくは、鼠みたいにこそこそジュースを飲み、シリアルを食べた。服を着て、ぼくを学校に送る仕度ができたころには（もう大きいんだから独りで通学できるというリズの意見を無視して)、母も元気を取りもどしていた。

こういったことすべてが、ぼくの目にはごく普通に映っていた。人は十五歳か十六歳になるまで、世の中がはっきり見えてこないんだと思う。その年齢になって初めて自分の境遇に気づき、それを受け入れる。宿酔でコーヒーを覗きこむ女ふたりではじまるぼくの朝はやがて、ときどきからしょっちゅうに変わっていった。ぼくはあらゆるものに染みついていくワインの匂いを感じなくなった。ほんの一部では気づいていたんだろう、というのも後に大学生になって、暮らしていた小さなアパートメントのリビングでルームメイトがジンファンデルのボトルを倒したとき、何もかもが甦ってきて、板切れで顔を叩かれたような衝撃に襲われた。リズのもつれた髪、母の虚ろな目。シリアルをしまっていた戸棚の扉を、いかにゆっくり静かに閉じるか。

ぼくはルームメイトに、下のセブンイレブンに煙草を買いにいってくると言った(そう、ぼくはそんな悪習を身につけていた)のだが、じつはその匂いから逃げたくてしょうがなかった。死んだ人間を見るのと――そう、まだ見えていた――こぼれたワインの匂いで記憶が呼び覚まされるのと、どちらか選べと言われたら、ぼくは死んだ人間を取る。

どんなときだって。

# 15

母は頼りになるテープレコーダーをつねにそばに置き、四カ月をかけて『ロアノークの秘密』を執筆した。ぼくは母に、ミスター・トーマスの本を書くのって絵を描くみたいだね、と言ったことがある。すると母はすこし考えて、ペイント・バイ・ナンバーのキットみたいだと答えた。つまり番号《ナンバー》どおりに色を塗っていくと、〝額装にぴったり〟と思われる作品が出来あがるあれだ。

母はほぼフルタイムで働けるアシスタントを雇った。ある日、学校からの帰り道に——二〇〇九年から二〇一〇年にかけての冬、母が新鮮な空気を吸えるのはこの時間だけだった——母はアシスタントを雇う余裕はないけど、雇わない余裕もないと言った。バーバラ・ミーンズはヴァッサー大学の英文学課程を修了したばかりで、エージェンシーで経験を積むためにと格安の賃金も厭わず働いて、実際にかなり優秀だったし、とても役に立った。ぼくは彼女のつぶらな緑の瞳が好きで、美しいと思っていた。

母は書いては書きなおし、その数カ月間はレジス・トーマスに浸ろうとロアノークの本ばかりを読みふけった。ぼくの声に耳をかたむけた。巻きもどして早送りして。絵を埋めていった。ぼくはある晩、二本めのワインがかなり空いたころ、母がリズに向かって、これ以上〝固く突き出した乳房の先端にバラ色の乳首が〟みたいな文章を書くことになったら、気が狂うかもと話すのを聞いた。それに業界からの取材——そのひとつが〈ニューヨーク・ポスト〉のゴシップ欄〈ページ・シックス〉——にも応えなくてはならなかった。トーマスの最終巻に関しては、さまざまな噂が駆けめぐっていたのだ（スー・グラフトンが、ミステリーのアルファベット・シリーズの最終巻を書かずに死んだとき、このへんのことが鮮明に思いだされた）。母は嘘は厭だと言った。

「ああ、でもあなた、それ得意じゃない」ぼくはリズがそう言ったのを憶えている。すると母は、ふたりの関係が終わった年に何度も何度も見せた、あの冷たい表情を浮かべた。

母はレジスの編集者にも嘘をつき、死ぬまえのレジスから、『秘密』の原稿は二〇一〇年まで「読者の興味を募らせるために」、誰にも（もちろん母は除いて）公表しないようにと指示があったのだと話した。リズはちょっと危なっかしいんじゃないかと言ったが、母はきっとうまくいく、「どっちみち、フィオナは編集をやらないし」と答えた。これはミスター・トーマスの出版社ダブルデイで働くフィオナ・ヤーブロウのこと。彼女の仕事といえば、レジスから新しい原稿が届くたび、今度のはますますいいですねと手紙を書くことだけだった。

ようやく原稿を渡した母は、「この本はレジスが書いたんじゃない。彼らしいところがすこしもないし、あなたが書いたのね、ティア」とフィオナから電話が来るのを待って、落ち着きなく、あたりかまわずかみついてまわるような一週間をすごした（八つ当たりを受けたのは、ぼくも例外じゃなかった）。だが、結果は上々だった。フィオナは疑問すら抱かなかった、あるいは気にも留めなかった。批評家たちにしても、製作にはいった本が二〇一〇年秋に出されると、なんの疑いも向けてこなかった。

〈パブリッシャーズ・ウィークリー〉：トーマスは最後に大傑作を持ってきた！

〈カーカス・レビュー〉：甘く残酷な歴史小説のファンはいま一度、官能のクローバーに包まれることだろう。

〈ニューヨーク・タイムズ〉のドワイト・ガーナー：重たく風味のない文体はトーマスそのもの。大ざっぱに言って、道端のあやしいレストランにある食べ放題のビュッフェで山盛りにしたプレートに等しい。

母はそんな批評に見向きもしなかった。気にしていたのは、もっぱら高額のアドバンスとロアノークの既刊から新たに発生する印税のことで、書いたのは全部なのにわずか十五パーセントしか受け取れないことに不満たらたらだった。しかし、献辞を自分宛にするというささやかな意趣返しを凝らしていた。「だって、それぐらいする資格はあるでしょ」と母は言った。

「どうかな」とリズが言った。「考えてみたらね、ティー、あなたは秘書にすぎないのよ。これはジェイミーに捧げるべきだったんじゃないかしら」

そこでまたリズは母から冷たい表情を向けられたのだが、ぼくはリズの意見に一理あると思った。でもよくよく考えれば、ぼくだって秘書にすぎなかった。死んでいようがいまいが、これはミスター・トーマスの本なのだ。

## 16

さて、ここで確認してほしいのだが、すでにぼくはリズを好きだった理由を少なくともいくつかは述べて、おそらくまだ何個かは残っている。リズを嫌いな理由を全部言って、こちらもおそらくまだ何個か残っている。ぼくは後になるまで（ああ、またあの言葉が出てしまった）、彼女がぼくを嫌っていた可能性については考えもしなかった。それはなぜか。ぼくは愛されることに馴れていて、そこに鈍感になっていた。母や教師たちに愛されて、とくに三年のときの先生だったミセス・ウィルコックスはぼくを抱きしめて、学校が終わったらさびしくなるわと言ってくれた。親友のフランキー・ライダーとスコット・アブラモヴィッツにも愛されていた（といっても、もちろんおたがい口にしたり、そんなふうに思ったりしたことはなかったけれど）。あと忘れちゃいけないのが、ぼくにばっちり口づけを浴びせてきたリリー・ラインハート。彼女はぼくが転校するときに〈ホールマーク〉のカードをくれた。カードの表には悲しい顔をした仔犬、内側に**あなたがいない毎日がさびしい**と書かれてあった。自分の名前のiの点には小さなハートを使って。x《キス》とo《ハグ》も付いていた。

リズがぼくのことを、最低でもしばらくは好きでいてくれたのは間違いない。でも、それはコブルストーン・コテージのあとから変わっていった。あれから彼女はぼくを普通じゃない人間として見るようになった。おそらく——いや、たしかに——あれからリズはぼくを怖がるようになった。怖いものを好きになるのは難しい。たぶん不可能だ。

リズは九歳にもなったら独りで下校するものだと思っていたのに、〝半夜勤〟と称して朝四時から正午まで働いたりしていた母の代わりに迎えにきてくれることもあった。刑事は勤務の交代を避けたがるものなのに、リズはそれをかなり多くやっていた。これも当時はまるで不思議に思わなかったのだけれど、後になって（まただ、はいはい、わかってるわかってる）リズは上司に気に入られてなかったと気づいた。あるいは信頼されていなかった。ぼくには彼女と母の関係をどうすることもできなかったし、セックスに関しては、二十一世紀へと移行するニューヨーク市警の歩みは鈍かった。酒のせいでもない。飲んだくれの警官はなにも彼女だけじゃない。ただし、いっしょに働く同僚のなかに、リズは悪徳警官じゃないかと疑いを持ちはじめた人間がいた。そして——ネタバレ注意！——その疑いは正しかった。

# 17

リズが放課後に迎えにきた二度の機会について話しておきたい。どちらの場合も、リズは車で——コブルストーン・コテージへ行ったときのものじゃなく、本人が自家用と呼ぶ車で現われた。一度めは二〇一一年、彼女と母がまだ付きあっていたころ。二度めは二〇一三年、ふたりが付きあうのをやめて一年かそこら経ったころ。そのあたりもふれることになるが、まずは順番に。

三月のあの日、ぼくがバックパックを片方の肩に引っかけて（それがイカした六年生の作法だった）学校を出ると、リズが自分のホンダ・シビックを停めてぼくを待っていた。縁石に黄色く塗られた部分は、本当はハンディキャップを持つ人たちのためにあるのに、リズは**警官対応中**の小さなサインを自前でこしらえていた……これには議論の余地もあるだろうが、リズのひととなりについてたかが十一歳にも伝わる部分があった。

車に乗ったぼくは、ルームミラーから下がるパインツリーの小型芳香剤では隠しきれない煙草の臭いに、なるべく鼻に皺を寄せないようにしていた。そのころ我が家は『ロアノークの秘密』のおかげでアパートメントを持つことができ、エージェンシーと同居することもなくなったので、家まで送ってもらえるのかと思っていると、リズはダウンタウンのほうへ車を向けた。

「どこへ行くの？」とぼくは訊いた。

「ちょっとした社会見学」とリズは言った。「いまにわかるから」

社会見学の行先はブロンクスのウッドローン墓地、デューク・エリントン、ハーマン・メルヴィル、バーソロミュー・〝バット〟・マスターソンなどの安息の地だった。彼らのことは調べて知っているし、後には学校でウッドローンについてのレポートを書いたりした。リズはウェブスター・アヴェニューからはいると、車をゆっくり走らせていった。いいところだったが、すこし怖くもあった。

「ここに何人の人が埋まってるか知ってる？」と訊かれたぼくが首を振ると、「三十万人。タンパの人口より少ないけど、そんなに違わない。ウィキペディアで確かめたの」

「どうしてここに来たの？　面白いけど、宿題があるんだよ」これは嘘ではなかったけれど、たかが三十分程度ですむことだった。明るい陽射しの一日、彼女はごく自然に――母の友だちのリズに――見えたが、それにしてもどこか奇妙な社会見学だった。

リズは宿題作戦を完全に無視した。「ここではいつも人が埋葬されてる。左を見て」と指をさし、車の速度を二十五マイルから徐行まで落とした。彼女が指した先で、人々が開いた墓に置かれた柩を取り囲んでいた。柩の頭のところに、聖職者らしき人物が本を開いて立っている。頭にビーニーを載せていないので、ラビじゃないことはわかった。

リズが車を停めた。式に参加する人たちは気を逸らさなかった。聖職者の話に耳をかたむけていた。

「きみには死人が見える」と彼女は言った。「わたしもそれは認める。トーマスの家でのことを経験したら、難しいことじゃない。ここで何か見える？」

「ううん」と応えながら、ぼくはいままでにない居心地の悪さを感じていた。それはリズが原因ではなく、ぼくたちがいま三十万の死体に囲まれていると意識したからだった。死者が数日——長くて一週間——でいなくなるのは知ってはいたけれど、墓の脇や真上に立つ彼らが見えてきそうな気がした。そしてクソなゾンビ映画みたいに、彼らはこっちに押し寄せてくるかもしれない。

「ほんと？」

ぼくは葬儀（墓前式と呼んでもいいけど）を眺めた。聖職者が祈禱をはじめたのだろう、会葬者全員が頭を垂れた。ひとりを除いて全員。その場に立ちつくした男は気もそぞろに空を仰いでいた。

「青いスーツのあの人」ぼくはおもむろに言った。「ネクタイをしてない人。彼は死んでるかもしれない、わからないけど。死んだときに悪いことがなかったら、目立つことがなかったら、ほかの人とだいたい同じに見えるんだ」

「わたしにはネクタイをしてない男は見えない」

「じゃあ、そうだよ、あの人は死んでる」

「彼らって、かならず自分の葬儀に来るの？」とリズは訊いた。

「知るわけないよ。墓地に来たのはこれが初めてなんだよ、リズ。葬儀でミセス・バーケットを見たけど、墓地でどうかはわからない。だって、ぼくもママもそっちは行かなかったから。そのまま家に帰ったんだ」

「でも、きみには彼が見える」リズは放心したように葬儀の参列者たちを見つめていた。

「あそこに行って彼と話せるよね、あの日、レジス・トーマスとしたみたいに」

「あそこには行かないよ！」わめいたとは言いたくないけれど、ほとんどそれに近い感じだった。「本人の友だちが集まってる前で？　奥さんと子どもがいる前で？　そんなの無理だよ！」

「落ち着いて、チャンプ」リズはそう言ってぼくの髪をくしゃくしゃにした。「わたしは自分の頭を整理しようとしてるだけ。彼、どうやってここまで来たと思う？　だって、ウーバーに乗れるはずはないんだし」

「わからない。帰ろうよ」

「じきにね」リズは墓地めぐりをつづけ、墓標や記念碑や数えきれないほどの地味な墓石の横を通り過ぎていった。さらに三組が墓前での儀式をおこなっていた。うち二組は最初のと同じような少人数で、ショーの主役は人に見られることなく参列していたし、もうひとつの盛大な式には丘の斜面に二百人ほどが集まり、式を取り仕切る男（チェック柄のビーニー――それと恰好いいショール）はマイクロフォンを使っていた。リズからは毎回、死人が見えるか訊かれて、ぼくは毎回、よくわからないと答えた。

「見えてても、見えるって言わないんでしょ。なんか、ふてくされてるみたいだし」

「ふてくされてなんかない」

「ふてくされてる。でもね、ここに連れてこられたってティーに言いつけられたら、たぶんわたしたちは喧嘩になる。さすがにアイスクリームを買いにいったって、きみからは言えないと思うけど、どう？」

そろそろウェブスター・アヴェニューまでもどるころで、ぼくはすこし気を取りなおしていた。誰だってそうだろうし、リズも好奇心を持って当然だと自分に言い聞かせて。

「ほんとに買ってくれるんだったら」

「賄賂ね！　B級重罪よ！」リズは笑いながらぼくの髪を撫でまわし、ぼくたちはなんとか仲直りした。

墓地を出てから、ベンチに腰かけてバスを待つ黒いドレスの若い女性を目にした。白いドレスにぴかぴかの黒い靴を履いた小さな女の子が隣りに座っていた。金色の髪、バラ色の頰をしたその女の子の喉には穴があいていた。ぼくは彼女に手を振った。リズはそれを見ていなかった。道を曲がろうとして車が途切れるのを待っていたのだ。ぼくは見たもののことを話さなかった。その夜の夕食後、リズが仕事か、自宅に帰るかでいなくなってから、よっぽど母に話そうかと思った。でもやめにした。結局、金色の髪の小さな女の子のことは自分の胸にしまっておいた。あとから、少女の喉にあった穴は食べ物を詰まらせてしまい、呼吸ができるように切開された痕で、でも手遅れだったんだろうと思った。彼女は母親の横に座っていたのに、母親はそれに気づかなかった。だけど、ぼくは気がついた。見た。手を振ったとき、彼女は手を振りかえしてきた。

## 18

〈リケティ・スプリット〉でアイスクリームを食べているとき（リズが母に電話を入れて、ぼくたちがどこで何をしてるか話してくれた）、リズが言った。「ほんと不思議ね、きみの能力は。不気味。自分で怖くならない？」

ぼくは、夜空の星を見あげて、それが永遠に輝きつづけると知って怖くならないかとリズに訊こうとしてやめた。ううん、とだけ答えた。奇跡のようなことに馴れてしまって。それが当たり前に思えて。そうはすまいとしても、そうなってしまう。不可思議なことが多すぎるだけのこと。それはどこにでも転がっている。

# 19

リズが学校帰りのぼくを迎えにきた別の機会についてはもうじき語るつもりだが、先にふたりが別れた日のことを話さなくてはならない。あれは恐ろしい朝だった、嘘じゃなく。

その日、ぼくは目覚まし時計が鳴るまえに目を覚ました。母がわめいていたからだ。母の怒鳴り声はまえにも聞いたことがあったが、あそこまで怒るのは初めてだった。

「あなた、それをアパートメントに持ち込んだの？　わたしと息子が住んでる場所に？」

リズは何か答えたものの、口ごもるような声で聞き取れなかった。

「そんなことわたしに関係ある？」と母は叫んだ。「刑事ドラマで〝深刻な問題〟っていうやつじゃない！　共犯で刑務所行きになるかもしれないのよ！」

「大げさね」とリズは答えた。声が大きくなっていた。「そんなことがあるわけ――」

「大事なのはそこじゃない！」と母はわめいた。「それがここにあったってこと！　いまもここにある！　このくそテーブルの、くそシュガーボウルの横に！　あなたはドラッグを我が家に持ち込んだ！　〝深刻な問題〟を！」

「その言い方、やめてくれない？　『ロー・アンド・オーダー』のエピソードじゃあるまいし」リズもまた声を荒らげていた。熱くなっていた。裸足でパジャマを着たまま、寝室のドアに耳を押し当てていたぼくは、胸がどきどきしてくるのを意識した。これは議論でも口論でもなかった。もっとすごい、もっとひどいものだった。「あなたがポケットを探らなかったら――」

「わたしがブツを探したって、あなたはそう言うわけ？　わたしはあなたのためを思ってしたんだから！　制服の換えの上着を、わたしのウールのスカートといっしょにクリーニングへ持っていこうとした。いつから入れてたの？」

「ちょっとのあいだだけ。持ち主の男が街を出て。あした帰ってくる――」

「いつ、いつから？」

リズの答えがふたたび低声になり、ぼくには聞こえなかった。

「じゃあ、なぜここに持ってきたの？　そこが理解できない。あなたの家の銃の保管庫にしまっておけばいいじゃない」

「ないの……」リズは言葉を呑んだ。

「ないって、何が？」

「保管庫がないのよ。うちの建物で何度か窃盗があってね。それに、こっちにいるつもりだった。一週間、いっしょにいると思ったから。移動しなくてすむし」

ったら、「移動しなくてすむって?」

この問いに、リズは返答しなかった。

「アパートメントに保管庫がないって。あなた、わたしにどれだけ嘘をついてきたの?」母はもう怒鳴っていなかった。少なくとも、このときには。傷ついているようだった。泣きたがってるみたいに。ぼくは部屋を出ていって、母をそっとしておいてとリズに言いたかった。たとえ母のほうから何かを——〝深刻な問題〟を見つけてはじまったことだったにしても。でも、ぼくはその場に立ちすくんで聞き耳を立てていた。しかもふるえていた。

リズが何かをつぶやいた。

「あなた、それで署でトラブルになってるんじゃない? しかも使ってたりとか……もしかしてブツを運んでる? さばいてる?」

「わたしは使ってないし、さばいてもいないわ!」

「だったら、人に渡してる!」母の声がまた大きくなった。「それって、さばいてるのと同じに聞こえる」こうして母は苛立ちの原因に立ちもどった。でも、それだけじゃない、何より彼女を悩ませていることがあった。「あなたはそれをわたしのアパートメントに持ち込んだ。息子がいる場所に。銃は車に保管してって、あれだけしつこく言ったのに、今度は換えの上着からコカイン二ポンドが出てくるって」母は声をあげて笑ったが、それは人が可笑しくてするようなのとはちがった。「あなたの換えの警察の上着から！」

「二ポンドじゃない」と陰気な声。

「わたしは父の店で、肉を計って育ったの」と母は言った。「手に載せれば二ポンドってわかる」

「持って出るから。いますぐ」

「そうして、リズ。大至急。あとで荷物を取りにきて。時間を決めて。わたしがいて、ジェイミーがいないときに。それ以外はお断わり」

「本気じゃないよね」とリズは言ったが、ドアを出るときも、その状況が信じられなかったんじゃないかと思う。

「間違いなく本気よ。あなたのためを思って、わたしが見つけたことはあなたの上司には告げ口しない。でもまたここに顔を出したら――あなたのがらくたを取りにくる、その一度は許すけど――やるから。かならず」

「わたしを棄てるつもり？　本当に？」

「本当よ。あなたのヤクを持って消えて」

リズは泣きだした。それもひどく。そして彼女が去ったあと、母はもっと激しく泣いた。ぼくはキッチンに行って母に抱きついた。

「どこまで聞いたの？」と訊いてきた母は、ぼくが答える間もなく、「きっと全部ね。あなたに嘘を言う気はないわ、ジェイミー。ごまかすつもりもね。あの人は薬を、大量の薬を持ってたんだけど、その話はひと言もしてほしくないの、わかった?」

「ほんとにコカインだったの?」ぼくも泣いていたけれど、自分のしゃがれた声を聞くまで気づかなかった。

「そうよ。あなたがそこまで知ってしまったから言うけど、わたしも大学のころ試してみたことあるの、二度だけ。ビニール袋にはいってるものを舐めてみたら、舌がしびれてね。それがそう、コークだった」

「でも、もうないよね。彼女が持っていったから」

母親というのは、いい母親なら子どもが怖がるものを知っている。評論家はそれを非現実的な考えと言うかもしれないが、ぼくはれっきとした事実だと思っている。「持っていったから、もう平気。厭な一日のはじまりだったけど、もう終わったわ。そこで区切りをつけたら先に進むのよ」

「わかった、でも……リズはもうママの友だちじゃないの?」

母は食器用のタオルで顔を拭った。「あの人とは、もうずいぶん友だちじゃなかったんだと思う。気づいてなかったけど。さあ、学校へ行く仕度をして」

その晩宿題をやっていると、キッチンからゴボゴボ音がして、ワインの匂いが漂ってきた。母とリズが飲んだくれていた夜にくらべても、ずっときつい匂いだった。母がボトルを倒したんじゃないかと思って(グラスの割れる音は聞こえなかったが)部屋を出ていくと、母は赤ワインのジャグを片手に、白ワインのジャグを反対の手に持ってシンクに立っていた。ワインを流していたのだ。

「なんで捨てるの？　腐ってたの？」

「言うなれば、八カ月まえから腐りはじめていたのね。もうやめ時だわ」

後にぼくは、リズと別れてからの母が、もう酒には頼らないと決めてしばらく禁酒会《AA》に通っていたことを知った（母は「おじいさんたちが、三十年まえに飲んだ酒のことでぐだぐだ文句を垂れてる」と話していた）。完全にはやめてなかったんだと思う。おやすみのキスをするとき、ワインの匂いがすると思ったことが一度や二度はある。クライアントとの食事で飲んだのかもしれない。アパートメントにボトルを置いていたとしても、ぼくはその隠し場所を知らなかった（真剣に探したわけではないけれど）。こちらの知るかぎり、あれからの歳月、母が酔ったり宿酔になったりしたことはない。ぼくにはそれで充分だった。

# 20

その後、リズ・ダットンには一年かそれ以上会わなかった。最初は淋しかったけれど、それも長くはつづかなかった。淋しいという感情が湧くと、リズは母をさんざんな目に遭わせたのだと思うことにした。ぼくは母が泊っていく別の友人を見つけるのを待っていたが、そんな相手は現われなかった。あれからずっと。一度、母に訊いたことがある。するとは「火傷すると懲りるのよ。わたしたちがうまくいくことが大事なの」と言った。

で、ぼくたちはうまくいっていた。レジス・トーマス――〈ニューヨーク・タイムズ〉のブックリストに二十七週間――と、二名の新しいクライアント（そのうちひとりを発掘したのがバーバラ・ミーンズで、当時の彼女はすでにフルタイムになり、二〇一七年には自ら看板を掲げた）のおかげで、エージェンシーはふたたび軌道に乗った。ハリー伯父はベイヨンの介護施設（同じ建物、新しい経営者）にもどった。そこは素晴らしくはなかったが、まえにくらべればましだった。母は朝から不機嫌なことがなくなり、新しい服を買うようになった。「仕方ないのよ」と、その年に母は言った。「ワイン肥りの十五ポンド分が減ったんだから」

ぼくはミドルスクールに進学した。いくつか最低なところがある学校で、ほかはまあ合格点だったが、ひとつすごい特典があった。最後の時限に授業がない運動部の生徒は体育館、美術室、音楽室へ行ってもいいし、下校してもかまわない。ぼくはたかが二軍でバスケットボールをやっていた身で、シーズンも終了していたけれど、その特権は保持していた。よく美術室を覗いたのは、ときどきマリー・オマリーというセクシーな娘がいたからだ。彼女が水彩画を描いていないときにはまっすぐ帰宅した。天気のいい日には（言うまでもなく、ひとりで）歩いたし、ひどい日はバスに乗った。

リズ・ダットンがぼくの人生にもどってきたその日は、マリーの姿を探していたわけでもなく、というのも、誕生日にもらった新しいXボックスを早くやろうと思っていた。バックパックを肩に掛け（もう手提げのトートバッグじゃなかった。六年生は有史以前の過去だった）、歩道を歩いているときに声をかけられた。

「あら、チャンプ、どうしてる、バンビーノ？」

リズは自分の車にもたれ、ジーンズをはいた脚を足首で組み、ローカットのブラウスを着ていた。ブラウスの上にはパーカじゃなくブレザーを羽織っていたが、胸には依然NYPDとあったし、むかしやってたみたいに前を開いてショルダーホルスターを見せた。ただし今回は空じゃなかった。

「やあ、リズ」ぼくは低声でつぶやいた。足もとに目を落とし、通りを右折した。

「待って。きみに話したいことがあるの」

ぼくは足を止めたが振りかえらなかった。髪の毛がヘビのメドゥーサみたいに、見たら石にされてしまうんじゃないかという気がして。

「どうかな。ママに怒られるよ」

「あの人は知らなくていい。振り向いて、ジェイミー。おねがい。このまま背中しか見えないんじゃ辛くて死にそう」

その声音が本当に傷ついているように聞こえて、ぼくも辛くなって後ろを振り向いた。ブレザーはもう閉じられていたが、それでも銃の膨らみはわかった。

「わたしの車に乗ってほしいの」

「よくないよ」と言ったぼくは、ラモーナ・シャインバーグという女の子のことを考えていた。彼女はその年の初めには二コマの授業でいっしょだったのに、急にいなくなった。友人のスコット・アブラモヴィッツの話だと、親権訴訟の最中に、身柄の返還請求もできない場所まで父親に連れ去られたらしい。スコットは、どうせならヤシの木の生えてる国を望むよと言った。

「きみの力が必要なのよ、チャンプ」とリズは言った。「どうしても」

ぼくはそれに答えなかったが、彼女はぼくが揺れているのを見抜いたんだろう、笑顔を向けてきた。あの灰色の瞳を輝かせるような笑みだった。その日はみぞれの冷たさをこれっぽっちも感じさせなかった。「たぶん無駄に終わるけど、わたしは試してみたいの。きみに試してもらいたい」

「何を試すの？」

リズはすぐには答えず、やがて片手を差し出した。「レジス・トーマスが死んだとき、わたしはきみのお母さんを助けたわ。今度はわたしを助けてくれない？」

正確には、あの日母を助けたのはぼくで、リズはぼくらを乗せてスプレイン・ブルック・パークウェイを走っただけだったが、気が急いた母を制して途中で車を停め、ワッパーを買ってくれた。それに、しゃべりどおしで喉がからからになったところへ残ったコークを持ってきてくれた。だからぼくは車に乗った。気が進まなかったけれどそうした。大人には力がある。何かを頼みこもうというときにはなおさらで、リズがやっていたのはそれだった。

行先を訊ねると、最初にセントラルパークだとリズは答えた。その後にあと何カ所か。ぼくは五時に帰らないとママが心配すると言った。リズは、それまでに帰れるようにするけど、これはとても大事なことなのだと言った。

そこから事情を語りだした。

# 21

サンパーを名乗る男が最初に爆弾を仕掛けたロングアイランドの町イーストポートは、かつての〝ハリー伯父の小屋（文学的ジョーク）〟のあるスピオンクからさほど離れていなかった。一九九六年のことだ。サンパーはキング・カレン・スーパーマーケットの洗面所の外に置かれたゴミ箱に、タイマー付きのダイナマイト一本を仕掛けた。タイマーといっても安物の目覚まし時計だが、それがうまく働き、ダイナマイトはスーパーマーケットが閉店する午後九時に爆発した。負傷したのは店の従業員三人。ふたりは軽傷だったが、三人めの男は男性トイレから出てきたところで被害に遭い、片眼と右腕の肘から先を失った。二日後、サフォーク郡警察署に手紙が来た。ＩＢＭセレクトリック・タイプライターでタイプされた文面は、〈おれの仕事ぶりはどうだ？　またやるぞ！　**サンパー**〉というものだった。

サンパーは現実に死者が出るまで、十九発の爆弾を仕掛けた。「十九発よ！」とリズは声をあげた。「狙ってなかったはずはないんだけど。市の五区と、ニュージャージーの二カ所——ジャージーシティとフォート・リー——にも仕掛けたわ。全部ダイナマイト。カナダ製の」

しかし、障害を負ったり負傷したりした人数は多かった。その総数は、ついにレキシントン・アヴェニューの公衆電話を使ってしまった男が殺された段階で五十名に迫っていた。ドカンと来たあとは決まって現場を管轄する警察に手紙が届き、その内容はいつも同じ〈おれの仕事ぶりはどうだ？　またやるぞ！　**サンパー**〉だった。

リチャード・スカリース（公衆電話の男の名前）以前は、新たな爆発が起きるまで間隔が空いていた。いちばん短くて六週間。長いもので一年近く開いた。ところがスカリース以降、サンパーはスピードアップした。爆弾は大型になり、タイマーの精度も上がった。一九九六年から二〇〇九年にかけて、爆発は十九回——公衆電話の爆破も入れて二十回。二〇一〇年から、リズがぼくの人生にもどってきた二〇一三年の穏やかなメイデーまで、サンパーは十発も仕掛けて負傷者二十名、死者三名を出した。ここまで来ると、もはやサンパーは都市伝説でもＮＹ１のお決まりのネタでもなく、全国的に知れ渡っていた。

彼は防犯カメラを避けるのが得意で、かろうじてカメラに映っていたものといえばコートにサングラス、ヤンキースのキャップを目深にかぶった姿だった。顔もうつむけていた。キャップのサイドと後ろに白い髪が見えていたが、かつらをかぶっている可能性もあった。十七年にわたるサンパーの〝恐怖の時代〟で、彼を逮捕しようと異なる三つの特別班が組織された。ひとつの班は〝時代〟の長い空白期間に、警察のほうでもう犯罪は起きないとして解散させた。ふたつめは組織内の大きな再編によって解体された。三つめの班は、サンパーが動きを加速させた二〇一一年につくられた。こんな話を、セントラルパークへ向かう車内でリズが語ってくれたわけじゃない。ほかの多くがそうだったように、あとになってぼくが自分で調べたことだ。

ようやく二日まえに、警察は待ち望んでいた幸運を手にした。連続殺人魔の〝サムの息子〟は駐車切符違反で捕まった。同じくテッド・バンディは無灯火で逮捕された。サンパー——実の名をケネス・アラン・セリオー——が捜査線上に浮かんだのは、ある建物の管理人がゴミ収集日に起こした小さな事故がきっかけだった。管理人はゴミを路地から表の収集場所に出そうと、ゴミ箱をいっぱいに積んだ台車を押していた。そこで道の穴ぼこにつまずき、箱の中身がこぼれた。散乱したゴミを片づけようとして、彼はワイアの束と〈CANACO〉とプリントされた黄色い紙切れを見つけた。それだけなら警察に通報しなかったかもしれないが、そうではなかった。ワイアの一本に〈ダイノ・ノーベル〉の雷管が接続されていたのだ。

セントラルパークに着いて、ぼくたちが乗った車は通常の警察車輛の間に駐まった(もうひとつ、あとから知ったのが、セントラルパークには自前の二二分署があるということだった)。リズがダッシュボードに小さな警察のサインを出し、ぼくたちは八六丁目をしばらく歩くと、アレクサンダー・ハミルトンの記念碑へつづく小径に曲がった。記念碑のことは調べなかった。くそな看板で読んだだけ。プレートか。どうでもいいけど。

「管理人は携帯でワイアと紙切れと雷管の写真を撮ったけど、翌日まで特別班のもとには届かなかった」

「きのうか」

「そう。それを見た瞬間、わたしたちはこいつだって確信したわけ」

「だよね、雷管があったんだから」

「ええ、でもそれだけじゃない。紙切れのほうは？〈CANACO〉はダイナマイトを製造してるカナダの会社よ。わたしたちは建物のテナントリストを入手して、聞き込みする手間をはぶいて名前の大半を消していった。こっちが捜してるのは男、たぶん単身者でたぶん白人だから。その条件を満たしたテナントは六名で、そのうちひとりだけ、カナダで働いてる男がいた」

「ググったんでしょ？」ぼくは興味を惹かれていた。

「そのとおり。いろいろあるなかで、わたしたちはケネス・セリオーがアメリカとカナダの二重国籍を持ってることを突きとめたわ。彼はカナダでいろんな建設現場と、それにフラッキングやオイルシェールの基地で働いてた。彼がサンパーとみてまず間違いない」

ぼくはアレクサンダー・ハミルトンを一瞥した。看板を読み、シャレたパンツを目に留める程度に。リズはぼくの手を取り、銅像の先にある小径に向かっていった。それこそ引っぱるようにして。

「SWATのチームと踏みこんだけど、部屋は空だった。まあ、空っぽっていうほどの空じゃなくて、物は置きっぱなしで本人がいなかったんだけど。あいにく管理人は自分の大発見を黙っていられなかった。口止めされてたのに。住人の何人かにしゃべったのが噂で広まってね。アパートメントで見つかったのがIBMセレクトリック」

「それってタイプライターでしょ？」

リズはうなずいた。「あのころの代物は、ちがうフォントを使うにはちがう活字エレメントが必要だった。それがサンパーの手紙と一致したわ」

たどり着いた小径にベンチがなかった話のまえに、後に知ったまた別の事実を伝えておかなくてはならない。リズはついに馬脚を露わしたセリオーのことで真実を話していたけれど、一方で〝わたしたち〟について語っていた。わたしたちはこれをした、あれをしたと言いながら、リズは対サンパー特別班の一員ではなかった。かつては第二の班に属していたが、みんながみんな首を刎ねられた鶏みたいに右往左往した警察内の大再編によって班は消滅、二〇一三年には、リズ・ダットンはニューヨーク市警に片足だけ残ったような状態で、そこに踏みとどまれたのは強力な警官組合のおかげだった。リズは片足のほかは戸外に押しやられていた。内部監査の人間——轢《ひ》き殺された獣に群がろうというハゲタカ——が飛びまわるなかで、ぼくが放課後に待ち伏せされたその日、リズが連続ゴミ捨て爆弾魔の逮捕に特化した特別班の一員であるはずはなかった。彼女には奇跡が必要で、ぼくはそこを当てにされたのだ。

「きょうまでに」とリズはつづけた。「区内の警官にはケネス・セリオーの名前と人相が行き渡ってる。街を出る人間は、カメラだけじゃなく人間の肉眼でも監視される――きみも知ってるはずだけど、カメラはたくさんあるわ。生死にかかわらず、こいつを捕まえることが最優先事項になってる。わたしたち、あいつが最後にもう一花咲かせる気なんじゃないかと心配だったの。〈サックス・フィフス・アヴェニュー〉の前とか、グランド・セントラル駅の構内とかで。ただし、あいつはわたしたちにひとつだけ便宜をはかってくれた」

リズは足を止め、小径のかたわらのある場所を指さした。見るとそこの芝生は、大勢の人に踏みつけられたように傷んでいた。

「あいつは公園に来てベンチに腰かけると、ルガー四五ＡＣＰで脳みそを撃ち抜いた」

ぼくはその場を茫然と眺めた。

「ベンチはいまジャマイカのニューヨーク市警法医学研究所にあるんだけど、あいつはここで実行したわけ。そこで大きな疑問があるんだけど。きみには見える？　あいつはここにいる？」

ぼくはあたりに視線をやった。ケネス・アラン・セリオーらしき人物は見当たらなかったが、もし彼が脳みそを撃ち抜いたのなら見逃すはずはないと思った。見えたのはフリスビーを投げて犬に追わせている子どもたち（犬はリードをはずされていた。セントラルパークでは禁止なのに)、女性ランナーふたり、ボーダーふたり、そして小径のずっと先のほうで新聞を読んでいるお年寄りの男性がふたり。でも頭に穴をあけた男の姿はどこにもなかった。ぼくはリズにそう言った。

「ちぇっ」とリズは言った。「そう、わかった。わたしの考えでは、あと二度チャンスがあるわ。あいつは七〇丁目にあるシティ・オブ・エンジェルズ病院で、雑用係として働いてた——建設業界の日々からはずいぶん落ちぶれたけど、もう七十代だしね——それと、住んでいたのはクイーンズのアパートメント。どっちだと思う、チャンプ?」

「ぼくは家に帰りたいって思ってる。彼はどこにいてもおかしくないよ」

「本当に? 彼らは生きてたときにすごした場所をうろついてるって言わなかった? なんて言うの、永遠に消えちゃうまえに?」

リズにそんな話をしたのか、はっきりとは憶えてないのだけれど、それは事実だった。ぼくはますます元クラスメイトのラモーナ・シャインバーグになった気がしていた。言い換えるなら誘拐。「なんで? 彼は死んだんでしょ? 事件は解決だよ」

「そうでもないんだな」リズは身をかがめてぼくの目を見据えた。二〇一三年にはぼくも背が伸びていて、そこまでかがむ必要もなかった。いまの六フィートの身長には遠くおよばないが、それでも二インチは大きくなっていた。「あいつはシャツに手紙を留めていたの。そこには〈もう一発、今度はでかいぞ。おまえらくたばれ、地獄で会おう〉って書いてあった。**サンパー**のサイン付きで」

そう、これで事情が変わった。

# 22

最初に向かったのは、距離が近い〈シティ・オブ・エンジェルズ〉だった。病院の表にいたのは、頭に穴があいた男じゃなく喫煙者たちだったので、ぼくたちは建物内を救急救命室の入口まで行った。たくさんの人がいるなかに、頭から出血している男がいた。銃創というより裂傷に見えたし、リズが話していたケネス・セリオーの年齢より若かったが、ぼくは念のためリズに、彼が見えるか訊ねた。リズは見えると答えた。

リズが受付でバッジを示し、ニューヨーク市警の刑事を名乗った。そして用務員が私物を置いたり、服を着換えたりする部屋はあるのかと訊いた。受付の女性によれば更衣室はあるが、すでに警察が来てセリオーのロッカーを空っぽにしていったとのことだった。警官はまだ残っているのかとリズが質すと、女性はいいえ、最後の方が何時間もまえに帰りましたと答えた。

「とにかく、ちょっと拝見したいんです」とリズは言った。「場所を教えてください」

女性は、エレベーターで地下に降りて右です、と言った。それからぼくに頬笑みかけた。「ぼく、きょうはママの捜査のお手伝いなの？」

ぼくは〝いや、彼女はママじゃないけど、ミスター・セリオーがまだそこらへんにいて、ぼくに見えるんじゃないかって期待するから、手伝ってあげようかと思って〟と言おうかと思った。当然、それで通じるわけがないので黙っていた。

リズはちがった。子どもが保健室の先生に感染症かもしれないと言われたので、診察のついでにセリオーの職場を調べることにしたのだと説明した。一石二鳥というやつだった。

「だったら、かかりつけの医者に診てもらったほうがいいかもしれない」と受付の女性は言った。「きょうはもう、ここはてんやわんやだから。何時間も待たされるわ」

「そのほうがよさそうね」とリズは同意した。それがあまりに自然な口調で、リズはさらりと嘘をつけるんだとぼくは思った。それでうんざりしたのか感心したのか、そこはなんとも言えない。たぶん両方がすこしずつだったんじゃないか。

受付の女性が身を乗り出した。ぼくは女性の巨乳が書類を前に押し出していくのをうっとり見つめた。映画で見た砕氷船のことを思いだした。彼女は声を落とした。「実を言うと、みんなショックを受けてるの。ケンは用務員のなかでは最年長で、とってもいい人だった。よく働くし、明るかったし。何か頼むと、いつも喜んでやってくれたわ。それも笑顔で。まさかわたしたちが人殺し、、、と仕事してたなんて！　そんなことってある？」

頭を振ったリズは、苛立つ様子がありありだった。

「そんなのわかるわけがない」と受付の女性は言った。まるで偉大な真実でも告げようとするかのような口ぶりだった。「わかるわけがないんだから！」

「ごまかすのが得意だったんでしょう」と言ったリズに、ぼくは〝自分がそうだからね〟と思った。

エレベーターのなかで、ぼくは訊いた。「特別班の一員なら、特別班といっしょに来ればよかったじゃない」

「馬鹿を言わないで、チャンプ。きみを特別班に引きあわせられると思う？　受付で話をでっちあげるので精一杯だわ」エレベーターが停まった。「誰かに訊かれたら、ここにいる理由を思いだして」

「感染症」

「よし」

でも訊いてくる人間はいなかった。用務員室は無人だった。ドアに**捜査中　立入禁止**の黄色いテープが張られていた。リズに手を握られて、ぼくたちはそれをくぐった。あったのはベンチと椅子が数脚、二ダースほどのロッカー。それと冷蔵庫、電子レンジにオーヴントースター。トースターの脇に〈ポップターーツ〉の開いた箱が置いてあって、その瞬間、ぼくは〈ポップターーツ〉を食べたいと思った。だがケネス・セリオーはいなかった。

ロッカーには名前を打ったダイモテープが貼ってあった。リズがハンカチを使ってセリオーのロッカーをあけた。指紋採取用の粉が付いていたからだ。それこそゆっくり、子どものクローゼットに隠れているブギーマンを探すみたいに開いていった。セリオーはブギーマンのようなものだが、そこに彼はいなかった。ロッカーは空だった。警官がすべて持ち去っていた。

リズはまた毒を吐いた。ぼくは電話で時間を確かめた。三時二十分だった。

「そう、そうよね」リズは肩を落とした。たしかに、ぼくをさらうように連れてきたリズのやり方には腹が立っていたけれど、なんだかすこし申しわけない思いにも駆られた。母のことを老けたと言ったミスター・トーマスの言葉を思いだし、今度は母の別れた友だちも老けたような気がしていた。やつれて見えた。あと、いくらか尊敬の念もおぼえた。というのも、リズは正しいことをして人の命を救おうとしていたのだから。リズは映画のヒーローのようであり、独りで事件を解決しようとする一匹狼のようでもあった。もしかすると彼女は、サンパーの最後の爆弾で蒸発してしまうかもしれない無辜《むこ》の人たちのことを思っていたのかもしれない。きっとそうだ。でも一方でぼくは、リズの関心が自分の仕事を守ることに向いていたのも知っている。それが彼女の主な関心だったとは思いたくないが、後に起きたことと照らしあわせると――そこにはいずれふれるとして――そうだったと思わざるを得ない。

「オーケイ、あともう一発。で、そんな電話なんか見るのはやめて、チャンプ。時間はこっちで把握してるし、もしママより先にきみを帰せなくてトラブルになったら、わたしが責めを負うから」

「どうせママはバーバラを誘って、お酒を飲んで帰ってくると思うんだ。バーバラはいまエージェンシーで働いてるから」なんでそんなことを口にしたのか自分でもよくわからない。罪のない命を救いたいというのもたぶんあったけど、それがあまり現実的じゃないって気がしたのは、ケネス・セリオーが見つかると思っていなかったから。むしろリズが打ちひしがれているように見えたからだと思う。コーナーに追いつめられて。

「だったら、好都合じゃない」とリズが言った。「残るはあと一カ所よ」

# 23

〈フレデリック・アームズ〉は十二階か十四階の灰色煉瓦の建物で、一階、二階の部屋の窓には鉄格子が嵌まっていた。〝パークの宮殿〟で育った子どもの目には、アパートメントビルというより《ショーシャンクの空に》の刑務所に見えた。そしてリズは即座に、ケネス・セリオーの部屋どころか建物自体にはいれないことを悟った。現場は警官であふれていた。道の真ん中に野次馬が集まり、警察が架台でバリケードを築いているあたりまで近づいて写真を撮っている。ブロックの両側にはテレビのニュースバンが駐まってアンテナを上げ、そこらじゅうにケーブルを這わせていたし、頭上の空にはチャンネル4のヘリコプターまで飛んでいた。

「見て」とぼくは言った。「ステーシー・アン・コンウェイだよ！　NY1に出てる！」

「興味があるか、わたしに訊いてみて」

ぼくは訊かなかった。

セントラルパークや〈シティ・オブ・エンジェルズ〉では、折よくリポーター陣に出くわさなかったのだが、それは彼らがこの場に集結していたからだった。リズを見ると、頬をひと筋の涙が伝っていた。「葬儀に行けばいいよ」とぼくは言った。「きっとそこにいるから」

「あいつはたぶん火葬される。ひっそりと、市の費用でね。親類はいないし。長生きしたから。家まで送るわ、チャンプ。ここまで引っぱりまわしてごめんね」

「大丈夫だよ」ぼくはそう言うとリズの手を軽く叩いた。そんなしぐさを母が嫌っていたのは知っていたけれど、この場に母はいなかった。

リズはUターンしてクイーンズボロ橋に向かった。〈フレデリック・アームズ〉から一ブロック離れたころ、ぼくは道端の小さな食料品店をふと見て言った。「あっ。あそこにいる」

リズが目を剝いた。「ほんとに？　間違いない、ジェイミー？」

ぼくは前かがみになって、履いていたスニーカーの間に吐いた。それこそリズの求めていた答えだった。

# 24

セントラルパークの男と同じぐらいひどかったかどうか、あれは遠い昔のことだったからなんとも言えない。あっちのほうがひどかったかもしれない。暴力行為に――事故、自殺、殺人に――苛まれた人間の身体がどうなるかを一度でも目にすれば、もうどうでもよくなる。ケネス・セリオー、またの名をサンパーはひどかった、でいいだろうか。本当にひどかった。

その食料品店の入口の両脇には、おそらく買ったスナックが食べられるようにとベンチが置いてあった。セリオーはその一方に腰をおろし、カーキ色のズボンの太腿あたりに両手を置いていた。通行人が思い思いの方向に歩いていく。スケートボードを抱えた黒人の子どもが店にはいっていった。女性がコーヒーの湯気が立つ紙コップを手に出てきた。ふたりとも、セリオーが座っているベンチには見向きもしなかった。

彼は右利きだったのだろう。頭部のそちら側はそんなにひどくはなかった。こめかみに十セント硬貨か、もうすこし小さい穴があいて、そのまわりが打撲か火薬のせいで黒い環になっていた。たぶん火薬のせいだ。血を集めて痣をつくるだけの時間が、彼の身体にあったとも思えない。

本当のダメージは銃弾が抜けた左側にあった。そちら側の穴はそれこそデザート皿ぐらいの大きさで、骨が不規則に並ぶ牙のように周囲をかこんでいた。頭の肉がとてつもない感染症にかかったみたいに膨張していた。左目が横にずれ、眼窩から飛び出していた。最悪なのは灰色の物体が頬に滴っていたこと。それが脳みそだった。

「止まらないで」とぼくは言った。「いいから走って」ゲロの臭いが鼻を刺し、口にはどろっとした感触が残っていた。「おねがい、リズ、できないよ」

だが、リズはブロックの終わりに近い消火栓の前に車を寄せた。「やるのよ。わたしもやる。ごめんね、チャンプ、でも、わたしたちは知らなくちゃならない。さあしっかりして、人が見てわたしが虐待してるって思われないように」

〝いまもしてるじゃないか〟とぼくは思った。〝それに欲しいものが手にはいるまでやめないくせに〟

口のなかは学校の食堂で食べたラビオリの味がした。それに気づいたとたん、ぼくはドアをあけて身体を出し、また吐いた。セントラルパークの男のことがあって、洒落のめしたウェイヴヒルで開かれたリリーの誕生パーティに行けなかったあの日のように。

ぼくにはお呼びじゃないデジャヴだった。

「チャンプ、チャンプ！」

振り向くと、リズがクリネックスのパックを差し出していた（クリネックスをバッグに忍ばせていない女性を紹介してくれたら、ぼくはもう誰のことも紹介しない）。「口を拭いて車を降りて。普通にふるまうの。さあ、やりましょう」

リズは本気なのだ――彼女が欲しいものを手にするまで、ぼくらはここを離れられない。〝しっかりしろ〟ぼくは自分に言い聞かせた。〝おまえにはできる。やらなくちゃ。だって、人の命が危険にさらされてるんだ〟

ぼくは口を拭って車を降りた。リズはダッシュボードに小さなサイン――モノポリーの刑務所釈放カードの警察版――を出し、ぼくがコインランドリーで服をたたむ女性を覗きこんでいる歩道側にまわってきた。べつに面白い光景じゃなかったけれど、少なくとも通りの先にいる壊れた男を見ずにすんだ。とりあえずは。じきに見ることになる。そればかりか――ああ、神さま――話しかけなくちゃならない。彼に話ができるとして。

ぼくは無意識に手を伸ばしていた。十三歳にもなると、通りすがりの人に母親だと思われる（人がそこまで気をくばったとしての話）女性と手をつなげなくなるものなのに、ぼくはリズに手を取られてうれしかった。死ぬほどうれしかった。

ぼくたちは店のほうにもどっていった。何マイルもあればいいのにとの願いもむなしく、たった半ブロックの距離だった。

「どこにいるの、正確には？」とリズが低声で訊いてきた。

思い切って目を向けると、彼は動いていなかった。そう、まだベンチにいて、かつては思考が詰まっていたクレーターがまともに見えた。耳は付いていたが変にねじれて、ぼくは四歳か五歳のころに持っていたミスター・ポテトヘッドのことを思い起こした。胃がまた引きつった。

「落ち着くのよ、チャンプ」

「その呼び方はやめてよ」なんとか声を絞りだした。「厭なんだ」

「心に留めたわ。彼はどこ？」

「ベンチに座ってる」

「ドアのこっち側か、それとも――」

「うん、こっち側」

ぼくはふたたび彼を見つめた。近くまで来て、もうどうしようもなくそうしていたのだが、そのとき興味深い場面を目撃した。新聞を小脇にはさみ、片手にホットドッグを持った男が店を出てきた。ホットドッグは熱を冷まさないようにする（これを信じる人は、月が生のチーズで出来ていると信じる人だろう）アルミホイルの袋に入れてあった。男はさっそくホットドッグを袋から出し、反対側のベンチに座ろうとした。そこではたと動きを止め、ぼくたちか反対のベンチを見て、ドッグはほかの場所で食べようとそのまま歩いていった。彼はセリオーを見ていない――もし見ていたら、たぶん絶叫して逃げだしていただろう――でも、感じたんだとぼくは思う。いや、思ったんじゃない。感じたんだとはっきりわかる。あのときもっと集中していればよかったのだが、ぼくが浮足立っていたことは、もうみなさんご承知のとおり。そうじゃなきゃ鈍感もいいところだ。

　セリオーが頭をめぐらせた。それで最悪の射出口が隠れたのは救いだった。救いにならなかったのは、バットマンのコミックに出てくるあのトゥーフェイスみたいに、顔の片側が普通で、反対側が異様に膨れあがっていたこと。それよりなにより、むこうがぼくを見つめていたこと。

　ぼくには彼らが見えて、彼らもぼくには見えているのを知っている。いつもそうなのだ。

「爆弾の場所を訊いて」とリズが言った。コメディのスパイさながら、口の隅でしゃべっていた。

　抱っこ紐で赤ん坊を連れた女性が歩道をやってきた。こっちに不審の目を向けてきたのは、ぼくの挙動が怪しかったのか、あるいはゲロの臭いをさせていたからかもしれない。たぶん両方だろう。ぼくはもう人目を気にする段階を越えていた。もはや望みといえば、リズにここまで連れてこられた目的を果たしてずらかることだけだった。ぼくは赤ん坊連れの女性が店内にはいっていくのを待った。

「爆弾はどこ、ミスター・セリオー？　最後の爆弾は？」

　最初は答えがなく、ぼくは〝しょうがない、脳みそが吹き飛んで、しゃべれないままここにいるんだって、そういうことさ〟と考えていた。すると彼は話しだした。出てくる言葉と口の動きが合っていないので、どこか別のところから話しかけているのかもと思った。地獄とは時間のズレがあるみたいに。それでぼくはビビってしまった。もしもそのとき、恐ろしい何かがはいりこんでセリオーを乗っ取ってしまったのだと気づいていたら、おぞけをふるっていただろう。でも、いまのぼくはそれがわかっているだろうか。つまりはっきりと？　いいや、でもおおよそわかってる。

「言いたくないね」

ぼくは唖然とした。死んだ人間からそんな答えが返ってきたことは一度もなかった。たしかに経験は限られているとはいえ、それまでのぼくなら、死者は最初からいつでも真実を語るしかないと言ってきたはずだ。

「何て言ったの？」とリズが訊いた。相変わらず口の隅でしゃべっていた。

ぼくはそれを無視して、もう一度セリオーに話しかけた。まわりに誰もいなかったので声を大きくして、耳の悪い人や英語があやふやな人にやるように単語をひとつひとつはっきりと発音した。「最後の……爆弾は……どこに……あるの？」

ぼくは死者は痛みを感じない、そこを超越しているとも言ってきた。セリオーもそれまで、自らの顔を激変させた傷に苦しんでいる様子はなかったのに、まるでぼくが質問の代わりに火をつけるか、腹を刺しでもしたように膨れた顔半分を歪めた。

「言いたくないんだって！」

「彼は何を――」とリズがまた切り出したとき、赤ん坊を抱いた女性が店を出てきた。女性は宝くじを手にしていた。抱かれた赤ん坊はキットカットを顔じゅうになすりつけていたが、セリオーの座っているベンチを見て泣きだした。母親は子どもがぼくを見ているると思ったのだろう、今度は超不審の目をぼくに向けると足早に去っていった。

「チャンプ……ジェイミー、ねえ……」

「黙って」とぼくは言った。そして、大人にそんな口の利き方をするのを母が嫌うので、

「おねがい」

セリオーに向きなおり、壊れた顔が苦痛でこれまでになく壊れていくのを見て、ぼくはもう気にしないと決めた。彼は大勢の人を傷つけて病棟に送り、人を殺し、シャツに留めたメモが嘘じゃなかったら、さらに殺そうとたくらんで死んでいったのだ。ぼくは彼が苦しむのを願うことにした。

「どこに……あるの……ねえ……クソ野郎」

セリオーは両手を胴に巻きつけ、さしこみに襲われたように背を丸めて呻いた。やがて音をあげた。「キング・カレン。イーストポートのキング・カレン・スーパーマーケットだ」

「なぜ？」

「はじめた場所で終わるのがいいと思った」彼はそう言うと、一本の指で宙に円を描いてみせた。「環が完成する」

「ちがう、なぜやったの？　なぜこんなに爆弾を仕掛けたの？」

彼は微笑した。顔の膨れた側をへこますようにして？　いまでもそれが目に見えるし、

もう見ないことにはできないだろう。

「それはな」と彼は言った。

「それは？」

「それはそうしたかったからさ」

## 25

セリオーの話したことを全部伝えると、リズは興奮しきりだった。そこはぼくにも理解できる。顔の片側を吹っ飛ばしたような男を目にしたわけではないので。彼女は店で買物をしてくると言った。

「ぼくを彼とふたりきりにするつもり？」

「いえ、通りにもどって。車のそばで待ってて。すぐだから」

セリオーは座ったまま、多少はましな目とすっかり伸びきった目でぼくを見つめていた。ぼくはその視線を感じた。キャンプに行ってノミにたかられ、特製の臭いシャンプーでノミがいなくなるまで五回も頭を洗ったときのことを思いだした。

セリオーがもたらした気分はシャンプーで洗い流せるはずもなく、ぼくはリズの言ったとおりにした。コインランドリーまで歩いて、まだ服をたたんでいた女性を眺めた。彼女はぼくを見て手を振ってきた。それで喉に穴のあいた少女と、あの手の振り方が甦ってきて、その恐ろしい刹那、ぼくはコインランドリーの女性も死んでいるんじゃないかと思った。でも死者は服をたたんだりしないで、ただ立っている。またはセリオーみたいに座っている。だから、ぼくは手を振りかえした。笑顔まで浮かべようとした。

それから店のほうを振りかえった。リズが出てこないか確かめるだけだからと自分に言い訳したが、本当の理由はちがった。セリオーがまだこっちを見つめているか気になったのだ。彼は見ていた。手のひらを上に片手を上げて指を三本折りこみ、一本の指を向けてきた。それを一回、二回と曲げた。とてもゆっくり。こっちに来い、坊や、と。

ぼくはもどっていった。脚が勝手に動く感じだった。望んでいないのにどうにもならなかった。

「あの女はあんたのことなんか気にしちゃいないぞ」とケネス・セリオーは言った。「ぜんぜんな。これっぽっちもだ。あれはあんたを利用してるだけさ、坊や」

「くたばれ、ぼくらは命を守ろうとしてるんだ」通行人はいなかったが、たとえ誰かいたとしてもぼくの言葉は聞こえなかったと思う。ぼくの声は相手に奪われ、つぶやくだけになっていた。

「あれが守ろうとしてるのは、てめえの仕事だよ」

「なにも知らないくせに、あんたなんか頭のイカれたゲス野郎じゃないか」これもささやき声だったが、ぼくはいまにも小便を漏らしそうになっていた。

セリオーは無言でにやりと笑った。それが彼の答えだった。

リズが出てきた。手にしていたのは当時、この手の店でもらえた安手のビニール袋だった。リズは自分には見えない壊れた男が座るベンチに目をやると、ぼくのほうを向いた。「ここで何してるの、チャ……ジェイミー？　車に行ってってって言ったじゃない」そしてぼくに答える間をあたえず、テレビの警察ドラマの取調室で容疑者を相手にするみたいな乱暴な早口で、「ほかになんかしゃべった？」

〝あんたはてめえの仕事を守ろうとしてるって〟とぼくは心のなかで言った。〝でも、たぶんぼくもそれに気づいてたよ〟

「ううん」とぼくは言った。「もう帰りたいよ、リズ」

「そうね。そうしよう。あとひとつ、さっさとすませたら。そう、ふたつね。それにあなたが汚した車を掃除しないと」リズはぼくの肩に（いい母親がやるように）腕をまわし、コインランドリーの先まで連れていった。ぼくは服をたたむ女性に手を振るつもりでいたのだが、彼女は背を向けていた。

「用意したものがあるの。まさか使うチャンスがあるとは思ってなかったけど、きみのおかげで……」

車のそばまで来ると、リズは店の袋から折りたたみ式の電話を取り出した。ブリスター包装がされたままだった。ぼくは靴の修理店のウィンドウにもたれ、リズがそれをいじって使えるようにするのを見守った。もう四時十五分になっていた。母がバーバラと飲みにいったのなら、先に家に帰れる……でも、この午後の冒険のことを秘密にしておけるだろうか。自信はなかったし、そのときはべつに大したことじゃないという気もした。せめて、もうちょっと先まで車を走らせてほしかったし、ぼくがやってあげたことからすれば、そのあいだぐらいゲロの臭いを我慢してくれてもいいじゃないかと思ったりもしたけれど、リズはとにかく舞いあがっていた。しかも爆弾のことがあった。ぼくは時計がゼロに向かって刻々と進んでいくなかで、ヒーローが赤と青のどちらのワイアを切るかで悩む映画を片っぱしから思い浮かべた。

リズは電話をかけていた。

「コルトン？　そう、こっちが……ちょっと、黙って聞いて。今度はそっちの番よ。あなたには貸しがある、大きな貸しが、つまりはそういうこと。いまからあなたが話すことを一言一句教えるから。録音して、それを……いいから黙れ！」

敵意のこもったリズの声音に、ぼくは思わず後ずさった。リズのそんな声を聞いたことはいままでなかったし、ぼくは初めて別世界のリズを目にしているのだと思った。性《た》質《ち》の悪い連中とかかわる警察の世界にいるリズに。

「録音して、それを書き出したら折り返して。いますぐ」リズは待った。ぼくはこっそり店のほうに視線を向けた。ベンチは両方とも空だった。それでほっとできるはずだったのに、なぜか気分は波立っていた。

「いい？　オーケイ」リズは目をつぶり、話したいこと以外のすべてをシャットアウトした。ゆっくり慎重に語りだした。「『もしケン・セリオーが本物のサンパーだとしたら……』そこでわたしが口をはさんで、これは録音したいって言うから。あなたはわたしが『いいわ、最初から』って言うのを待つ。わかった？」リズはコルトン――だか誰だか――が、わかったと答えるのを待った。「そしたら、『もしケン・セリオーが本物のサンパーだとしたら、彼はいつもはじめたところで終わりにすると話してた。いま通報してるのは、二〇〇八年にそっちと話したことがあるからだ。名刺があったんだ』と言って。そこまでいい？」また間が空いた。リズはうなずいた。「よし。わたしがそちらは誰って訊くから、そこで電話を切って。すぐによ、そこはタイミングが大事。へまをしたら徹底的につぶしてやるから。こっちが本気だってわかるわね」

リズは通話を切った。それから歩道を歩きまわった。ぼくはまたベンチのほうをうかがった。無人だった。きっとセリオーは――というかセリオーの残骸は――懐かしの〈フレデリック・アームズ〉の現場を確かめに帰っていったんだろう。

リズのブレザーのポケットから、アデルの《ルーモア・ハズ・イット》のドラムのイントロが聞こえてきた。リズは本物の自分の電話を出して応答した。しばらく耳をすましてから、「待って、これは録音したいから」と言った。そして録音をセットすると、「いいわ、最初から」

その脚本が演じられると、リズは通話を終えて電話をしまった。「期待ほど強力じゃないけど、むこうは気にするかな？」

「たぶんしないよ、爆弾が見つかれば」とぼくは言った。リズがはっとするのを見て、いまのは独り言だったんだと気づいた。こうして彼女の望みをかなえたあと、ぼくはたんなるお荷物だった。

リズは袋からペーパータオルのロールと芳香剤を出した。彼女はぼくのゲロを拭いた紙を側溝に捨てると（ゴミのポイ捨ては百ドルの罰金だと、ぼくはあとから知った）、花の香りがするやつを車内にスプレーした。

「乗って」

ぼくは顔をそむけていたので、ランチタイムのラビオリのなれの果てを見ずにすんだものの（この後始末に関しては、リズに借りが出来たと思った）、車に乗ろうとして、トランクのそばに立つケネス・セリオーの姿を認めた。ぼくに手が届くほど近くにいて、相変わらずにやにやしていた。悲鳴をあげようにも、ちょうど息を吸おうとしていたぼくの胸は膨れず、新しい空気をつかめそうになかった。あらゆる筋肉が眠ってしまったかのようだった。

「また会おうな」とセリオーは言った。にやけ面が広がって、歯と頬の間に血の塊りが見えた。「チャ、ン、プ」

## 26

三ブロック走っただけで、リズはまた車を停めた。電話を（本物のほう、使い捨てじゃない）出すと、こっちを見て、ぼくがふるえているのに気づいた。こっちから抱きついてもよかったのかもしれないが、結局は肩を叩かれただけだった。おそらく同情されたんだろう。「遅延型反応ね。よくわかる。一時的なものよ」

それからリズは電話をかけてダットン刑事を名乗り、ゴードン・ビショップを呼び出してくれと言った。どうやら任務中という答えが返ってきたらしく、リズはこう言った。

「彼が火星にいようとかまわない、つないで。これは最優先事項だから」

リズは空いた手でステアリングを叩きながら待った。やがて背筋を伸ばした。「こちらダットン、ゴード……いえ、わかってます、でも耳に入れたほうがいいかと思って。以前担当してたときに聴取した相手から、セリオーに関する情報がはいって……いえ、正体はわからない。イーストポートの〈キング・カレン〉を調べたほうがいいのでは……セリオーがはじめた場所だから。考えてみれば、それなりに理屈が通るし」しばらく聞き入ったのち、「本気？　当時、何人の聴取をした？　百？　二百？　いい、いまメッセージを流すから。録音したので。こちらの電話でうまく録れてれば」

録れていることはわかっていた。三ブロックの短いドライブのあいだに確認していたのだ。録音の再生が終わると、「ゴード？　そんな……ちっ」と言って電話を切った。「切りやがった」リズはぼくに気味の悪い笑顔を向けてきた。「あいつはわたしのことを憎んでる、でも調べるわ。やらなかったら自分に降りかかってくるってわかってるから」

ビショップ刑事は調べた。すでにケネス・セリオーの過去を掘りだすことをはじめていた警察は、リズの〝匿名の情報〟に照らして金塊を発見した。建設業界でキャリアを積み、退職後に〈シティ・オブ・エンジェルズ〉の用務員として働くはるか以前、セリオーはウェストポート、つまりイーストポートの隣町で育った。ハイスクールの最上級生のとき、商品の袋詰めや棚の補充をやっていた〈キング・カレン〉で万引きをして捕まった。一度めは警告。二度めで首になった。だが盗癖はなおらなかったらしい。その後の人生で、セリオーはダイナマイトと雷管の仕事に移った。その両方がかなりの量となって、後にクイーンズの保管ロッカーで見つかった。すべてが古く、すべてがカナダ製だった。思うに当時は国境での検閲が甘かったんだろう。

「じゃあ、家に帰してくれる？」とぼくはリズに訊いた。「ねえ？」

「ええ。この話、お母さんにするつもり？」

「わからない」

リズは頬笑んだ。「これは答えの要らない質問だから。もちろん、あなたは話す。それでいいの、わたしは痛くも痒くもない。なぜかわかる？」

「誰も信じないから」

リズはぼくの手を叩いた。「そのとおりよ、チャンプ。ホールインワン」

# 27

リズはぼくを角で降ろして走り去った。ぼくは家の建物まで歩いた。結局、母とバーバラは飲みにはいっていなかった。バーブは風邪をひいて、仕事が終わったらまっすぐ家に帰ると言ったのだ。母は電話を握ってステップに腰をおろしていた。

歩いてくるぼくを見た母はステップを駆け降りると、息ができなくなるほどきつくぼくにしがみついた。「どこをほっつき歩いてたの、ジェイムズ？」ぼくをそう呼ぶときの母がいきり立っていることは、もうおわかりかもしれない。「よくそんな不注意な真似ができるわね。みんなに電話してから、もしかして誘拐されたんじゃないかと思って、通報しようかって……」

抱きつくのをやめ、つかんだぼくを腕の長さだけ離した母がいままで泣いていて、また泣きだしているのを見て、ぼくは自分のせいじゃなかったのに本当に申しわけない気持ちになった。人をクジラの糞より最低な気分にさせるのは、世の中に母親だけじゃないかと思う。

「リズね？」で、答えを待つことなく、「そうよ」それから低く険しい声で、「あのあばずれ」

「行かなきゃならなかったんだ、ママ」とぼくは言った。「ほんとさ」

そしてぼくも泣きだした。

# 28

ぼくたちは階上に行った。母はコーヒーを淹れ、ぼくにカップを渡した。それが初めてのことで、以来ぼくはこれにハマりっぱなしだ。母にはほぼすべてを話した。リズが学校の外で待っていたこと。サンパーの最後の爆弾を発見することに人命がかかっていると言ったこと。病院へ行き、それからセリオーの家に行ったこと。セリオーの顔半分が吹っ飛んで、原形を留めていなかったことも話した。話さなかったのは、振り向くとリズの車の後ろにセリオーが、ぼくの腕をつかめるほど近くに立っていたこと……もし死人につかむことができるとしても、どのみちぜったいに知りたくないことだった。あと、彼が口にした言葉も母には話さなかったが、あの夜ベッドにはいってから、それがひび割れた鐘の音のように頭のなかで鳴り響いていた。「また会おうな……チャ、ン、プ、」

母は大丈夫、わかるわとくりかえしていたが、いまのぼくにはずっと不安そうにしていたのがわかる。でも、ロングアイランドで起きていたことは知らずにはいられなかったし、それはぼくも同じだった。母がつけたテレビを、ぼくたちはカウチに座って見た。NY1のルイス・ダドリーが、警察の架台でふさがれた通りに立ってしゃべっていた。

「警察はこの情報をかなり深刻に受けとめているようです。サフォーク郡警察筋によれば――」

ぼくは報道用〈リコプター〉が〈フレデリック・アームズ〉の上空を飛んでいたのを思いだし、ロングアイランドまで行く時間は充分にあると計算して、母の膝からリモコンを取ってチャンネル4に換えた。すると案の定、キング・カレン・スーパーマーケットの屋上が映っていた。駐車場には警察車輌が集結している。正面玄関に駐まった大きなバンは、爆弾処理班のものにちがいなかった。ヘルメットをかぶった警官二名が、それぞれハーネスをした犬を連れて建物にはいっていった。ヘリの高度が高すぎて、爆弾処理班の警官がヘルメットとともに防弾ベストやジャケットを着用しているかどうかは見えなかったが、ぼくは着用していたと確信している。犬は着ていなかった。彼らが建物内にいるときにサンパーの爆弾が炸裂すれば、犬たちはそれはもうぐしゃぐしゃになって吹き飛ばされる。

ヘリに乗ったリポーターが話していた。「買物客と店員は全員、安全に避難したとのことです。ただし通報が誤っている可能性があります、これはサンパーの〝恐怖の時代〟によくあったことで――」（そう、彼はじっさいそう言った）「――こうしたことも真に受けるのが最善の方策です。いま私たちにわかっているのは、この場所がサンパーが最初に爆弾を仕掛けた現場であり、爆弾はいまなお発見されていないということです。ではスタジオにお返しします」

ニュースアンカーたちの背景はセリオーの写真で、かなり老けて見えたので〈シティ・オブ・エンジェルズ〉のID用だったのだろう。映画スターとは大違いだが、ベンチに座っていた本人よりはるかに上等だった。リズの仕込んだ情報は、市警のある年輩の刑事が少年のころにあったジョージ・メテスキー、マスコミが〝爆弾魔《マッド・ボマー》〟と名づけた男の犯罪を思いださなければ、まともには相手にされなかったかもしれない。メテスキーは、一九四〇年から五六年におよぶ自身の恐怖の時代に三十三個のパイプ爆弾を仕掛けた。その動機は同じような怨恨で、メテスキーの場合はコンソリデーティド・エジソン社に向けられていた。

ニュース部門の迅速なリサーチもあって、つぎにメテスキーの顔がアンカーたちの後ろに映し出されたが、母はその老人の顔を見ようともしなかった……ぼくは用務員の制服姿のセリオーと変に似ていると思った。母は電話をつかむと、ぶつぶつ言いながら寝室にアドレス帳を探しにいった。おそらく〝深刻な問題〟のことで言い争ったあと、リズの番号は消してしまっていたのだろう。

何かの薬のコマーシャルになると、ぼくはこっそり母の寝室まで行ってドアに耳を当てた。短い通話だったので、ぐずぐずしてたら聞き損なっていた。「ティアよ、リズ。なにも言わずに聞きなさい。今度のことはわたしの胸にしまっておく、理由には心当たりがあるはずよ。でも、息子をもう一度巻きこんだら、今度彼の前に現われたら、あなたの人生をすべて焼き払ってやる。わたしにそれができるって、あなたは知ってる。たった一回押すだけでいいんだから。ジェイミーに近づくな」

ぼくはカウチに駆けもどり、何食わぬ顔でつぎのコマーシャルに見入った。その芝居は牡牛の乳首みたいに無駄だった。

「話は聞いた？」

母の燃えるような目が、嘘はつくなと語りかけてきた。ぼくはうなずいた。

「よろしい。つぎに見かけたら必死で逃げなさい。家までね。そして、わたしに話して。わかった？」

ぼくはふたたびうなずいた。

「オーケイ、よしよし。これからテイクアウトを注文するわ。ピッツァがいい、それとも中華？」

# 29

あの水曜日の夜八時ごろ、警察はサンパーの最後の爆弾を発見して処理をおこなった。母とぼくが『パーソン・オブ・インタレスト』を観ている最中、いきなり特報に切り換わった。複数の探知犬でさんざん捜しても見つからず、処理班のハンドラーがもう引き揚げさせようとしていたとき、一頭が家庭用品の通路で反応を示した。そこはすでに何度も調べていて、棚には爆弾を隠せる場所がなかったのだが、ひとりの警官がふと上を見あげて天井のパネルが若干ずれていることに気づいた。爆弾はそこの天井と屋根の間にあった。バンジージャンプで使うような、伸縮性があるオレンジ色のコードで桁に固定されていた。

セリオーはまさに有り金を注ぎこんでいた――ダイナマイト十六本に雷管が一ダース。目覚まし時計からずっと進化して、それこそぼくの頭にある映画に出てきそうなデジタルのタイマーが取り付けられていた（ある警官が処理後に撮影した写真が、翌日の〈ニューヨーク・タイムズ〉に載った）。爆発がセットされていたのは金曜日の五時、店が最も混雑する時間帯だった。翌日のＮＹ１（例の母のお気に入り）では、爆弾処理班の警官が屋根全体が落ちていただろうと語っていた。そんな爆発で何人の犠牲者が出るかと訊かれて、警官は首を振るばかりだった。

その木曜の夜、母が夕食中に言った。「いいことをしたわね、ジェイミー。素晴らしいわ。リズもね、本人の理由がどこにあるかは別にして。まえにマーティが言ったことを思いだすわ」母が持ち出したのはミスター・バーケット、いまも名誉教授として活躍中のバーケット教授のことだ。

「何て言ったの？」

「ときに神は壊れた道具を使うって」それは教授が教えていた、古いイギリスの作家からの引用だった。

「あの人、いつもぼくが学校で習ってることを訊いてきては、悪い教育を受けてるっていうふうに首を振るんだけど」

母は声を出して笑った。「教育のことで頭がいっぱいって人はいるし、彼はいまでも頭が切れて、的をはずさない。クリスマスのディナーをいっしょにしたことは憶えてる？」

「うん、ターキーサンドウィッチにクランベリーのドレッシング、最高だった。それとホットチョコレート！」

「ええ、素敵な夜だった。彼がいなくなったら損失ね。食べて、デザートにアップルクリスプがあるから。バーバラがつくってくれたの。で、ジェイミー？」

ぼくは母を見つめた。

「この話はもうやめましょう。なんていうか……忘れたことにして？」

母はリズや、ましてセリオーのことじゃなく、ぼくに死者が見えることを話しているんだと思った。コンピュータの教師なら〝グローバル関数リクエスト〟と呼びそうなことで、それに異存はなかった。異存がないどころか、ぼくは「いいよ」と返事していた。

そのとき、明るく照らされたキッチンの隅でピッツァを食べながら、ぼくは忘れることができると本気で思っていた。ただ、ぼくは間違っていた。それから二年、リズ・ダットンと会うことはなかったし、彼女のことが頭に浮かんでくることもほとんどなかったけれど、まさにその夜、ぼくはケン・セリオーと再会した。

冒頭で述べたとおり、これはホラーストーリーだ。

# 30

眠りかけたころ、二匹の猫が悲しげな声で騒ぎだしてすっかり目が冴えた。住んでいたのは五階で、新鮮な空気を入れるのに窓をすこしあけていなかったら——つづいてゴミ箱がからんと鳴った音も——聞こえなかったかもしれない。起きあがって、窓をしめようとサッシに手を置いたまま、ぼくは凍りついた。通りのむこうに、街灯の光を浴びてセリオーが立っていて、ぼくは猫たちが喧嘩をして鳴いていたんじゃないとその場で察した。怯えて鳴いていたのだ。抱っこ紐の赤ん坊と同じく、あの猫たちにも見えていた。セリオーはわざと猫を脅かした。ぼくが窓辺に来るのを知っていたから。リズがぼくをチャンプと呼ぶのを知っていたように。

彼は半分くずれた顔で笑いかけてきた。

手招きした。

ぼくは窓をしめ、母の寝室へ行ってベッドにもぐりこもうかと思ったが、そうするにはもう大きすぎたし、いろいろ訊かれることになる。だから、代わりにシェードを引いた。自分のベッドにもどって横になり、闇を見つめた。こんなことはいままで一度もなかった。死者が野良犬みたいに家までついてくることはなかった。

〝気にするな〟と考えた。〝三日か四日すれば、やつもほかの死人と同じようにいなくなる。長くて一週間。むこうは手出しができるわけじゃない〟

でも確かなのか？　暗闇のなかで横たわりながら、ぼくはそうじゃないと気づいた。死者を見ることは、死者を知ることとはちがうのだ。

　こうしてぼくはまた窓辺に行き、セリオーはまだいると確信しながらシェードの隙間から覗いた。たぶん手招きもしてくるだろう。指を一本伸ばし……それを曲げて。来い、来いよ、チャンプと。

　街明かりの下には誰もいなかった。彼はいなくなっていた。ぼくはベッドにもどったが、寝つくまで長い時間がかかった。

# 31

ぼくは金曜日に、学校の外でまた彼を見た。子どもを迎えにきた親がけっこういて——金曜日がいつもそうなのは、週末にどこかへ出かけるからだろう——そんな彼らにセリオーは見えていなくても、気配は感じていたにちがいない。なぜなら、セリオーが立っていた場所を避けるようにしていたから。ベビーカーを押している人はいなかったが、もしいたら、赤ん坊は歩道の空いた場所を見て泣きわめいているはずだ。

校内にもどったぼくは、事務室の外に貼られたポスターを眺めながら、どうしようか悩んだ。ここは彼に話しかけて望みを知ることだと考え、だったら人がいるうちに実行しようと決めた。むこうは手出しできないと思っていたが、自信はなかった。

さっそく催したのでまずトイレに行ったが、便器の前に立っても一滴も出なかった。死者で、トイレを出ると、バックパックを肩に掛けずにストラップをつかんで持った。死者にさわられたことはこれまで一度もなかったし、死者にさわれるものなのかどうかも知らなかったが、万が一、セリオーがぼくにさわろうと——ぼくをつかもうと——したら、パックに詰めた本で殴ってやるつもりだった。

が、彼はいなくなっていた。

一週間、二週間と経った。ぼくは彼の賞味期限が過ぎたと思ってほっとした。

ＹＭＣＡのジュニアの水泳チームにいたぼくは、五月下旬の土曜日、ブルックリンで翌週末に開かれる予定だった大会に向けて最後の練習に参加した。母は練習後に食べ物を買うようにと十ドルをくれたうえで――いつものとおり――お金や時計を盗られないように、ロッカーに鍵をかけるのを忘れるなと言った（ぼくのダサいタイメックスを盗もうというやつがいるとはとても思えないが）。ぼくは母に、大会に来てくれるのと訊いた。母は読んでいた原稿から顔を上げて、「四度めよ、ジェイミー、行く。大会には行きます。カレンダーに書いてある」。

訊いたのはまだ二度め（三度めだったかもしれない）なのに、ぼくはそうとは言えずに、母の頰にキスすると廊下を歩いてエレベーターに向かった。エレベーターのドアが開くとセリオーがそこにいて、やたらにやつきながら、まともな目と伸びきった目でこっちを見つめてきた。着ていたシャツに一枚の紙。そこに遺書が記されている。紙はいつもそこに留めてあって、飛び散った血はいつも真新しい。

「おまえの母さんは癌だ、チャンプ。煙草のせいだぞ。余命は六カ月」

ぼくは顎を落としたまま、その場を動けずにいた。

エレベーターのドアがしまった。ぼくは金切り声だか呻き声だか、よくわからない音をたて、倒れないように壁にもたれた。

〝彼らは真実を話さなくてはならない。ぼくのお母さんは死ぬんだ〟

やがて頭がすこしすっきりして、もっとましな考えが浮かんだ。溺れる者は藁をもつかむというやつだ。〝でも、彼らは訊かれた質問には真実で答えることになってるだけかもしれない。そうじゃなければ、いいかげんなデマだって好きに飛ばせるんじゃないか〟

さすがに水泳の練習に行く気がなくなったけど、これでサボればコーチから母に連絡が来る。すると母からどこにいたかを問い詰められるし、それでぼくは何て答えればいい？　街角でサンパーに待ち伏せされるのが怖かったから？　あるいはＹＭＣＡのロビーで？　あるいは（どうやら、これがいちばん恐ろしい）、塩素を洗い流す裸の少年たちからは見えないシャワールームで？

ぼくから母に、癌だってと告知するのか。

だから練習に出て、みなさんご想像のとおり、やけくそになって泳いだ。コーチからは顔を上げろと言われ、ぼくは涙がこぼれないように自分の腋の下をつねった。思い切りつねった。

家に帰ると、母はまだ原稿と格闘していた。リズが出ていってから、母が煙草を吸う場面を見たことはなかったけれど、たまにぼくがいないときに――著者や方々の編集者と――飲んでいるのは知っていたので、キスしながら鼻を利かせてみた。かすかな香水の匂いしか感じなかった。それか土曜日だからフェイスクリームか。とにかく女性用の化粧品の匂いだった。

「風邪でもひきそうなの、ジェイミー？　泳いだあと、ちゃんと身体は拭いた？」

「うん。ママ、もう煙草は吸ってないんでしょ？」

「そうよ」母は原稿を脇にやり、背筋を伸ばした。「ええ、リズが出てってから一本も吸ってない」

〝彼女を叩き出してからね〟とぼくは思った。

「最近、お医者さんにかかった？　検査はしてる？」

母は訝しそうな目つきを向けてきた。「どうしたの？　眉に皺を寄せたりして」

「いや、ママはぼくのたったひとりの親だからさ。ママに何かあったら、ぼくとハリー伯父さんじゃ生きていけそうにないでしょ？」

母はおどけた顔をしてみせると、笑いながらぼくを抱きしめた。「わたしは大丈夫。じつは二カ月まえに、いつもの定期健診を受けたの。みごと合格」

母は元気そうだった。古い言い方をすれば、血色がよかった。見た感じは体重が減った様子はないし、ひどい咳もしていない。もちろん癌が喉や肺にあるとはかぎらないことは、ぼくも知っていた。

「そう……よかった。うれしいよ」

「おたがいにね。じゃあ、きみのママにコーヒーを淹れて、この原稿が終わるようにしてちょうだい」

「出来がいい？」

「実はそうなのよ」

「ミスター・トーマスのロアノーク物よりも？」

「断然上だけど、残念ながら売れないな」

「ぼくもコーヒーを飲んでいい？」

母はふっと息を洩らした。「カップに半分ね。じゃあ原稿を読ませて」

## 32

その年の最後の数学のテスト中、ふと窓の外を眺めたぼくは、バスケットボールのコートに立つケネス・セリオーに気づいた。にやけ面で手招きしてきた。ぼくは解答用紙に目を落とし、また顔を上げた。彼はまだそこにいて、さっきより近づいていた。ぼくのほうに黒っぽい紫色のクレーターと、その周囲の骨の牙がよく見えるように頭を向けた。ぼくがまた解答用紙に目をもどし、三度めに顔を上げたときにはいなくなっていた。でも、いずれ帰ってくるとぼくにはわかっていた。彼はほかの死者たちとはちがった。まるで別物だった。

ミスター・ラガーリから解答用紙を提出するように言われたとき、最後の五問が解けていなかった。テストの成績はDマイナスで、解答用紙の上に短い文が添えられていた。〈この成績にはがっかりしました、ジェイミー。きみはもっとできるはずだ。どのクラスでも、一度は言ってるでしょう?〉先生が言ったのは、数学で後れを取ったら二度と追いつけなくなる、だった。

数学だけの問題じゃないのに、ミスター・ラガーリは勝手にそう思いこんでいたのかもしれない。ほかの科目にしても同様だった。その日、数学のあとにあった歴史のテストでも、ぼくは同じ轍を踏むようにしくじった。それはセリオーが黒板のあたりに立っていたからではなく、彼が教壇に立っているんじゃないかとの思いが頭を離れなかったからだ。

セリオーはぼくの成績を落とそうとしていた。そう言ったら笑われそうだが、これも昔ながらの言葉にあるとおり、真実であれば杞憂にあらず。テストを何個か失敗しても、一年のこんな遅い時期、もう夏休みも来るというころに全部が落第となるはずもない。でも来年、彼が変わらず現われたとしたら？

それも、もっと強くなって？　そんなのは信じたくないが、彼がいまも存在していること自体がその証しかもしれない。おそらくそうだ。

助けてくれそうな誰かに話す、その相手が母なら理にかなった選択で、きっと信じてくれるはずだが、ぼくは母を怯えさせたくなかった。エージェンシーの経営が行き詰まり、ぼくと伯父の面倒をみられないとなった段階で、母はもう恐れを体験していた。その苦境から脱するのに手を貸したぼくの窮地を知って、母は自分を責めるかもしれない。ぼくには無意味でも、母にはそうじゃないかもしれない。しかも、母は死んだ人間が見えるという話全体を過去のことにしようとしていた。そこにこんなことが起きたのだ。仮にぼくが話したとして、母に何かできるのか。そもそもセリオーとぼくを結びつけたリズを責めるぐらいがオチだ。

生活指導のミズ・ピーターソンに話すことも頭をよぎったが、彼女はたぶん、ぼくが幻覚を見てノイローゼになったと思うだろう。そして母に報告する。リズのところへ行こうかとも考えたが、リズに何ができる？　銃を抜いてあいつを撃つ？　でも運よく、むこうはもう死んでいる。それにリズとは断絶した。断絶したとぼくは思っていた。ぼくは独り、寄る辺のない恐ろしい場所にいた。

母が見にきてくれた水泳大会で、ぼくは全種目でひどい泳ぎをした。帰り道、母はぼくを抱きしめて、調子の出ない日は誰にでもある、つぎはきっとよくなるからと言った。ぼくはその場ですべてをぶちまけそうになった。いまにして思えば、しごく当然の感情なのだが——セリオーは最後にして最大の爆破を失敗した腹いせに、ぼくの人生を破滅させようとしているんじゃないかと怖くなったのだ。そのときタクシーに乗っていなかったら、正直打ち明けていたかもしれない。でも車のなかにいたから、ぼくは手描きの七面鳥が〈モナ・リザ〉に匹敵する芸術作品だと思いこんでいた子どものころみたいに、ただ母の肩に頭をもたせかけていた。なんだかんだ言って、大人になっていくことの最悪の部分は、口を閉ざしてしまうことじゃないだろうか。

## 33

学年末の日、アパートメントを出ようとすると、またもセリオーがエレベーターに乗っていた。にやけ面に手招き。むこうはぼくが初めて出くわしたときみたいに竦《すく》みあがると思っていたようだが、ぼくは動じなかった。たしかに怖かったけれど、まえほどは怖くなかった。伸びたひげや生まれながらの顔の痣が、醜いと思っても気にならなくなるように、しだいに馴れてきたのだ。今回は放っておいてくれない相手に、いいかげん恐れより怒りを感じていた。

ぼくは尻込みするどころか前に出て、腕でエレベーターのドアを止めた。エレベーターに同乗する気はなかった――そんな、とんでもない！――が、いくばくかの答えをもらうまではその手を離さないつもりだった。

「ぼくのお母さんはほんとに癌なの？」

またも彼の顔が、ぼくが痛めつけたように歪んだ。ぼくもまたそれを望んでいた。

「お母さんは癌なの？」

「わからない」ぼくを見つめるその顔といったら……目つきで人を殺せるならという、

古い言いまわしはご存じだろうか。

「じゃあ、なんであんなこと言ったんだよ？」

セリオーはエレベーターの奥に引っ込んで両手を胸に当てた。まるでぼくのほうが脅かしてるみたいに。彼は大きな射出口が見えるように顔を動かしたが、それでぼくがドアから手を離して後ずさると思っていたなら大間違いだった。たしかに気味は悪かったけれど、もう馴れてしまっていた。

「なんであんなこと言ったんだ？」

「あんたが憎いからだよ」セリオーはそう言って歯を剝き出した。

「なんでまだここにいるんだよ。どうしてまだいられるんだ？」

「わからない」

「消えろよ」

彼は無言だった。

「消、え、ろ！」

「私は消えない。ぜったいに消えないよ」

その答えに戦慄して、ぼくの腕は重しがのったように脇に落ちた。

「また会うよ、チャンプ」

ドアが閉じてもエレベーターは動かなかった。なかでボタンを押す者がいなかったからだ。こっち側のボタンを押すと空のエレベーターが開いたが、ぼくは階段を降りることにした。

〝あいつに馴れてやる〟とぼくは思った。〝頭の穴には馴れたから、あいつに馴れてやる。あいつに苦しめられないように〟

だがある面、ぼくはもう苦しめられていた。数学のテストのDマイナスと水泳大会での大失敗がふたつの好例だった。よく眠れなくなって（目の下の隈のことは、すでに母から指摘されていた）、ちょっとした音で、書斎で本が一冊倒れただけでもはっと飛び起きた。シャツを出そうとクローゼットを開いたら彼が、ぼく専用のブギーマンがいるんじゃないかと思った。あるいはベッドの下に潜んでいて、寝てるときに振り出した手や足をつかまれたらどうしようとか。まさかつかめるはずはないと思っていたけれど自信はなく、しかもむこうが強くなっていたとしたら。

目が覚めたら、隣りにあいつが寝ていたら？　そのうえ、あそこを握られたりなんかしたら？

それも考えられなくはないと思った。

さらに、もっとひどい場合だってある。もしあいつにずっと付きまとわれたらどうなる——問題の核心はそこだ——二十歳になっても。四十歳になっても。八十九歳であの世に迎えられてなお、死んでも付きまとわれるはめになったら？

〝これが善いおこないをした報いなら〟ある晩、ぼくは窓辺で街灯の下にたたずむサンパーを見ながら思った。〝そんなことはもう二度としたくない〟

# 34

六月下旬、母とぼくは月に一度の訪問でハリー伯父に会った。伯父はもうろくにしゃべれず、談話室に出てくることもなくなっていた。まだ五十代なのに髪は真っ白だった。

母が言った。「ジェイミーが〈ゼイバーズ〉のルゲラーを持ってきたわ、ハリー。食べてみる？」

戸口から（部屋にはいるのが厭だったのだ）頰笑みながらクッキーの袋を掲げたぼくは、なんだかクイズ番組の『ザ・プライス・イズ・ライト』の出演者みたいな気分がしていた。

ハリー伯父は〝イグ〟と言った。

「それはイエスってこと？」と母は訊いた。

ハリー伯父は〝ング〟と言ってぼくに両手を振った。それが〝クッキーなんか要らん〟という意味だったのは、べつに人の心を読めなくてもわかった。

「外に出たいの？　いい陽気だわ」

ハリー伯父がこのごろの外の様子を知っているかさえ、ぼくにはわからなかった。

「手を貸すから」母はそう言って伯父の腕を取った。

「やだ！」とハリー伯父は答えた。〝ング〟でも〝イグ〟でも〝アグ〟でもなく、やだと。これ以上なくはっきり。丸くした目から涙がこぼれ落ちた。「あいつは誰だ？」

「ジェイミーよ。ジェイミーでしょ、ハリー」

伯父はぼくのことがわからなくなっていたばかりか、ぼくを見ていなかった。ぼくの肩の後ろあたりを見ていた。そこに誰がいるのか振りかえる必要もなかったけれど、やっぱりぼくは振りかえった。

「あれは遺伝性の病気だ」とセリオーが言った。「それも男系に遺伝する。おまえもああなるんだ、チャンプ。知らず知らずのうちにああなるぞ」

「ジェイミー？」母が訊いてきた。「あなた、大丈夫？」

「平気」ぼくはセリオーを見つめながら言った。「ぼくは平気だよ」

でも、ぼくは平気じゃなかったし、セリオーも訳知り顔でにやついていた。

「出てけ！」ハリー伯父が言った。「出てけ、出てけ、出てけ！」

ぼくたちは部屋を出た。

三人で。

# 35

ぼくは母にすべてを話すことに決めた——母を不安にさせ、悲しませることになっても吐き出さずにはいられなかった——よく言うように、運命にみちびかれた。それは二〇一三年七月、ハリー伯父を訪ねた約三週間後のことだった。

早朝、オフィスに行く仕度をしていた母が電話を受けた。ぼくはそれに気を取られつつ、食卓で〈チェリオ〉のシリアルを平らげていた。母がスカートのジッパーを上げながら寝室を出てきた。「ゆうべ、マーティ・バーケットがちょっと怪我したみたい。何かにつまずいて——きっとトイレに行こうとしてたのね——腰をひねったらしい。本人は大丈夫って言ってるし、たぶん大丈夫だとは思うけど、マッチョぶってるだけかもしれないし」

「うん」とぼくは答えた。母が焦って一度に三つのことをやろうとしているときには、そう答えておくのが無難なのだ。ぼくは内心、マッチョマンを気取るにはミスター・バーケットはすこし齢が行きすぎているけど、《ターミネーター　老後》なんていう映画に主演したら面白いなどと考えていた。杖を振りながら「また来るぞ《アイル・ビー・バック》」と言ったりして。

ぼくはボウルを持って牛乳をすすった。

「ジェイミー、それはやめてって何度言わせるつもり？」

じっさい母にそこを注意された記憶はあやふやだ。親からの言いつけはいっぱいあるし、ことテーブルマナーとなると、ぼくはおざなりにしがちだった。「だったら、きれいに食べるにはどうしたらいいわけ？」

母は溜息をついた。「気にしないで。夕食にキャセロールを用意したけど、わたしたちはバーガーにしようか。もし、きみがテレビを観たり携帯でゲームをやったりの忙しいスケジュールをほどほどで切りあげて、キャセロールをマーティのところに運んでくれるなら。わたしはスケジュールが詰まってて無理なの。きみにその気があるとは思えないけどね。あと、彼の様子を電話で知らせてくれるとか？」

最初、ぼくは答えなかった。それこそハンマーで頭を叩かれた気分だった。アイディアとはそんなふうに浮かんできたりする。一方でぼんくらになった気もした。なんでいままでミスター・バーケットのことを思いつかなかったのか。

「ジェイミー？　ジェイミーさん」

「ああ。そうするよ」

「本当に？」

「ほんとさ」

「もしかして病気？　熱でもある？」

「ははは。ゴムの松葉杖みたいに笑える」

母はバッグをつかんだ。「タクシー代を渡しとく——」

「いいよ、キャセロールはキャリーバッグに入れて歩いていくから」

「本当に？」母は驚いた顔でくりかえした。「パークまで？」

「うん。運動になるしね」それは厳密には真実じゃない。ぼくに必要だったのは、思いついたアイディアがいいものかどうかを確かめて、聞かせる話があるならそれをどう語るか練るための時間だった。

# 36

ぼくはここで、ミスター・バーケットをバーケット教授と呼ぶことにする。それはその日、彼が教えてくれたから。彼は多くのことを教えてくれた。でも、教えてくれるまえに聞いてくれた。話す相手が要るというのはすでに述べたが、重荷を下ろすとどんなにほっとするかは、それをしてみるまでわからなかった。

彼は戸口まで、まえに見た一本の杖ではなく二本でぎこちなく歩いてきた。ぼくを見て顔を輝かせたので、たぶん仲間が出来てうれしかったんだと思う。子どもというのは自分のことに夢中で（自分でそこに気づいている方もいるはずだ、ははは）、彼が孤独だったこと、モナが亡くなってからの年月、ずっと孤独を噛みしめてきたことは後になって思い至った。娘さんが西海岸にいたが、たとえ訪ねてきていてもぼくは会ったことがない。と、ここは子どもと自己中心的な部分に関する言説を参照されたい。

「ジェイミー！　贈り物を持ってきてくれたのか！」

「キャセロールだけだけど」とぼくは言った。「スウィーディッシュパイだと思うよ」

「それを言うならシェパーズパイだろう。きっとおいしいぞ。よかったらアイスボックスにしまっておいてくれないか？　こいつのせいで……」床から杖を持ちあげたその瞬間、ぼくは目の前で相手が前のめりに倒れるんじゃないかと思ったが、すんでのところで踏みとどまった。

「わかった」とぼくは言ってキッチンへ行った。ぼくには彼が冷蔵庫をアイスボックス、車をオートと呼ぶのが面白かった。そこは完全に昔風だった。そう、それに電話《テレフォン》のことはテレファンガスと言った。ぼくはそれが気に入って自分でも使いはじめた。いまも使っている。

ぼくは母のキャセロールを苦もなくアイスボックスに入れた。なかはほとんど空だったのだ。彼はぼくの後をあぶなっかしく付いてくると、元気にしていたかねと言った。アイスボックスのドアをしめたぼくは、振り向きざま「あんまり」と答えた。

教授はぼさぼさの眉毛を吊りあげた。「あんまりって？　どうした？」

「話はけっこう長くなるんだ」ぼくは言った。「聞いたらきっと、ぼくのことを気ちがいだって思うだろうけど、誰かに話さないでいられないし、それならここだと思って」

「モナの指輪のことかね？」

ぼくは呆気にとられた。

バーケット教授は微笑した。「きみのお母さんが、クローゼットで偶然あれを見つけたって話をにわかには信じられなくてね。あまりにも偶然が過ぎる。とてつもない偶然だ。お母さんが自分でそこに置いたんじゃないかとも思ったんだが、人間の行動というのは動機と機会の上に成り立つもので、お母さんにはそのどちらもなかった。しかもあの日の午後は私も気が動転して、そこまで考えが至らなかった」

「だって奥さんを亡くしたばかりだもの」

「そうなんだ」教授は片方の杖を持ちあげた手の付け根で、胸の心臓があるあたりをさわった。それを見て、ぼくの心は痛んだ。「何があったんだ、ジェイミー？　いまとなっては過ぎてしまったことかもしれないが、探偵小説の長年の読者として、私はそんな疑問にたいする答えを知りたいんだよ」

「奥さんが教えてくれたんだ」とぼくは言った。

教授はキッチンの先からぼくのことを凝視した。

「ぼくには死んだ人が見える」

あまりに反応が返ってこないので、ぼくは怖くなった。すると教授は言った。「どうやらカフェインが必要になりそうだ。ふたりともだな。それからきみの心の内を洗いざらいしゃべってもらおう。それが聞きたくてたまらない」

# 37

昔気質《かたぎ》のバーケット教授はティーバッグを使わず、缶に茶葉をしまっていた。ポットのお湯が沸くあいだ、ぼくは〝ティーボール〟と呼ばれる代物の在りかと、そこに入れる茶葉の量を指示された。お茶を淹れるのは興味深いプロセスだった。やがてぼくはコーヒーの愛好者になるのだが、たまに紅茶をポットでと思うときがある。なんとなく礼儀正しい気分になれる。

バーケット教授は、紅茶は沸かしたてのお湯を注いで五分――それ以上でも以下でもなく――置くものだと言った。タイマーをセットし、ぼくにカップの場所を示すと居間に移動した。愛用の椅子に腰をおろした安堵の溜息が聞こえてきた。それにおならも。トランペットの響きというよりオーボエのそれだった。

ぼくはお茶を淹れたカップ二個を、砂糖入れとアイスボックスから出した〈ハーフ&ハーフ〉(これはふたりとも使わなかったが、販売期限が過ぎていたからそれでよかったのかもしれない)といっしょにトレイに載せた。バーケット教授はブラックでひと口を味わった。「見事だ、ジェイミー。最初にして申し分ない」

「ありがとう」ぼくは自分のカップに遠慮なく砂糖を入れた。母がいたらスプーン山盛りの三杯めを見て悲鳴をあげたはずだが、バーケット教授は不満の声も洩らさなかった。

「では、きみの物語を聞かせてくれ。時間だけはあるから」

「信じてくれるの？　指輪のこと」

「そうだな、私はきみが信じることを信じる。それに、指輪はたしかに見つかった。いまは銀行の貸金庫に預けてある。聞かせてくれ、ジェイミー、きみのお母さんに訊ねたら、きみの話を裏づけてくれるかね？」

「うん、でもそれはしないで。あなたに話そうと思ったのは、お母さんには話したくなかったからなんだ。きっと心配するから」

教授はかすかにふるえる手でお茶をすするとカップを置き、ぼくを見つめた。ぼくの心を見抜こうとしていたのかもしれない。ぼうぼうの眉毛の下から覗きこんでくる、あの明るいブルーの目がいまでも目蓋の裏に浮かんでくる。「では話してくれ。私を納得させてくれ」

街を歩きながら稽古してきたので、ぼくはそれなりに淀みなくつづけることができた。話はロバート・ハリスン――ご存じ、セントラルパークの男――からはじめて、ミセス・バーケットを見たこと、さらにその後と進めていった。けっこう時間がかかった。話し終えるころには、ぼくのお茶は生ぬるくなっていたが（もっと冷めていたかも）、喉が渇いたのでがぶ飲みした。

バーケット教授は考えこんでいたが、やおら言った。「ジェイミー、寝室へ行って私のｉＰａｄを取ってきてくれないか？　ナイトテーブルの上にある」

教授の寝室は介護施設のハリー伯父の部屋と似たような匂いがして、そこに痛めた腰に塗る薬のものと思われるつんとする香りが混じっていた。ぼくはｉＰａｄを手にしてもどった。教授はｉＰｈｏｎｅを持たず、地上回線のテレファンガスだけを、古い映画に出てくるみたいにキッチンの壁に取り付けて使っていたが、ｉＰａｄは愛用していた。ぼくがそれを手渡すとすぐに開いて（スタートアップ画面は結婚式の装いをした若いカップルの写真で、ぼくはそれが教授とミセス・バーケットじゃないかと思った）いじりだした。

「セリオーのことを調べてるの？」

彼は目を上げずに首を振った。「きみのセントラルパークの男をね。彼を見たのは幼稚園のころだと言ったね？」

「そう」

「するとそれは二〇〇三年……二〇〇四年か……おっ、これだ」教授はｉＰａｄに覆いかぶさるようにして、ときおり目にかかる髪を払いながら（教授は髪が多かった）読んでいった。やがて顔を上げて言った。「きみは倒れていた死者と、そのかたわらに立つ本人を見た。お母さんはそれも確認してくれるかな？」

「ぼくが嘘をついてないことはわかってる。その人、覆いを掛けられてたのに、どんな服を着てたかぼくが知ってたから。だけど、やっぱりお母さんには――」

「わかってる、よくわかってる。つぎにレジス・トーマスの遺作について。作品は書かれていなかった――」

「うん、最初の何章かを除いて。たぶん」

「しかし、お母さんは細部を拾い出し、残りを自分で書きあげたんだね、きみを霊媒にして？」

ぼくは自分が霊媒だと思ったことはなかったけれど、ある意味そのとおりだった。

「たぶん。《死霊館》みたいに」そして相手の困惑した顔を見て、「映画だよ。ミスター・バーケット……教授……ぼくは狂ってると思う？」もうどうでもいいという気がしていた。すべてを吐き出してほっとした部分が大きかったので。

「いいや」と教授は言ったものの、何かが――おそらくぼくの安堵の表情が――気に懸かったのだろう。「きみの話を信じたというわけではない、せめてお母さんから裏づけを取らなくてはと思うが、それはしないと約束した。しかしここまで来て信じないいわれもない。指輪のことばかりじゃなく、トーマスの遺作も現に存在している。それは読んでないが」そこで彼はわずかに顔をしかめた。「きみはお母さんの友人が――元友人が――きみの話の最後の華々しい部分を裏づけてくれるとも言った」

「うん、でも――」

教授は片手を挙げた。クラスの騒がしい学生に何度となくやってきたはずのしぐさだった。「きみは、私がその彼女と話すことも望んでいないし、そこは理解できる。彼女とはまえに一度会っただけで、私はなんの関心もない。本当にドラッグを家に持ち込んだのかね？」

「ぼくは見てないけど、ママがそう言うならそうだよ」

iPadを脇にやった教授は、頼りにする杖をやさしくもてあそんだ。杖には白い大きな把手が付いていた。「で、ティアは彼女を厄介払いした。そして、今度はきみが付きまとわれているというセリオーだ。彼はいま、ここにいるかね？」

「ううん」だが、ぼくは念のため周囲を見まわした。

「むろんきみは彼を追い払いたいと思っている」

「うん、でもどうしたらいいのかわからない」

教授は飲んだお茶のカップを手で包んでいたが、やがてそれを置くとあの青い目をぼくに注いだ。身体は年取っていても、その目だけはちがった。「興味深い問題だ、なかんずく、その読書人生のなかであらゆる超自然的な生物に出会ってきた老紳士にとっては。ゴシック小説はそんなものに満ちていて、なかでもフランケンシュタインの怪物とドラキュラ伯爵は双璧で、映画館の看板にやたらと登場する。ヨーロッパの文学や民話にはまだいろいろ出てくる。想像してみよう、少なくともこの瞬間、そのセリオーがきみの頭のなかだけに存在しているんじゃないと。彼が実在していると想像してみよう」

ぼくは、彼がちゃんと存在していると言い募りたいのを我慢した。教授にはもうぼくが信じているものがわかっていたし、自らそう口にしていた。

「話を一歩先に進めよう。きみがほかにも——私の妻をふくめて——死んだ人間を見た話を基にすれば、数日でみんないなくなった。消えて……」教授は手を振った。「……どこかへ行った。しかし、このセリオーだけはちがう。彼はまだここにいる。それどころか、もっと強くなっているかもしれないときみは考えている」

「たぶんそうなってる」

「だとすると、彼はもはやケネス・セリオーではないのかもしれない。死後のセリオーの残骸に悪魔が群がっているんじゃないか——これが正しい表現だ、乗り移られたんじゃなく」教授はぼくの顔色に気づいたのだろう、急いで付け足した。「私たちは推測しているだけだよ、ジェイミー。率直に言わせてもらえば、私にはきみの一部がいま心理的遁走状態にあって、それで幻覚を惹き起こしているんだという気がしてならないが」

「言い換えれば、気ちがいだよ」そのときはまだ、ぼくは話ができたことがうれしかったのだが、教授の結論にはやたら気が滅入った。それはうすうす予期していたことだったけれど。

教授は手を振った。「ばかな。私はそんなふうに思っちゃいない。きみは見るからに現実の世界で生き生きと活動している。たしかに、きみの話は合理的にはきっちり説明しがたいことだらけだ。私はきみがティアとその元友人と、亡くなったミスター・トーマスの家に行ったことは疑っていない。ダットン刑事に連れられて、セリオーの職場やアパートメントに行ったこともね。もしそんなことをしたのなら――私はいまお気に入りの推理の使徒、エラリー・クイーンと交信しているんだが――刑事はきみの霊媒としての才能を信じていたことになる。とするとミスター・トーマス邸の話に立ちかえって、ダットン刑事はそもそもそれを確信する場面を目撃していたことになる」

「話がよくわからない」とぼくは言った。

「気にするな」教授は身を乗り出した。「要するに、私は合理性、既知の事実、経験主義に寄っているきらいはあるが――幽霊は見たことがないし、予知に襲われたこともないのでね――きみの話には、一笑に付すことのできない要素があると認めざるを得ない。だからセリオーは、あるいはセリオーの残骸に巣食う穢れたものは現実に存在するとしよう。そこで疑問なんだが、きみは彼を排除できるのか？」

いまやぼくは身を乗り出し、教授がくれた本のことを考えていた。とても不幸な結末を迎える怖い話を集めたおとぎ話集のことを。義理の姉たちが爪先を切り落とし、王女がカエルにキスをするんじゃなく、壁に――ビシャッと！――投げつけ、赤ずきんが大きな悪いオオカミをそそのかしておばあさんを食わせて、おばあさんの財産の相続をたくらむ。

「ぼくにできるかって？　あんなに本を読んできたんだから、なかに一個ぐらい方法が書いてあるでしょ！　それか……」そこで新しいアイディアが浮かんだ。「悪魔祓い！　これはどう？」

「たぶん、うまくはいかない」とバーケット教授は言った。「聖職者はきみを悪魔祓い師じゃなく、小児精神科のほうへ送ろうとするだろう。もしきみのセリオーが実在するなら、ジェイミー、きみは彼に取り憑かれてるのかもしれない」

ぼくは驚きの目で教授を見つめた。

「でも、きっと大丈夫だ」

「大丈夫って？　何が大丈夫なの？」

教授はカップを手にして紅茶をすすり、またカップを置いた。

「〈チュードの儀式〉のことは聞いたことがあるかね？」

# 38

ぼくはいま二十二歳で――じつは、もうじき二十三になる――その後《レイター》の地に生きている。投票もできれば運転もできる。酒も買えるし煙草も買える（煙草はもうやめようかと考えている）。まだまだ青二才だし、初心《うぶ》で未熟だったころを振りかえって自分でびっくりする（できれば、うんざりする、じゃなく）のは間違いない。それでも二十二歳は十三歳とは何光年もの開きがある。知識がふえ、信じるものが減る。バーケット教授も、あのときと同じ魔法はもう使えないだろう。べつに文句をいってるわけじゃない！ケネス・セリオーは――本当の正体は知らないので、さしあたってそれで通しておこう――ぼくの正気を破壊しようとしていた。それが教授の魔法で救われた。ぼくの命もそれで救われたのかもしれない。

後に、大学（もちろんＮＹＵ）で人類学の論文用にテーマを探していたときに、あの日教授が話したことの半分は本当だったと知った。あとの半分はでたらめだった。でも彼の発明は評価しなくちゃならない（母の下にいた英国のロマンス作家、フィリッパ・スティーヴンズなら満点と言っただろう）。よくよくこの皮肉を味わってほしい。かたや伯父のハリーは五十にして完全に耄碌《もうろく》、かたやマーティン・バーケットは八十代だったにもかかわらず奇想天外……しかもキャセロールと突飛な話を携え、招かれもせず現われた悩める少年に尽くしてくれた。

〈チュードの儀式〉はチベットとネパールの仏教徒の一派によっておこなわれている、と教授は言った（事実）。

彼らはそれを完全なる無の境地に達し、その結果として安寧と精神的な開眼を得るためにおこなった（事実）。

一方で、それは心に棲む悪魔、外界から攻めてきた超自然的な悪魔のいずれと戦うにも有効と考えられていた（グレイゾーン）。

「きみにぴったりじゃないか、ジェイミー、備えとしては万全だ」

「セリオーがほんとにいなくても役に立つなんて、ぼくの頭はイカれてるってことでしょ」

教授は叱責と短気をないまぜにした、おそらくは教壇で研ぎ澄ませてきた表情でぼくを睨んだ。「よければ話すのはやめて、聞く努力をしなさい」

「ごめんなさい」ぼくは二杯めのお茶で興奮気味だった。

土台を敷いたところで、バーケット教授は架空の領域にはいっていった……といっても、ぼくには区別がつかなかったが。チュードはそれこそ高地に暮らす仏教徒が、忌まわしい雪男として知られるイエティに遭遇した際に役立つのだと教授は言った。

「そいつは実在するの？」とぼくは訊ねた。

「きみのミスター・セリオーといっしょで、確かなことは言えない。しかし——これもきみときみのミスター・セリオーといっしょで——チベット人はそれを信じていると言える」

教授はつづけて、イエティに出会ってしまった不幸な人間は、残りの人生を祟られると言った。すなわち、〈チュードの儀式〉に引きこんで負かしてしまわないかぎりは。

ここまで付いてきた方なら、でたらめを言うオリンピック競技があれば、審判がバーケット教授にオール十点を出すとおわかりだろうが、ぼくはまだ十三歳で辛い立場にいた。だから、ぼくはすべてを受け入れた。どこかでバーケット教授の狙いに気づいていたら——よく憶えていないけれど——そこで話はやめにしていたと思う。ぼくが必死だったことを思いだしてもらいたい。今後の人生をケネス・セリオーに、またの名をサンパーに付きまとわれるなんて——教授の言い方で〝祟られる〟なんて——想像するだにおぞましかった。

「どんなふうになるの？」とぼくは訊いた。

「ああ、きっと気に入るぞ。私があげた無修正のおとぎ話みたいなものだよ。その物語によると、きみと悪魔はおたがいの舌を咬みあうことで一体になる」

教授がなんだかうれしそうに言うので、ぼくは考えた。〝気に入るって？　なんでぼくが気に入るんだ？〟

「この合体が完成すると、きみと悪魔とは意志の戦いになる。これはテレパシーでおこならしい。なにせその……おお……舌を絡みあわせながらしゃべるのは難しいからね。先に抜いたほうがすべての力を勝者に奪われる」

ぼくは口をあけて教授のことを見つめた。小さいころから、それも母のクライアントや知人の前ではとくに礼儀正しくしろと躾けられてきたものの、その気色悪い話を聞くと社交の常識にまで考えがおよばなかった。「もしあいつと――その――フレンチキスをさせようってことなら、頭がどうかしてるよ！　だいたい、むこうは死んでるんだ。それがわからない？」

「いいや、ジェイミー、ちゃんと理解してると思ってる」

「それに、どうやってあいつにそんなことをさせるの？　こっちに来て、可愛いケン、舌を入れてってぼくから言うの？」

「気がすんだかね？」バーケット教授に穏やかな口調で諭され、ぼくはまたクラスでいちばん出来の悪い生徒になった気がした。「舌を咬むというのは象徴的なものだと思う。ワンダーブレッドの一片とほんのちょっぴりのワインが、イエスと弟子たちの最後の晩餐を象徴しているようにね」

まともに教会に通っていなかったせいで意味がわからず、ぼくは黙っていた。

「聞きなさい、ジェイミー。注意してよく聞きなさい」

ぼくは自分の人生がそこにかかっているかのごとく耳をかたむけた。なぜって、そう思っていたから。

39

そろそろ帰ろうとしていたとき（礼儀正しさが再浮上してきて、ぼくは忘れずにお礼を言った）、教授が、妻はほかに何か言っていなかったかねと訊いてきた。指輪の場所のほかに、という意味だ。

人は十三歳にもなれば、六歳のころにあった出来事など忘れてしまっているものだと思う――なにしろ、人生の半分以上もまえのことなのだ！――でも、ぼくはあの日のことを苦もなく思いだすことができた。ミセス・バーケットがぼくの緑の七面鳥のことを腐した話をしてもよかったのだが、それは教授が気にすることじゃないだろうと思った。教授は奥さんがぼくに言ったことじゃなく、夫について何を言ったのかを知りたがっていた。

「ママと抱きあってるとき、あなたがきっとママの髪を煙草で焦がすって言ってた。で、そのとおりになったし。もしかして禁煙したの？」

「一日三本だけにしてるんだ。若い時分は減らそうなんて思いもしなかったが、いまはそれでちょうどいい。ほかには何か言っていたかね？」

「うん、ひと月かふた月したら、若い女の人とランチをするようになるって。その人の名前はデビーとかダイアナとか、たしかそんな名前だったような――」

「ドロレス? ドロレス・マゴーワンか?」教授の目つきが変わったのを見て、ぼくはこれを会話のきっかけにすればよかったと後悔した。信用を得るのにすごく役立ったと思う。

「だったかもしれない」

教授は頭を振った。「モナはまえから、私があの女性に色目をつかってると思いこんでいたからな。どうしてなんだか」

「それから、羊の脂を手に塗りこんでるって――」

「ラノリンか。腫れた関節にな。驚いたよ」

「もうひとつあるよ。あなたがいつもズボンの後ろのベルト通しのことを忘れるって。たしか、『誰が気にしてやるの?』って言ってた」

「なんてこった」教授は静かに言った。「なんってこった。ジェイミー」

「あっ、そのあとキスしてた。ほっぺたに」

何年もまえのささやかなキスだったけれど、それで契約が固まった。たぶん、教授も信じたかったからだと思う。すべてではなくても、奥さんのことは。あのキスで。彼女がその場にいたことを。

ぼくは自分が優勢のうちに退散した。

# 40

帰り道はずっとセリオーのことを気にしていた――すでにそれが習い性になっていた――が、彼の姿はなかった。それはそれでよかったけれど、もうぼくは彼が永遠に消え去るという希望は捨てていた。あいつは厭な野郎で、またひょっこり現われる。そんなとき、せめて心の準備だけはしておこうと思ったのだ。

その夜、バーケット教授からeメールが届いた。〈ちょっと調べ物をしたら興味深い結果が出てきた。きみも興味を惹かれるんじゃないかと思った〉と書かれていた。メールには三個のファイルが添付されていて、それらはいずれもレジス・トーマスの最後の本の書評だった。教授は気になった箇所に色をつけて強調していて、結論はこちらに委ねていた。ぼくは読んでみた。

日曜発行の〈タイムズ・ブック・レビュー〉より：レジス・トーマスの最後の作品《スワンソング》は、いつものようにセックスと沼地《スワンプ》をのし歩く冒険をごたまぜにしたものだが、その文章は普段よりも鋭い。そこかしこにそれとなく光る筆致が散見される。

〈ガーディアン〉より：長く噂されてきたロアノーク・ミステリーは、シリーズの〈待ち望んでいる）読者にとってさほどの驚きはないだろうが、仰々しい説明と、情熱的でときにコミカルな性描写が交互にくりかえされる既刊にくらべて、トーマスの語り口は意外なほどはつらつとしている。

〈マイアミ・ヘラルド〉より‥会話が軽妙でテンポも軽快、しかも今回のローラ・グッドヒューとピュリティ・ベタンコートのレズビアンの関係は、淫らなジョークや劣情をもよおすファンタジーといったものより、むしろリアルで感動的だ。

この書評は母には見せられない――あまりに多くの疑問を呼び起こすから――でも、母はすでに目を通しているはずだし、それでぼく同様に喜んだんじゃないかと思った。なにも母は持ち逃げをしたわけじゃなく、レジス・トーマスの哀れにも傷ついた名声にいま一度磨きをかけたのだ。

ケネス・セリオーに出会ってからというもの、ベッドにはいるたびに不幸と不安に苛まれる夜が多かった。その夜はそうじゃなかった。

## 41

その夏の残りに、何度彼に会ったかははっきりしない。それは何かを物語っている。これで伝わらなかったら、ここはわかりやすく言いなおそう。つまり、ぼくは彼に馴れつつあった。そんなふうになるとは、振り向いたらリズ・ダットンの車のトランク脇に、さわれるほど近くに立っているのを見た日にはとうてい信じられなかった。開いたエレベーターのなかから、母は癌だと、さも最高のニュースのように言ってにやついているのを見た日には信じられなかった。親しみは侮蔑を産むとはいうけれど、今回はその言葉が当たっていた。

なんだかんだ言って、彼がクローゼットのなかやベッドの下にいなかったのも助かった（もしそんなことがあったらまずかった。というのも、小さいころはそこにモンスターが潜んでいて、出した手や足をつかまれると本気で思っていたので）。その夏、ぼくは『ドラキュラ』を読んだ——いや、ちゃんとした本じゃなく、〈フォービドゥン・プラネット〉で買ったイカしたグラフィック小説で——そのなかでヴァン・ヘルシングが、吸血鬼は自分で呼ばないかぎり来ないと言っていた。吸血鬼がそうなら、当然ほかの超自然的存在にも当てはまると（少なくとも十三歳のぼくには）思えた。たとえばセリオーの内側にいて、ほかの死者と同じく数日で消えるのを押しとどめているやつにも。ウィキペディアで、ミスター・ストーカーが話をでっちあげたのか調べてみると、そうではなかった。数ある吸血鬼伝説のなかにあるものだった。いまでは（後になって！）、ぼくにもその象徴的な意味がわかる。みんなが自由な意思を持つなら、悪を呼びこむのは己れなのだ。

まだほかにもある。彼がこっちに向けて指を曲げることはほぼなくなっていた。あの夏の大半は遠くに立って見つめてくるだけだった。一度だけ、指で誘ってくるのを見たときはなんだか可笑しかった。それは要するに、死にぞこないのクソ野郎のことを可笑しいと言えばの話だ。

母が八月最後の日曜日のメッツ対タイガース戦のチケットを取ってくれた。メッツは大敗したが、それはべつによかった。なぜかって、母が出版社の友人のひとりから（一般の認識に反して、文芸エージェントには何人も友人がいる）、とびきりの二席を融通してもらったから。三塁側の、フィールドからなんと二列め。七回の《セブンスイニング》ストレッチの最中、まだメッツの選手が近くにいるとき、ぼくはセリオーを見た。ホットドッグ売りを探していたぼくが前に向きなおると、三塁コーチボックスのそばに相棒のサンパーが立っていた。同じカーキ色のズボン。左側を血で汚し、遺書をはためかせたあのシャツ。誰かに爆竹で吹っ飛ばされたみたいな頭。にやけ面で。そしてそう、手招き。

タイガースの内野陣がボールを回していて、ぼくがセリオーを見た直後、ショートからサードへの送球が大きく逸れた。観客がいつもの野次を飛ばした——いいぞ、マイナー野郎、おれのばあちゃんのほうがうまいぞ——でもぼくは座ったまま、爪が手のひらに食いこむほど両手をきつく握りしめていた。ショートの選手はセリオーを見ていないのに（見ていたら、悲鳴とともに外野まで走って逃げていただろう）、やつを感じたのだ。ぼくにはわかった。

それからまだある。ボールを取りにいった三塁コーチが後ずさってダグアウトに倒れこんだ。ボールを拾う際に、ぼくにしか見えないもののすぐ脇まで行ったのだろう。コーチは幽霊映画みたいに冷たい場所にふれたのか。ぼくはそうは思わない。たぶん彼はその一秒か二秒、周囲の世界が揺れ動いているように感じたのだ。ギターの弦みたいに振動して。ぼくにはそう考える理由がある。

母が言った。「大丈夫、ジェイミー？　まさか日射病じゃないわよね？」

「平気さ」とぼくは答えた。手を握りしめていようといまいと、大したことはなかった。

「ホットドッグ売りはいない？」

母が首をまわして近くの販売員に手を振った。その間に、ぼくはケネス・セリオーに指を立ててみせた。やつのにやけ面が凄むような顔に変わり、歯が剝き出しになった。そしてやつはビジター用のダグアウトにはいっていった。するとフィールドに出ていなかった選手たちが、やつに席を空けようとベンチ内を移動したのだ。なぜそんなことをするのか、自分たちでもわからないままに。

ぼくは笑顔になって席に座りなおした。やつを――十字架や聖水じゃなく、中指を突き立てて――屈服させたと考えるまではいかなかったけれど、なんとなくそんな思いが湧いてきた。

タイガースが七点を入れ、勝敗の行方が決まった九回表には観客が帰りはじめた。まだ残って、観客がグラウンド内で競走するミスター・メット・ダッシュを観たいかと母に訊かれたので、ぼくは首を振った。このダッシュは小さな子ども限定だった。ぼくも一度、リズが現われるまえに、ジェイムズ・マッケンジーの野郎に投資詐欺で金を盗られるまえに、モナ・バーケットに七面鳥は緑じゃないと言われた日よりもまえに参加したことがある。ぼくがまだ小さな子どもで、世界が思いのままだったころ。

それが大昔のことのような気がした。

## 42

みなさんはいま、当時のぼくが考えもしなかった疑問をお持ちかもしれない。すなわち〝なぜぼくが。なぜジェイミー・コンクリンなんだ？〟と。やがてぼくが自分に問いかけるようになってからも、答えはわからない。想像することしかできない。きっとぼくがちがっていて、それが——セリオーの殻の内側にいるそれが——そんなぼくを嫌って傷つけたがっていて、あわよくばぼくを破滅させようとしていたからだと思う。べつに、頭がおかしいと思われてもかまわないが、ぼくがむこうを何か**しら**苦しめたからだと思う。まだあるかもしれない。たぶん——あくまでたぶん——〈チュードの儀式〉がもうはじまっていたからだと思う。

あれがちょっかいを出しはじめたら、もう止まらないんだと思う。言ったように、これはぼくの想像にすぎない。理由はまったく別のところにあったのかもしれない。ぼくには計り知れない、途方もない理由が。すでにお断わりしたように、これはホラーストーリーだ。

# 43

ぼくはまだセリオーのことを恐れていたが、バーケット教授の儀式を実践する機会が来たら、もはや怖じ気づくことはないだろうと思っていた。必要なのは準備だった。言い換えれば、セリオーを近づかせること。通りの向かいや〈シティフィールド〉のサードベース付近じゃなく。

チャンスは十月の土曜日に訪れた。ぼくは学校の仲間たちとタッチフットボールをやりにグローヴァーパークへ行こうとしていた。母は、フィリッパ・スティーヴンズの最新の作品を遅くまで読んでいたから、寝過ごしてしまうかもと書き置きを残していた。ぼくは朝食とカップに半分だけのコーヒーを静かにすませるつもりだった。仲間と楽しんで脳震盪を起こさず、腕を折らずに帰宅するつもりでいた。遅くとも二時には帰る予定だった。母が置いていてくれた昼食代を、ていねいにたたんでポケットに入れた。母の書き置きには追伸があった。〈ハンバーガーといっしょに緑のものを、せめてレタス一枚でも食べてとお願いしても時間の無駄かしら?〉

〝たぶんね、ママ、たぶん〟とぼくは思いながら、ボウルに〈チェリオ〉を出して食べた(静かに)。

アパートメントを出たときには、セリオーのことは頭になかった。出てくる回数がしだいに減ってきていて、それで新たに空いたスペースを別のことに、それもたいてい女の子のことを考えるのに充てていた。とくにヴァレリア・ゴメスを想いながら、ぼくは廊下をエレベーターまで歩いていった。セリオーがその日に近づいてこようとしたのは、彼がぼくの頭に窓のようなものを持っていて、ぼくの心が遠く離れているのを知っていたからだろうか。低級のテレパシーみたいなもので？　それもわからない。

ぼくはエレベーターのボタンを押すと、ヴァレリアは試合に来るんだろうかと考えた。きっと来る、兄貴のパブロが試合に出るんだから。空想にどっぷり浸ったぼくは、パスを受け、タッチしてこようというディフェンスをかわし、ボールを高々と掲げてエンドゾーンに飛び込むわが姿を思い描いていたのだが、到着したエレベーターに尻込みした──もう習性になっていたのだ。箱は無人だった。ぼくはロビー階を押した。エレベーターが下ってドアが開いた。そこから短い廊下があって、小さなロビーに通じる扉は内側からロックされている。外に出る扉は、郵便配達人がはいって郵便をボックスに入れられるように鍵があいていた。セリオーがこのロビーにいたら、ぼくはあんな行動には出られなかった。でも、セリオーはロビーにいなかった。やつは内側の廊下の端で、こんなことはあさってには禁止されるとばかりににやついていた。

セリオーは何か言おうとした。たぶん例のでたらめな予言だったのだろうが、もしぼくがヴァレリアのことじゃなくて彼のことを考えていたなら、その場で凍りつくかエレベーターに駆けこみ、〈閉〉のボタンを力まかせに叩いていたはずだ。でもぼくは空想をさえぎられてムカついていて、憶えているのは、キャセロールを持っていった日に聞いたバーケット教授の話を思いかえしていたことだけだ。

「〈チュードの儀式〉で舌を咬むのは、敵と向きあうまえのひとつの作法にすぎない」と教授は言った。「作法は数多くある。マオリは敵を前にしてハカを踊り、カミカゼパイロットは魔法の酒と信じたもので仲間と標的の写真に乾杯した。古代エジプトでは、敵対する一族の戦士たちは剣や槍や弓を出すまえにたがいの額を押し当てた。スモウレスラーはおたがいに肩を叩きあう。そのすべては同じ意味に行き着く。すなわち〝闘えば、われわれのどちらかが相手をしのぐ〟。言葉を換えればな、ジェイミー、きみは舌を突き出すこともない。悪魔をつかんだら必死に持ちこたえるだけだ」

身をこわばらせることも、竦みあがることもなく、ぼくは長く不在だった友を抱きしめようとばかりに両腕を無心に突き出した。叫び声をあげていたが、一階のアパートメントから何事かと顔を出す人もいなかったので、たぶん頭のなかだけだったんだと思う。セリオーのにやけ面が——歯と頬の間に血の塊りを見せるいつものやつが——消えて、ぼくはなんとも素晴らしい光景を目にした。やつがぼくを怖がっていた。たじろいでロビーの扉まで後ずさったが、扉は反対に開くのでその場を動けなかった。ぼくはやつをつかんだ。

そのときの様子は描写できない。ぼくよりずっと才能がある書き手でも難しいと思うけれど、できるかぎりやってみよう。ぼくが世界が揺れ動いている、ギターの弦みたいに振動していると書いたのはご記憶だろうか。セリオーの外側、彼の周囲はまさにそんなだった。歯ががたがたして眼球がふるえる感じがした。あともうひとつは、セリオーの内側にあったもののこと。それが彼を船のように操り、この世とのつながりが朽ち果てた死者が向かう場所には行かせまいとしていた。

それは相当なワルで、ぼくに向かって手を放せ、あるいはセリオーを放せとわめいていた。たぶん、どっちも違いはないだろう。そいつはぼくにたいして怒り、怯えていたが、大半は驚いていた。まさかつかまれるとは思っていなかったのだ。

もがいたそいつは、セリオーがドアに張りついていなければ逃げおおせていた。痩せっぽちの子どもだったぼくにくらべて、セリオーは生きていれば軽く五インチは背が高く、少なく見積もって百ポンドは体重が重かったが、もはや生きてはいない。セリオーの内側のそいつは生きていて、おそらくはぼくがあの小さな店の外で、爆弾のことを問い詰めていたとき、セリオーのなかにはいりこんだにちがいない。

振動が激しくなった。床からも伝わってきた。天井からも来た。頭上のライトが揺れ、波打つような影を落としてきた。壁が行ったり来たりしているように思えた。

「放せ」と言ったセリオーの声までふるえていた。櫛に張った蠟紙に息を吹きかけたような音だった。脇に落ちた彼の両腕が、今度はぼくを包んで背中にまわった。急に呼吸が苦しくなった。「おれを放せ、そしたらおまえを放してやる」

「いやだ」ぼくはそう答えると、セリオーをいっそうきつく抱きしめた。〝これだ〟と考えていたのを憶えている。〝これがチュードだ。ぼくはいま、このニューヨークのアパートメントビルの玄関で悪魔と命を懸けて闘ってるんだ〟

「おまえを絞め殺してやる」とそれは言った。

「できやしない」ぼくは自分が間違っていないことを祈りながら言った。まだ呼吸はできたが、息遣いが極端に浅くなっていた。やがてセリオーのなかが見える気がしてきた。もしかして振動と、世界が繊細なワイングラスさながら破裂寸前にあるという感覚がもたらした幻覚だったのかもしれないが、ぼくはそうは思わない。ぼくが見ていたのは、彼のはらわたではなく光だった。明るくて同時に暗かった。世界の外から来たもの。身の毛がよだった。

そうやってどのくらい抱きあっていたのだろう。五時間か、それともたったの九十秒か。五時間はありえない、誰かが行き来しているはずだとの意見もあるだろう。でも、ぼくが思うのは……ほぼ確信しているのだが……ぼくらは時間の外側にいた。ひとつはっきり言えるのは、エレベーターのドアが、人が降りて五秒かそこらでしまるはずなのに開きっぱなしだったことだ。セリオーの肩越しに映るエレベーターが見えていたし、ドアはずっとあいていた。

ついにそれが言った。「放してくれたら、二度ともどってこない」

これは最高に魅力的な提案だったし、当然おわかりのことと思うが、やはり事前に教授の指導がなければ話に乗っていたかもしれない。

〝それは取引きを持ちかけてくるだろう〟と教授は言ったのだ。〝乗ってはいかん〟と。そして対処法を授けてくれた。ぼくが立ち向かわねばならないのは唯一、神経症かコンプレックスか、あるいはその名称はともかく精神的なものだと考えてのことだろう。

「まだ足りない」ぼくは抱擁をつづけた。

セリオーの中身がますます覗けるようになって、ぼくはその正体が幽霊だと気づいた。おそらく死者はみんな幽霊で、ぼくにはそれが実体として見えるだけなのだ。セリオーの形が薄れていくにつれ、例の暗い光が――死の光が――明るくなっていった。その正体については見当がつかない。ぼくにわかったのはそれを捕まえたことだけで、そして古い諺にいわく、〝虎の尻尾をつかむ者は、それを放さない〟。

セリオーの内側にあるものは、虎より始末が悪かった。

「何が欲しい？」と喘ぎ声。呼吸がなかった。息があればこっちの頬と首に感じるはずなのに、それでも喘いでいた。ぼくより弱っていたのかもしれない。

「ぼくに祟るのをやめさせるには、まだ足りない」ぼくは深く息を吸うと、〈チュードの儀式〉で敵と対峙することができたらと、バーケット教授に教えられた言葉を口にした。たとえ周囲の世界がふるえていようが、死ぬまでこいつがぼくをつかんでいようが、それを言えるのがうれしかった。大きな歓び。戦士の歓びだった。

「今度はこっちが祟ってやる」

「やめろ！」むこうの腕に力がこもった。

ぼくは、もはや霊のホログラムにすぎないセリオーを抱きすくめた。

「やめない」バーケット教授は、ほかにまだチャンスがあればと別の言葉も授けてくれていた。ぼくは後に、それが有名な幽霊譚の題名をもじったものであることを知ったのだが、この状況にはぴったり当てはまった。「いいか、笛吹かば、汝は現われん」

「やめろ！」それはあがいた。不快に点滅するその光に吐きたくなったが、なんとかこらえた。

「ああ。こっちが好きなだけ、したいときに祟ってやる。それが厭なら死ぬまでしがみついてやる」

「こっちは死なない！　だがおまえは死ぬ！」

それは疑いようのない真実だったけれど、その瞬間にぼくはかつてない力を感じた。しかも、ここまで弱り衰えているセリオーこそ、死の光がこの世界で足掛かりにしていたものだった。

ぼくは黙っていた。ただ腕に力をこめた。するとセリオーも力をこめてくる。闘いはそんなふうにつづいた。冷えて手足の感覚がなくなってきたが、それでも我慢した。必要なら永久に我慢するつもりだった。ぼくはセリオーのなかにあるものに怯えていたが、それは囚われていた。もちろんぼくも囚われている。そこが儀式の本質だ。ぼくが放せばむこうが勝つ。

　ようやく、そいつが言った。「おまえの条件を呑む」

　ぼくは握る力をほんのすこしゆるめた。「嘘か？」愚問と言われるかもしれないが、さにあらず。

「嘘はつけない」苛立ちがにじむような声だった。「わかってるだろう」

「もう一回言え。条件を呑むって」

「おまえの条件を呑む」

「こっちが祟るって、わかってるのか？」

「わかってる、でもおまえのことは怖くない」

　勇敢な言葉だったが、ぼくはもうセリオーが――IT《それ》が――事実とちがう発言を思うままにできると知っていた。質問の答えにならない発言も。しかも、怖くないなんて言うやつは嘘つきに決まってる。いずれそのことを悟る日を待つまでもなく、ぼくは十三歳で知っていた。

「おまえはぼくが怖いのか？」

　ぼくはセリオーの表情がまたも引きつるのを見た。まるで酸っぱいものか嫌いなものでも口にしたみたいに。惨めなクソ野郎にとって、真実を語るとはそんな感じなのだろう。

「ああ。おまえはほかのやつとはちがう。そうだろう」

「だから？」

「だからおまえが怖いんだ！」

来たぞ！

ぼくは手を放した。「誰だか知らないが、ここから出てけ、どこでも好きなとこへ行っちまえ。でも忘れるな、こっちで呼んだらおまえは来るんだぞ」

セリオーはさっと身体を翻し、最後に頭の左側のぽっかり開いた穴を見せた。そしてドアノブをつかんだ。その手はノブを通り抜け、通り抜けなかった。その両方だった。矛盾した、イカれた話だとわかってはいるけれど、それが起きた。ぼくは見たのだ。ノブが回って扉が開いた。それに合わせて頭上のライトが破裂し、ガラスが降ってきた。ロビーの一ダースほどもある郵便箱の半分がいっせいに開いた。セリオーは血にまみれた肩越しにいま一度憎々しげな表情を覗かせると、正面の扉をあけ放したまま去っていった。つんのめるほどでもなくステップを駆け降りていった。通りかかったバイクの、たぶん配達人の男がバランスをくずして転倒し、道の真ん中で大の字になったまま悪態をついた。

死者が生きている人間にぶつかったりするのは知っていたから、べつに驚きはなかった。でも、ぼくが見てきたかぎり、そんなときの衝撃はいつもささやかなものだった。バーケット教授が感じた奥さんのキス。リズが感じたレジス・トーマスの吐息。しかし、たったいま目撃したものは——破裂したライト、異様に振動しながら回ったドアノブ、バイクで転んだ配達人——どれもがまったくの別次元にあった。

ぼくが死の光と呼んでいるものは、ぼくが抱きついているあいだは寄生する相手を失いかけていたが、ぼくが手を放すとセリオーを奪還したばかりか、さらに強力になった。その力はぼくから伝わったはずなのだが、ぼくのほうが衰弱したという感覚はなかった（ドラキュラ伯爵に専用のランチワゴンとして使われていた、可哀そうなルーシー・ウェステンラとはちがって）。それどころかいつになく絶好調で、気力を取りもどして充実していた。

あいつが強くなったからって、だからどうした？　ぼくはあいつを手下にした、飼い犬にしたんだ。

学校帰りにリズに捕まり、セリオーを追ったあの日以来初めて、ぼくは晴れやかな気分を味わった。重い病気がようやく快方に向かったように。

# 44

帰宅したのは二時十五分すぎ、すこし遅れたが、どこに行ってたの、心配したのよと叱られるほど遅くはならなかった。ハイスクールの仲間とぶつかって激しく転び、片腕に長い擦り傷をこしらえ、ズボンの膝を破ってしまったが、気分は変わらず上々だった。ヴァレリアはいなかったけれど、彼女の友だちがふたりいた。そのひとりから、ヴァレリアはあなたのことを気に入ってると言われ、もうひとりからは、ランチのときに同席して話してみたらと言われた。

やった、脈があるぞ！

建物にはいると、すでに誰かが――たぶん、ビルの管理人のミスター・プロヴェンザが――セリオーが出がけに、より正確を期すと、それが現場から逃げていくときに開いていった郵便箱を閉じていた。ミスター・プロヴェンザは割れたガラスも片づけ、エレベーターの前面に**ただいま故障中**と張り紙を出していた。それを見て、ぼくは緑色の七面鳥を手に母と学校から帰ってきた日に、〝パークの宮殿〟のエレベーターが故障していたのを思いだした。〝このエレベーター、死ね〟と母は言ったのだ。それから〝いまのは聞かなかったことにして〟と。

過ぎ去った日々。

階段を上がって部屋にはいると、母は事務椅子をリビングの窓辺に持っていって、そこでコーヒーを飲みながら読み物をしていた。「電話しようと思ってたところ」母はそう言って視線を落とした。「まったく、新しいジーンズなのに！」

「ごめん」とぼくは言った。「継ぎを当ててもらえるかな」

「わたしにはいろんな才能があるけど、そこに縫い物ははいってない。〈ダンディ・クリーナーズ〉のミセス・エイベルソンのとこに持っていくわ。昼は何を食べた？」

「バーガー。レタスとトマト入りの」

「本当に？」

「嘘はつけないよ」と答えたぼくは、もちろんセリオーのことを思って身ぶるいした。

「腕を見せて。こっちに来て、よく見せて」ぼくは近寄って名誉の傷をさらした。「バンドエイドは要らないわね。でも、ネオスポリンは塗っといたほうがいい」

「そしたらESPNを観てもいいでしょ？」

「電気がもどったらね。なんでわたしがデスクじゃなく、わざわざ窓辺で読んでるんだと思う？」

「ああ。それでエレベーターが動いてなかったのか」

「きみの推理力にはおそれいるよ、ホームズ」これは小説にからめた母のジョークのひとつだった。母にはそんなレパートリーが何十もあった。何百かもしれない。「うちのビルだけ。ミスター・プロヴェンザの話だと、何かがあってブレーカーが全部飛んだみたい。相当な電流で。そんなの見たことがないって。夜までに直すようにするって話してたけど、暗くなったら蠟燭と懐中電灯ですごすことになりそうよ」

〝セリオーだ〟とぼくは思ったが、もちろんそうじゃない。セリオーに宿るあの死の光のやつのせいだった。あいつが逃げるときに照明を破裂させ、郵便箱をあけ、おまけにブレーカーまで吹っ飛ばしたのだ。

ぼくは浴室にネオスポリンを取りにいった。浴室はけっこう暗くて、ライトのスイッチをひねっていた。習慣ってどうにもならない。ソファに腰かけ、ねばつく抗生物質を傷に塗りながら空ろなテレビ画面を見つめて、ぼくはこのサイズのビルに何個のブレーカーがあって、それを全部焼くにはどれだけの力が必要なのだろうと考えた。あいつを呼ぶことはできる。それでもし呼んだとして、あいつはジェイミー・コンクリンというやつのところまで来るだろうか。まだ三年は運転免許も取れないガキにとって、それは相当なパワーだ。

「ママ？」

「なに？」

「ぼくはガールフレンドをつくる年ごろになったと思う？」

「いいえ」母は原稿から視線を上げなかった。

「そんな年ごろっていつだろう？」

「二十五歳ならどう？」

母は笑いだし、ぼくもつられて笑った。二十五にもなったら、ぼくはセリオーを呼びつけて水を一杯持ってこさせてるんじゃないか。だが、あいつが運んでくるのは毒だったりするかもしれないと思いなおした。たぶん暇つぶしに、あいつにセリオーの顔で逆立ちや股割りをやらせ、天井を歩けと言うだろう。解放してやってもいい。好きに飛びまわれよと言って。当然、二十五まで待つ必要はないし、やろうと思えばいつでもやれる。でもやりたくなかった。当面はぼくの虜にしておきたい。あの汚くおぞましい光が瓶のなかのホタルぐらいに弱っていく。そのざまを見るのだ。

電気は十時に復旧して、この世はすべて事もなしだった。

# 45

日曜日、母がバーケット教授に会いにいこうと言いだした。空いたキャセロールを取りにいきがてら、ご機嫌をうかがおうというのだ。「それと、〈ヘイバーズ〉のクロワッサンを差し入れようと思って」

いいね、とぼくは言った。母が電話をかけるとぜひ会いたいとなって、ぼくたちは歩いてベーカリーに寄り、そのあとタクシーを止めた。母はウーバーを使うのを厭がった。あれはニューヨークじゃないと言った。タクシーこそニューヨークなんだと。

年をとっても癒やしの奇跡とはあるもので、バーケット教授は杖が一本になって身ごなしも良くなっていた。ニューヨークシティ・マラソンで（走った経験があるとして）ふたたび走ることはないにしても、玄関で母を抱きしめていたし、ぼくと握手したときも倒れそうな気配はなかった。教授はぼくに鋭い視線を向けてきて、ぼくが軽くうなずくとにんまりした。ぼくたちはおたがい理解しあっていた。

母はさっそくクロワッサンを、付いてきたバターとジャムの小瓶といっしょに並べた。それを三人で、午前の陽が射しこんでくるキッチンで食べた。ちょうどいい軽食だった。

食後、母はキャセロールの残りを（ほとんど残っていた。老人は食べる量が少ないのだろう）タッパーウェアに移し、洗った容器を拭くとトイレに行った。

母が席をはずしたとたん、バーケット教授がテーブル越しに身を乗り出してきた。

「どうした？」

「きのう、ぼくがエレベーターを降りたら、あいつがロビーにいたんだ。まさかと思ったけど、ぼくは前に出てあいつをつかまえた」

「いたのか？　例のセリオーが？　見たのかね？　感じたのかね？」教授の頭のなかではまだ半信半疑だったのだ。その表情を見てわかったし、だからといって彼を責めることはできない。

「うん。でも、もうそいつはセリオーじゃなかった。内側に光があって、逃げようとしたからしがみついた。怖かったよ、でも手を放したらひどいことになるってわかってたし。そのうちセリオーが薄れていくのに気づいて、そいつは――」

「薄れていく？　どういう意味だね？」

トイレの流れる音がした。母は手を洗うまでもどってこない。でもそんなに時間はない。

「このまえ、こう言えっていったよね、教授。笛吹かば、汝は現われんって。今度はぼくがそれに祟る番だって。そいつは納得した。大声でわかったって言わせてやったんだ」

つぎの質問が出るまえに母がもどってきたのだが、教授はとまどった様子で、対決の一部始終はぼくの頭のなかのことだといまも考えているようだった。そこに気づいていながら、ぼくは一方で腹を立てていた――だって教授は指輪のことも、ミスター・トーマスの本のことも知っていたのだ――でも、いまから思えば理解はできる。信じることは高いハードルで、頭のいい人々にとってはなおのこと高いんだと思う。頭のいい人は知識が豊富なだけに、自分は何もかも知っていると思いこんでしまうんじゃないだろうか。

「失礼するわよ、ジェイミー」と母が言った。「読まなきゃいけない原稿があるの」

「読まなきゃいけない原稿はいつもあるじゃないか」とぼくが言うと、図星をさされた母は笑った。未読の原稿はエージェンシーのオフィスと家のオフィスに溜まって、どっちもうずたかく積まれていた。「帰るまえにきのう、うちのビルであったことを教授に話さないと」

母はバーケット教授に向きなおった。「それがおかしな話なのよ、マーティ。建物のブレーカーが全部飛んでしまったの。いっぺんによ！　管理人のミスター・プロヴェンザの話だと、大きな電流が一気に流れたんじゃないかって。こんなことは初めてだって」

教授は目を丸くした。「おたくのビルだけで？」

「うちのビルだけ」母は同意した。「さあ、ジェイミー。ここを出て、マーティを休ませてあげましょう」

出るときは、はいるときとほぼそっくりに再現された。バーケット教授はぼくに鋭い視線を向けてきて、ぼくは軽くうなずいた。

ぼくたちはおたがい理解しあっていた。

# 46

その晩、教授からメールが来た。iPadから送られたものだった。教授はぼくの知人のなかでただひとり、手紙の前置きの文句を使う人だった。〈How《ハウ》 r《アー》 u《ユー》〉とか〈ROFL（抱腹絶倒）〉とか〈IMHO（僭越ながら）〉とかじゃなく、ちゃんと文字を綴った。

親愛なるジェイミー

けさ、きみとお母さんが帰ってから、イーストポートのスーパーマーケットで発見された爆弾のことを調べてみたんだが、もっと早くにやるべきだった。興味深い事実を見つけてね。どのニュース記事にも、エリザベス・ダットンのことはろくに出てこなかった。いちばんのお手柄は爆弾処理班だ（とくに犬たち、人は犬が好きだからね。どうやら市長は犬にメダルを授与したらしい）。彼女のことは〝さる情報筋から助言を得た刑事〟としか書かれていない。爆弾処理が無事終わったあとの記者会見に出席していないし、公式に表彰されていないというのも奇妙だ。しかし、彼女は仕事を継続することができた。それが本人の望んでいた唯一の褒美で、上司もそれで充分と思ったのかもしれない。

この件に関して調べたこと、それにきみがセリオーと対決したときにビルで不思議な停電が起きたこと、さらにはきみが気づかせてくれたその他の問題まで考えあわせると、私はきみがしてくれた話を信じずにいることはできない。

ひとつだけ注意を付けくわえておかなくてはならない。きみが今度はこっちが祟ってやると、笛吹かば汝は現われんと言ったときの自信に満ちた表情が気になった。たぶん、そいつは現われるだろうが、**しかしそんなことはやってはいけない**。綱渡り芸人も落ちることがある。ライオンの調教師も、完全に躾けたと思っていると襲われたりする。どんなに立派な犬でも、時と場合によっては主人に歯を剝くことがある。

これは私からの助言だ、ジェイミー、そいつのことは放っておくことだ。

友人よりきみの多幸を願って、
教授　マーティン・バーケット（マーティ）

追伸　私はきみがした特異な体験の詳細を正確に知りたいと切に願っている。家を訪ねてきてくれるなら、大いなる興味をもって話を聞こう。お母さんに負担を掛けたくないとの思いはいまも変わらないだろうが、問題が首尾よく結末を迎えたようなので。

ぼくはすぐ返事を書いた。返信はずっと短いものだったが、教授にならって手紙をしたためるように書こうと心がけた。

親愛なるバーケット教授

喜んでおじゃましたいのですが、水曜日までは行けません。月曜日はメトロポリタン美術館の見学があり、火曜日には校内で男女対抗のバレーボールの試合があります。水曜日がだいじょうぶなら、放課後三時半ごろ行けますが、一時間ぐらいしかいられません。母には、そちらに行きたいからと本当のことを言います。

友であるあなたの、

ジェイムズ・コンクリン

バーケット教授はiPadを膝に置いていたのだろう(額入りの古い写真を並べたリビングに腰を落ち着けた姿が目に浮かぶようだ)、さっそく返信が来た。

親愛なるジェイミー

水曜日でけっこうだ。三時半に、レーズンクッキーを用意してお待ちしよう。お供はお茶かソフトドリンクでいいかな?

きみの親友
マーティ・バーケット

ぼくは手紙文みたいな返信はやめて、〈コーヒーがいいです〉とだけタイプした。そこで思案して、〈ママのほうはOKです〉と付け足した。それはまったくの嘘ではなかったし、教授もサムアップの絵文字を送ってきた。この絵文字はかなりカッコいいと思った。
ぼくはバーケット教授とふたたび話をしたが、飲み物もスナックも出なかった。教授はもうそうしたものに用がなくなっていた。死んでしまったからだ。

# 47

火曜の朝、教授からeメールが来た。母のほか数名にも同じ文面が届いた。

親愛なる友人および同僚の皆さま

じつは悪い一報を受け取りました。旧い友人であり仲間であり、かつての学科長だったデヴィッド・ロバートソンが昨夜、フロリダのシエスタ・キーにある隠宅で脳梗塞に倒れ、現在サラソタ記念病院に入院中です。延命はおろか意識回復も望めないが、デイヴとその愛妻マリーとは四十年来の付き合いだっただけに、妻君を慰め、事によったら葬儀にも参列するため、やむなく出かけることと相成りました。お約束の日程は帰宅後に再調整いたします。

滞在先はオスプレイのベントレーズ・ブティック・ホテル（なんという名前！）で、そちらで呼出しは可能ですが、当方と連絡を取る最善の方法はあくまでeメールです。すでにご存じの方もおられようが、私は携帯電話を持ちあわせておりません。ご不便をお詫びいたします。

敬具

教授　マーティン・F・バーケット（名誉教授）

「昔風の人だよね」朝食の食卓で、ぼくは言った。母はグレープフルーツとヨーグルト、ぼくは〈チェリオ〉だった。

母はうなずいた。「そうよ、彼みたいな人はもうあまりいないわ。あの歳で、死にかけている友だちのもとに駆けつけるなんて……」と言って頭を振った。「すごい。尊敬する。しかもあのeメール！」

「バーケット教授はeメールを打ってるんじゃない。手紙を書いてるんだよ」

「そうね、でもわたしはそのことを言ってるんじゃないの。ほんとに、あの歳でいくつ約束があって、何人が訪ねてくるのかしら」

〝それはひとつだけさ〟と思ったけれど、ぼくは言わなかった。

# 48

教授の旧友が亡くなったかどうかは知らない。ぼくが知っているのは教授が亡くなったことだけだ。旅の機上で心臓発作を起こし、着陸した飛行機の座席で死んでいた。教授にはもうひとり、弁護士の旧友がいて――教授からの最後のeメールを受信していた――その彼が連絡を受け、遺体搬送の手続きをしたが、その後を取り仕切ったのは母だった。母はオフィスを休みにして葬儀の手配に奔走した。ぼくはそんな母が誇らしかった。友人を失った悲しみに、母は泣いて悼んだ。ぼくも同じように悲しかった。母の友人がぼくの友人になったからだ。リズが去ったあと、教授はぼくのたったひとりの大人の友人だった。

葬儀は七年まえのモナ・バーケットの式と同じく、パーク・アヴェニューの長老派教会でおこなわれた。母は娘が――西海岸にいる娘が――式に参列しなかったことに激怒していた。後にぼくは興味本位で、バーケット教授からの最後のeメールを掘り出してみて、そこで娘が受信者にはいっていなかったことを知った。メールを受け取った女性は母、ミセス・リチャーズ（〝パークの宮殿〟の四階に住んでいた老婦人）、そしてドロレス・マゴーワン、男やもめになった夫がすぐにでもランチに連れ出すと、ミセス・バーケットが間違った予言をした相手の三人だけだった。

ぼくは教会の式で教授を探した。奥さんが自分の式に出たのなら、彼もいるんじゃないかと思ったのだ。そこにはいなかったが、今回、墓地の埋葬式にも出ると二、三十フィート離れて、でも参列者の声が聞こえる距離の墓石に腰をおろしていた。祈禱の最中、ぼくは挙げた手をそっと振った。指を動かす程度のしぐさだったけれど、それに気がついた教授は頰笑んで手を振りかえしてきた。彼はごく普通の死者で、ケネス・セリオーみたいな怪物じゃなかった。だからぼくは泣きだした。

母がぼくに腕をまわしてきた。

## 49

それは月曜日の出来事で、ぼくはクラスでメトロポリタン美術館へ行くことはなかった。学校を休んで葬儀に出て、家に帰ると、ぼくは母に散歩してくると言った。考え事があると。

「いいけど……あなたが平気なら。大丈夫なの、ジェイミー？」

「うん」ぼくはそれを証明しようと笑顔を向けた。

「五時にはもどってきて、心配だから」

「そうする」

ドアのところまで行ったとき、覚悟していた質問を母が投げてきた。「彼はいた？」

ぼくは嘘をつこうかと考えた、母の心を乱すことになるかもしれないと。でも逆に気持ちが上向くかもしれない。「いた。教会じゃなくて墓地だったけど」

「彼は……彼はどんな様子だった？」

ぼくは元気そうだったと答えたし、それは真実だった。死者は死んだときに着ていた服をそのまま着ていて、バーケット教授の場合はすこしだぶついた茶色のスーツだったけれど、ぼくの目にはかなりイカして見えた。飛行機に乗ったときのスーツ姿がいいと思ったのは、そこにも教授の昔風が出ていたからだ。それに杖をついていなかった。おそらく死んだときに握っていなかったか、心臓発作に襲われたときに取り落としてしまったのだろう。

「ジェイミー？　散歩に行くまえに、あなたのママにハグさせてくれる？」

ぼくは長いこと母を抱きしめた。

# 50

〝パークの宮殿〟まで歩いていったぼくは、ある秋の日、学校帰りに片手で母親の手を取り、反対の手で緑の七面鳥をつかんでいた少年よりもずっと年を取り、背が高くなっていた。年を取り、背が高くなり、たぶん賢くもなっていたけれど同じ人物だった。人は変わるし、変わらない。そこは説明できない。謎だ。

鍵がないので建物にははいれなかったが、はいる必要もなかった。バーケット教授は旅行用スーツでステップに腰かけていた。ぼくはその横に座った。ふわふわした毛の小犬を連れた老女が通り過ぎていった。犬は教授を見た。老女は気づかなかった。

「こんにちは、教授」

「やあ、ジェイミー」

飛行機の機内で死んで五日が経っていたので、教授の声はあの薄れていく感じだった。まるで遠くにいて、さらに遠ざかっていくような感じの話し声なのだ。しかも変わらずやさしい教授でいながら、なんて言ったらいいのか、どこか上の空といった印象があった。これは多くの死者に共通する。人よりおしゃべりのミセス・バーケットもそんなだった（なかにはこちらから質問しないかぎり、まったく話さない死者もいる）。それは彼らがパレードに参加せずに見物しているから？　近いけど正解じゃない。なんかもっと大事なことがあるといった感じで、ぼくは初めて、教授に向けて話す自分の声も薄れていることに気づいた。世の中全体が薄れていたにちがいない。

「大丈夫？」

「ああ」

「痛かった？　心臓発作って？」

「ああ、でもすぐ終わった」彼はぼくではなく、通りを眺めていた。それを胸に刻もうとでもいうように。

「ぼくにやってほしいことは何かある？」

「ひとつだけだ。セリオーはぜったいに呼ぶな。セリオーは死んだんだから。来るのは彼に乗り移った代物だ。さる文献にはそんな記述があって、そういった存在は〝闖入《ウォーク》者《イン》〟と呼ばれている」

「呼ばないよ、約束する。教授、そもそもなんでそれがあいつに乗り移るの？　セリオーが最初から悪いやつだったから？　なんで？」

「わからないが、そういうことがあるらしい」

「あいつをつかんだときの話を聞きたい？」ぼくの頭には、教授から来たeメールのことがあった。「詳細を？」

「いや」その答えにがっかりしたが、驚きはなかった。死んだ人間は生きている人間の生活に興味を失ってしまうのだ。「とにかく私の言ったことを忘れるな」

「うん、心配しないで」

教授の声に苛立ちの影が差した。「不思議だ。きみはたいへんに勇敢だったが、一方でたいへんに幸運だった。きみは自分がまだ子どもであることを理解していない、だが私の言葉をよく聞きなさい。あれは宇宙外から来たものだ。人間には思いもおよばない恐怖というものがある。もしきみがそれと交易すれば、きみは死や狂気や、きみの魂そのものの破滅の危機に瀕することになる」

ぼくはそれまで人が〝交易〟という言葉を口にするのを聞いたことがなかった——冷蔵庫をアイスボックスというのと同じで、教授の昔風の言葉遣いだと思うけれど、もうコツはつかんでいた。それにもしぼくを脅かすつもりだったのなら、教授はとっくに成功していた。魂の破滅？　やめてくれ！

「しない」ぼくは言った。「しないから」

教授は答えなかった。両手を膝に置き、ただ通りを眺めていた。

「さびしくなるよ、教授」

「そうだな」彼の声はどんどん細くなっていた。もうすぐぼくには聞こえなくなって、唇の動きしか見えなくなる。

「もう一個だけ訊いていい？」愚かな質問だった。彼らは訊かれたら答えなくてはならない。それが聞きたい答えとは限らないけれど。

「ああ」

ぼくは質問した。

# 51

家に帰ると、母がサーモンをぼくたちの好きなやり方で調理していた。濡らしたペーパータオルに包んで電子レンジで蒸すだけ。こんなに簡単でおいしく食べられるなんて意外かもしれないが、これがイケるのだ。

「時間どおりね」と母が言った。「シーザーサラダのセットがあるから。それを用意してくれない？」

「オーケイ」ぼくは冷蔵庫——アイスボックス——から出したサラダの袋をあけようとした。

「洗うのを忘れないこと。袋には洗ってあるって書いてあるけど、わたしは信用しない。水切りを使って」

ぼくは取ってきた水切りにレタスを入れ、シャワーの水を出した。「昔の家に行ったんだ」とぼくは切り出した。母のことは見ないで作業に集中していた。

「そんな気がしてた。彼はいた？」

「うん。それで、娘さんはどうして会いにもこないし、葬儀にも出なかったのって訊いたんだ」ぼくは水栓を閉じた。「娘さんは精神科の療養所にいるんだよ、ママ。一生そこですごすことになるって。赤ちゃんを殺して、自殺しようとしたんだって」

サーモンをレンジに入れようとしていた母はそれをカウンターに置き、スツールに腰を落とした。「なんてこと。モナは、娘はカリフォルニア工科大の生物学研究所の助手をしてるって言ってた。得意そうだったわ」

「バーケット教授は、きょう‐なんとか症だって言ってた」

「強硬症」

「うん。それ」

母は夕食になるはずの食材を見おろしていた。ペーパータオルという屍衣に包まれて、サーモンのピンク色の肉が鈍く光っていた。母は深く物思いに沈んでいる様子だったが、やがて眉間の縦皺が消えた。

「つまり、わたしたちは知るべきじゃないことを知ってしまった。後悔先に立たずだわ。誰にでも秘密はあるの、ジェイミー。いずれあなたもそのことに気づくから」

リズとケネス・セリオーのおかげで、ぼくはもうそのことに気づいていたし、母の秘密も知った。

後に。

# 52

ケネス・セリオーの消息は、ほかの怪物たちに取って代わられて途絶えた。付きまとわれることがなくなったせいで、彼はぼくの頭の中枢からも消えていった。冬に向かって寒々としてきたその秋、ぼくはまだ開くエレベーターのドアに思わず飛びすさったりもしていたが、十四歳になるころにはそんな癖も影をひそめた。

ときどき死者を見ることはあった(見逃したこともたぶんある。というのも、死因が怪我じゃなかったり、近くにいなかったりすると、普通の人に見えてしまうので)。本筋とは関係ないのだが、そんなひとりの話をしよう。その少年は、ミセス・バーケットを見た日のぼくと大差のない年ごろだった。パーク・アヴェニューの分離帯に、赤い半ズボンにスターウォーズのTシャツという服装で立っていた。顔色は真っ白。唇は青かった。たぶん泣こうとしてたんじゃないかと思うのだが、涙は出ていなかった。どことなく見憶えのある子だったので、ぼくはダウンタウン側を渡って少年にどうかしたのと声をかけた。もちろん、死んでしまったことは別として。

「おうちが見つからないの!」

「住所はわかる?」

「二番街四九〇番地、アパートメント一六B」録音みたいに淀みなかった。

「わかった」とぼくは言った。「すぐ近くだから。おいで、坊や。連れてってあげるよ」

目的地は〈キップス・ベイ・コート〉という建物だった。そこまで来ると、少年は縁石に座りこんだ。もう泣いていなかったし、みんながやるような遠いまなざしになった。少年を独り残していくのも気が引けたが、ほかにどうしようもない。離れ際に名前を訊ねると、少年はリチャード・スカーラッティと答えた。それでぼくは思いだした。NY1に写真が出ていた。セントラルパークにあるスワンレイクで、大きな子たちに沈められたのだ。その子たちは死ぬほど泣きじゃくったあげく、ただふざけてただけだと言った。それは本当だったのかもしれない。いずれそんな類のこともわきまえるようになるのかもしれないが、やっぱりぼくはそうは思わない。

## 53

そのころには家の暮らし向きもよくなり、私立学校への進学も可能になった。母からダルトン・スクールやフレンズ・セミナリーのパンフレットを見せられたが、ぼくは公立を選び、マスタングズのホーム、ルーズヴェルト校に通うことにした。なかなかいい学校だった。この時期、母とぼくは充実していた。母はトロールと森の妖精と貴族の男たちが冒険に出る物語を書く、超大物クライアントを獲得した。ぼくはガールフレンド的な相手を獲得した。メアリー・ルー・スティーンは平凡な名前のわりにゴス好きのインテリで、大の映画通だった。ぼくらは週に一回アンジェリカ・フィルムセンターへ行き、後ろの席に座って字幕を読んだ。

ぼくの誕生日が過ぎた（十五の大台に乗った）ばかりのある日、母からメールが来た。放課後、まっすぐ帰らずにエージェンシーのオフィスに寄ってくれないかと――大した話ではないけれど、直接伝えたい報らせがあるとのことだった。

オフィスへ行くと、母がコーヒーを注いでくれて――珍しいことだが、当時はもう前代未聞でもなくなっていた――おもむろにヘスス・エルナンデスを憶えているかと切り出した。ぼくは憶えてると答えた。彼はリズと二年ほど組んでいて、母とリズがエルナンデス刑事夫妻と会食する席に、ぼくも二度ばかり連れていかれたことがあった。ずいぶんまえの話だったが、六フィート六インチの長身で、発音はヘススでも綴りはジーザスという名前をもつ刑事のことはそうそう忘れられない。

「あのドレッドが好きだったな」とぼくは言った。「クールだった」

「その彼から、リズが職を失ったって連絡があったの」リズと別れてもう相当な時間が経っていたのに、母は悲しそうだった。「ドラッグを運んで捕まったって。ヘススの話では、大量のヘロインを」

驚いた。リズはやがて母とうまくいかなくなったし、ぼくともろくなことはなかったけれど、それでもショックだった。ぼくが漏らしそうになるまでくすぐってきたり、カウチで母との間に座って、三人でテレビを観ながらくだらないジョークを言いあったり、ブロンクスの動物園に連れていってくれて、顔より大きな綿菓子を買ってくれたりしたのを思いだした。それに、サンパーの爆弾が爆発して失われたかもしれない五十ないし百の命を、彼女が救ったことを忘れちゃいけない。リズの動機が善かろうと悪かろうと、とにかくあれだけの命が助かったのだ。

ふたりの最後の言い争いで、盗み聞きしたあのフレーズが頭に甦ってきた。母はあのとき〝深刻な問題〟と言った。「刑務所に行くわけじゃないんでしょ？」

母が言った。「そう、いまは保釈されてるってヘススは言ったけど、結局は……そうなる可能性が高い」

「ああ、くそっ」ぼくは母がたまに観ていたネットフリックスの番組に出てくる女たちみたいな、オレンジ色のジャンプスーツを着たリズを思い浮かべていた。

母がぼくの手を握った。「いいの、いいのよ」

# 54

それから二週間か三週間後、ぼくはリズに拉致された。セリオーの件で一回めがあったと言われるかもしれないが、あれはしょせん〝甘い誘い〟だ。今度のは半端じゃなかった。怒鳴り散らされて車に蹴りこまれたわけではないけれど、とにかくリズは強引だった。ぼくからしたら立派な拉致ということになる。

テニスチームにはいっていたぼくは、練習試合（なぜかコーチは〝予選〟と呼んでいた）を終えて家に向かっていた。バックパックを背負い、テニス用のダッフルバッグを手にしてバスの停留所に歩いていくと、くたびれたトヨタに寄りかかって電話を見つめる女性が見えた。ぼくはわき目をふらずに通り過ぎた。まさかこの痩せた女が――淡い色の金髪をジッパーが開いたダッフルコートの襟に掛け、だぶついたグレイのスウェットシャツに、くたびれたカウボーイブーツをゆるいジーンズの裾に隠した女が――母の昔の友人だとは思いもしなかった。母の昔の友人は、暗色のテーパードのスラックスに襟のあいたシルクのブラウスを好んで着ていた。母の昔の友人は髪を後ろにまとめて短いポニーテイルにしていた。母の昔の友人はいかにも健康そうだった。

「ねえ、チャンプ、昔の友だちには挨拶もなし？」

ぼくは立ちどまって振り向いた。一瞬、誰だかわからなかった。頬がこけて青白い。化粧では隠せない染みが額に散っている。ぼくの憧れていた曲線――もちろん少年の目から見て、ということ――が消えていた。コートの下のだぶついたスウェットシャツだけが、かつて豊満な胸があったことをしのばせるよすがだった。ざっと見た感じ、四、五十ポンドは減って、二十歳は老けていた。

「リズ？」

「ほかにいないでしょ」リズの浮かべた笑みは、手の縁で鼻をこすったせいで消えかけた。〝ヤクのせいだ〟とぼくは思った。〝ヤクでやつれてるんだ〟

「元気？」

賢明な質問ではなかったかもしれないが、そんな状況でぼくが思いつく精一杯のものだった。しかもぼくはリズから安全な距離を保とうとしていた。彼女が妙な真似をしたら、すぐにでも逃げられるように。そんなこともありそうな気がした。それだけ怪しい雰囲気があったのだ。テレビで俳優が演じる麻薬常習者とはちがい、公園のベンチや廃墟になったビルの入口で陶然としている本物っぽかった。ニューヨークは昔にくらべてましになっていると思うけれど、いまだに麻薬中毒の人間を見かけることがある。

「なんか変？」やがてリズは笑いだしたが、楽しそうではなかった。「答えないで。でもほら、わたしたち、むかし善行をほどこしたじゃない？　それでもっと褒められてよさそうなもんなのに、まったく、あれだけ命を救ったのに」

リズのせいで、ぼくは過去のすべてを思いかえしていた。あれはセリオーだけのせいじゃなかった。リズは母の人生もむちゃくちゃにした。ぼくたちを苦しみに沈めたリズ・ダットンがまたしても現われた。厭なやつが、よりによってこんなときに姿を見せた。ぼくは怒った。

「あんたは褒められることなんかなにもしてない。あいつにしゃべらせたのはぼくだよ。それでぼくはその報いを受けた。あんたは知りたくもないだろうけど」

リズは小首をかしげた。「ぜひ知りたい。きみが受けた報いのことを話してよ、チャンプ。あいつの頭にあいた穴を見て、夢でうなされた？　悪夢が好きなら、いつか燃えるSUVの車内でこんがり焼きあがった三個の塊りを見ることね、ひとりはシートに座った子ども。で、どんな報いを受けたって？」

「もういいよ」とぼくは言って歩きだした。

リズはダッフルバッグのストラップをつかんだ。「そんなに急がないで。きみがまた必要なの、チャンプ、だから乗って」

「やだ。バッグを放して」

むこうが放さないので、ぼくは引っぱった。するとリズは力なく両膝をつき、小さな悲鳴とともにストラップを手放した。

そこへ通りかかった男性が、子どもの卑劣な行為を見とがめるような目をぼくに向けた。「女の人にそんなことをしちゃだめだぞ」

「うるさい」リズは男性に毒づいて立ちあがった。「こっちは警察よ」

「なんだ、勝手にしろ」男性はそう言い捨てて歩いていった。後ろは振りかえらなかった。

「あんたはもう警察じゃない」とぼくは言った。「それに、ぼくは付いていかないからね。話もしたくないし、ほっといてよ」とはいえ、ぼくはリズを引き倒してしまったことに罪悪感をおぼえていた。うちのアパートメントでも彼女が膝をついていたのを思いだしたが、それは〈マッチボックス〉の車でぼくと遊んでくれたからだ。あれは別世界の出来事さ、と自分に言い聞かせようにもうまくいかないのは、それが別世界の出来事ではなかったから。ぼくの人生だった。

「ああ、でもきみは来てくれる。レジス・トーマスの遺作の、本当の作者が誰かを世間に知られたくないんだったら。ティーを破産の際から引き揚げたあの大ベストセラーよ？　死後に出されたベストセラーよ？」

「そんなことするもんか」そして、リズの言葉がもたらした衝撃が多少やわらぐと、「できるもんか。ママの話とぶつかるよ。ドラッグの売人の話が。それに、どう見たってジャンキーのあんたの話を信じる人がいると思う？　いないね」

リズは電話を尻のポケットに挿していた。それを抜いた。「あの日、録音してたのはティアだけじゃなかったの。これを聞いてみて」

聞いているうちに胃が押さえつけられた。その声はぼくのものだった――ずっと若かったけれど、たしかにぼくの声が――母に向けて、ピュリティは探しつづけていた鍵を、ロアノーク湖に至る小径の朽ちた幹の下で見つけると話していた。

母　どうしてその幹だってわかるの？

――間――

ぼく　マーティン・ベタンコートがチョークで十字を書いておいたから。

母　彼女はそれをどうするの？

――間――

ぼく　ハンナ・ロイデンのところへ持っていく。ふたりはいっしょに沼地へ行って洞窟を見つける。

母　ハンナは〝探索の火〟をおこすの？　魔女として縛り首にされそうになった原因のあれを？

――間――

ぼく　そうだよ。で、ジョージ・スレッドギルがふたりの後をこっそり追っていくんだって。それでハンナのことを見て、ジョージは怒張するんだって。それ、どういう意味、ママ？

母　いいから――

リズはそこで録音を停めた。「まだある。全部じゃないけど一時間分はね。間違いないわ、チャンプ——あなたが本のプロットを教えて、それを母親が書いたってこと。これであなたは記事の大きな位置を占める。ジェイムズ・コンクリン、少年霊媒師って」

　ぼくは肩を落としてリズに視線を投げた。「どうしてまえに聞かせなかったの？　セリオーを探してたときに？」

　リズは馬鹿でも見るような目を向けてきた。たぶんぼくが馬鹿だったからだろう。

「そんな必要もなかった。あのころのきみは、正しいことをやりたがる普通にいい子だった。それがもう十五で、なにかと反発する年ごろになったわけね。それこそティーンエイジャーの権利なんだろうけど、まあ、そこはまた議論することにして。いま訊ねたいのはこういうこと。きみが車に乗ってわたしといっしょに行くか、それとも、わたしが〈ポスト〉の知り合いの記者に、死んだクライアントの遺作を超能力《ESP》を駆使する息子の力を借りてでっちあげたっていう、文芸エージェントにまつわるおいしいスクープを持ち込むか」

「車でどこへ行くの？」

「そこはミステリーツアーだから、チャンプ。乗ってのおたのしみ」

　ぼくには選択の余地がなかった。「わかった、でもひとつだけ。自分が可愛がってる馬みたいに、ぼくのことをチャンプと呼ぶのはやめてよ」

「わかった、チャンプ」リズは微笑した。「冗談、冗談よ。乗って、ジェイミー」

　ぼくは車に乗った。

# 55

「今度はどこの死人と話せばいいわけ？　その人が誰で何を知ってようと、それで刑務所に行かずにすむってことにはならないと思うけど」

「ああ、わたしは刑務所には行かないわ。あそこの食事は好きになれないと思うし、あそこにいる連中はなおさらね」

ぼくたちはクオモ橋の標識を過ぎた。ニューヨーク市民はいまでもそこをタッパンジー橋、または短くタップと呼ぶ。ぼくは新しい名前が好きじゃなかった。「どこまで行くの？」

「レンフィールド」

ぼくの知るレンフィールドとは、『ドラキュラ』で蝿を食べてる伯爵の手先だった。「それはどこ？　タリータウンのどこか？」

「ちがう。ニューパルツの北にある小さな町。二、三時間はかかるから、くつろいでドライブを楽しんで」

ぼくは警戒どころか、恐怖すらおぼえてリズを見つめた。「冗談じゃない！　きょうは家で食事をすることになってるのに！」

「今夜のティアは、孤高にひたって食べることになりそうね」リズはダッフルコートのポケットから、薄黄色の粉がはいった小瓶を取り出した。瓶の蓋には小さな金のスプーンが付いていた。彼女は片手でその蓋をあけると、中身の粉を運転していた手の甲に振り出して鼻ですすった。そして蓋をしめ――これも片手で――瓶をポケットにもどした。その機敏な手際が長い習慣であることを語っていた。

ぼくの表情を見て、リズはにやりとした。その目が新たな輝きを宿した。「こういうの見たことない？　過保護な生活を送ってきたのね、ジェイミー」

子どもがクサを吸うのは見たことがあったし、自分で試したりもしたが、もっとハードなやつは？　ない。学校のダンスパーティでエクスタシーを勧められたけど断わった。

リズはまた手のひらで鼻をこすったが、魅力的なしぐさではなかった。

「きみに勧めてもいいんだけど、分かちあいの精神で。でもこれはわたしの特製ブレンドなの。コークとヘロインが二対一にフェンタニルをひと振り。わたしには耐性ができてるけど。ぶっ飛ぶわ」

耐性はできているのかもしれないが、いつ効いてくるかもわからない。リズは背筋を伸ばして早口になったが、いまのところは車をまっすぐ走らせていたし、制限速度を守っていた。

「わかるよね、これもあなたのお母さんのせいだから。わたしはずっとポイントAから、それはだいたい七九丁目ボートベイスンかスチュアート空港だったけど、そこからポイントBの五区のあちこちにヤクを運んでいただけ。最初は主にコカイン、でもオキシコンチンのせいで時代が変わった。あれってすぐにハマるのよ、ドカーンって。医者が出すのをやめると、常用者は通りで買うようになった。それで値段が上がっちゃって、それからみんな、白い粉で同じくらいハイになれるって気づいた、それも安くね。で、そっちへ行った。それを卸してるのが、わたしたちがこれから会いにいこうとしてる男ってわけ」

「そいつが死んだんだ」

リズは顔をしかめた。「話の腰を折らないで。きみが知りたがったから話してるんだけど」

記憶にあるかぎり、ぼくが知りたがったのは行先だったはずだが、それは言わずにおいた。ぼくは怯えまいと努力していた。それが多少うまくいったのは、相手がいまでもリズだったからで、あまりうまくいかなかったのは、ぼくの知っているリズじゃないという気がしていたからだった。

「売り物でハイになるなって、連中はマントラみたいに唱えるけど、ティアに追い出されてから、わたしはたまにやるようになった。落ちこんだ気分を晴らす程度に。で、量がふえていって。そのうちもう、たまになんて言えなくなった。常習してた」

「ママがあんたを追い出したのは、家にブツを持ち込んだからさ」とぼくは言った。

「自分のせいだ」たぶん黙っているほうが利口だったのだろうが、口を開かずにいられなかった。いまの境遇を母のせいにしたリズに、怒りがふたたび湧きあがっていた。いずれにしろ、リズは無関心だった。

「ひとつ言っとくけど、チャー——ジェイミー。わたしは針は使ってないから」リズはこれを勝ち誇ったように言った。「一度もね。鼻で吸ってれば、抜くときに注射を打てばいいけど。針でやったら元にはもどれない」

「鼻血が出てるよ」鼻と上唇の間にある細い溝に滴っていた。

「そう？ ありがとう」リズはまた手のひらの縁でこすると、つかの間ぼくのほうを向いた。「取れた？」

「ああ。道路を見てよ」

「承知しました、バックシート・ドライバーさま」そう答えた一瞬は昔のリズにもどったようだった。それでぼくの胸は張り裂けはしなかったが、ちょっとだけ締めつけられた。

車は走りつづけた。平日の午後にしては交通量も多くはなかった。ぼくは母のことを思った。いまはまだエージェンシーだが、いずれ帰宅の途につく。初めは心配しないだろう。そのうち気を揉んで。ついには居ても立ってもいられなくなる。

「ママに電話してもいい？ どこにいるかは言わないし、大丈夫だって言うだけ」

「ええ。どうぞ」

ぼくがポケットから出した電話は消えた。リズが虫を捕まえるトカゲみたいな敏捷さで引ったくった。そしてぼくが呆気にとられているうちに、あけた窓からハイウェイに投げ棄てた。

「なにするんだよ?」ぼくは叫んだ。「ぼくのじゃないか!」

「よかった、電話のこと思いださせてくれて」いまはI‐87、別名スルーウェイに向かって走っていた。「すっかり忘れてた。さすが間抜《ドープ》けって言うだけのことはあるわ」リズはそう言って笑った。

ぼくはリズの肩を殴った。車が急に曲がって元にもどった。クラクションを鳴らされた。リズがまた視線を投げてきたが、いまは笑ってなかった。たぶん、相手に向かって権利を読みあげるときにしそうな表情だった。そう、容疑者に向かって。「もう一度殴ったらね、ジェイミー、ゲロ吐くぐらいきつくタマを殴ってやる。このポンコツ車に誰かがゲロをぶちまけるのは初めてじゃないから」

「運転しながらぼくと喧嘩するつもり?」

笑顔がもどって、歯の先端が見える程度に唇が開いた。「やってごらん」

ぼくはやらなかった。何かをやろうとはしなかった。たとえば(疑問に思う方がいらっしゃるとして)セリオーを乗っ取った怪物を呼ぶことも。これは理屈の上ではぼくの胸ひとつだった——笛吹かば、汝は現われんというやつ、記憶におありだろうか。でも、現実には彼——あるいはそれ——のことは頭をよぎりもしなかった。真っ先にぼくの電

いだせ

たリズと同じで、すっかり忘れていた。ぼくの場合は薬《ドープ》を嗅いだせいにもできない。どっちみち、やらなかったんじゃないだろうか。もし、それが本当に現われていたら？　もしそうなっていたら……そう、ぼくはリズを恐れていたけれど、死の光のことはもっと恐れていた。〝死や狂気や、きみの魂そのものの破滅〟と教授は言った。

「考えてみて。きみが電話をして、大丈夫、だけどいまはママの古い友だちのリズ・ダットンとドライブしてるんだって話したら、むこうが『いいわ、ジェイミー、わかった。夕食はあの人に買わせなさい』なんて言うと思う？」

ぼくは答えなかった。

「あの人は警察を呼ぶ。でもそこは大した問題じゃない。きみの携帯をすぐ始末しとけばよかった。彼女は追跡できるから」

ぼくは目を剝いた。「でたらめだ！」

リズはふたたび笑みを浮かべてうなずいた。路上に目を据え、ダブルボックスのセミトレーラーを追い抜いていった。「あの人は、きみが十歳のときにあたえた最初の電話に追跡アプリを入れた。それをこっそり隠しておく方法を教えたのはわたしよ。きみが見つけて悪さをしないように」

「二年まえに電話を新しく変えたんだ」とぼくは口のなかで言った。目の隅に涙が浮いてきた。なぜだかわからない。そのときの気分は……言葉が見つからない。ちょっと待って、いま思いだす。撃破だ。撃破された気分だった。

「あの人が新しい携帯にアプリを入れないでおくと思う?」リズは耳ざわりな声で笑った。「まさかでしょ?　きみはあの人にとって、たったひとりの小さな王子さまなんだから。これから十年経って、きみが結婚して最初の子のおむつを換えるようになっても追跡するわ」

「この嘘つきめ」とぼくは口にした。でも話す先は自分の膝だった。

市街を離れると、リズはそこで特製ブレンドを吸った。相変わらず敏捷で馴れた手つきだったが、今度は車がすこし振れて後続のクラクションが鳴った。ぼくは警察がライトを照らしてこないかと思った。それでうまくいく、この悪夢も終わりになると初めは考えてみたものの、やっぱりろくなことにはなりそうもなかった。いまの興奮した状態だと、リズは警察を振り切ろうとして、ふたりで死ぬはめになりかねない。ぼくはセントラルパークの男を思いだした。野次馬にそのひどい状況を見せまいという配慮から、顔と上半身が誰かの上着で覆われていたが、ぼくは見たのだ。

リズはまた陽気になった。「きみはすごい刑事になるわ、ジェイミー。その特殊な才能があればスターになれる。人殺しは誰もきみから逃げられない、だって被害者《ガイシャ》と話せるんだから」

そんなことは一度か二度は考えた。ジェイムズ・コンクリン、死者の刑事。それか死者のための刑事。またとない響きだ。

「ニューヨーク市警はだめ。あんなクソ溜めは。私立探偵ね。ドアにきみの名前を貼って」リズはステアリングから放した手で、名前を枠で囲むしぐさをしてみせた。

またクラクション。

「ちゃんと運転しろよ」ぼくは怖がっている声に聞こえないように言った。たぶんそれがうまくいかなかったのは、本当は怖がっていたからだ。

「わたしの心配はしないで、チャンプ。運転のことなら、きみがこれからおぼえることより、わたしが忘れることのほうが多いから」

「また鼻血が出てる」とぼくは言った。

リズは手のひらの付け根で拭った血をスウェットシャツになすりつけた。それは見たところ初めてではなかった。「鼻中隔がなくなってるの。治療するから。抜けたら」

その後はしばらく沈黙がつづいた。

# 56

スルーウェイに乗ってから、リズはまたも特製ブレンドを使った。ぼくを怖がらせようとしていたんじゃないかとも思うけれど、その段階はとっくに過ぎていた。

「わたしたちがどうしてこうなったか知りたい？　わたしときみの、ホームズとワトソンの新たな冒険のこと」

ぼくなら〝冒険〟なんて言葉は選ばないが、そこは指摘しなかった。

「その顔からすると、知りたくもないってわけね。かまわない。長い話だし、すごく面白いってわけじゃないし。でもこれだけは言っておく——大人になったら浮浪者とか学生部長とか、悪徳警官になりたいなんて子はいないわ。ウェストチェスター郡でゴミ集めとか、これは義理の弟が最近やってるんだけど」

リズは笑ったが、ぼくにはゴミ収集員の何が可笑しいのかわからなかった。

「もしかしたら、きみが興味を持ちそうな話がある。わたしはポイントAからポイントBまで、大量のヤクを運んでお金をもらってきたけど、あのとき、きみのお母さんがわたしのコートのポケットに見つけた粉は、友だち向けの無料サンプルだった。そう思うと皮肉よね。もうあのころには、わたしは内部監査から目をつけられてた。連中は確信がないまま目星をつけてたってわけ。わたしはティーが秘密をばらすんじゃないかって死ぬほど怯えた。そろそろ手を引く潮時だったけど、そのときのわたしにはできなかった」リズは口をつぐみ、思いを凝らした。「しなかったのかな。いま振りかえると、どっちとも言えない。だけど、むかしチェット・アトキンスが言ったことを思いだすわけ。チェット・アトキンスって聞いたことある？」

ぼくは首を振った。

「偉大な人はすぐに忘れられる。帰ったらググってみて。クラプトンやマーク・ノップラーに匹敵する名ギタリストなんだから。その彼が、楽器をチューニングするのがうざったいって話をしてた。『この作業が下手くそだって自分で気づいたころには、もう金持ちになってやめられなくなってた』って。わたしと運び屋の商売も同じよ。それと、いまは古き良きニューヨーク・スルーウェイで暇をもてあましてるから、もうひとつ言っておくわ。きみは二〇〇八年に経済が落っこちたとき、傷を負ったのはお母さんひとりだと思ってる？　ちがう。わたしは株のポートフォリオを持ってた——ほんのちょっぴりだけど、自前のをね——それがぱっと消えた」

リズはダブルボックスをもう一台、ちゃんとウインカーを出して追い越し、さっと車線をもどした。摂取していた薬の量を考えると驚きだった。ありがたくもあった。ぼくは彼女といっしょにいるのが厭だったが、それ以上にいっしょに死にたくなかった。

「でも、いちばんの問題は妹のベスのこと。彼女が結婚した男は大手の投資会社に勤めてた。チェット・アトキンスを知らないんだったら、きっと〈ベア・スターンズ〉のことも知らないよね？」

うなずいたものかどうかわからないまま、ぼくはじっと座っていた。

「ダニーは――いま廃棄物処理に精を出してる義弟《おとうと》はね――〈ベア〉にはいったばかりのころにベスと結婚したんだけど、前途は洋々だった。古い歌の歌詞を借りると、未来はサングラスをかけずにいられないほどまぶしかった。ふたりはタカホー村に家を買ったわ。きついローンだったけど、みんなで背中を押して――わたしもそのひとり、見る目がないのよ――資産価値《オーベア》はもう右肩上がりだからって。株のマーケットと同じで。ふたりは子どものために留学生を住まわせて。カントリークラブのジュニア会員になって。支払い能力を超えてるんじゃないかって？　ふん、そのとおり。一年で七万っていうわたしのケチな稼ぎを、ベッシーが見下してたかって？　そうね。でも、うちの父親の口癖を知ってる？」

〝知るわけない〟とぼくは思った。

「父親はよく言ってたわ、自分の影から逃げようとするやつは顔から転ぶって。どん底が来たとき、ダニーとベスはスイミングプールをつくろうかって相談してた。〈ベア・スターンズ〉はモーゲージ証券が専門で、ふたりが持ってた紙はあっという間にただの紙切れになった」

リズが物思いに沈んでいるうちに、ニューパルツ59　ポキプシー70　レンフィールド78と記された標識を過ぎた。最終目的地《ファイナル・デスティネーション》までは一時間あまりで、そう思うとさむけがした。《ファイナル・デスティネーション》というむごたらしいホラー映画を、ぼくは友だちと観た。《ソウ》ほどじゃないにしても、かなり不気味な映画だった。

「〈ベア・スターンズ〉？　ひどいジョーク。ある週に一株百七十ドルで売られてたのが、翌週には十ドルになって。〈JPモルガン・チェース〉が骨を拾った。ほかの会社も似たり寄ったりの道をたどった。トップの連中はいつものように逃げ切ってね。小物の男女はそうはいかない。ユーチューブを見て、ジェイミー。しゃれたミッドタウンのオフィスビルから、自分のキャリアを段ボール箱に詰めた人たちが出てくるクリップがあるから。ダニー・ミラーもそんなひとりだった。グリーンヒルズ・カントリークラブに入会して六カ月後に、グリーンワイズのゴミ収集トラックに乗ってた。ツキがあったのよ。家のほうは水に浸かったけど。その意味はわかる？」

ぼくはたまたま知っていた。「家の価値より借金が多かった」

「Aプラスの答えね、チャン……ジェイミー。クラスのトップ。でも、家はベスとダニーと姪のフランシーンが雨風をしのげる場所ってだけじゃなく、唯一の資産だったわけ。ベスはキャンピングカーで寝てる友だちもいるって話してた。ベッドルームが四室もある無用の長物の家賃を払っていくのに、誰が頑張ったと思う？」

「きっとあんただよ」

「正解。言っておくと、ベスはわたしの一年に七万を見下さなくなった。だけど、わたしのサラリーと、よけいに入れた残業代だけでやりくりできると思う？　無理。パートタイムでクラブの警備を何軒かやったところで？　無理むり。でも、そこで会った人間とコネクションをつくって、オファーをもらった。不況知らずの業種ってあるのよ。葬儀場は仕事が途切れない。回収会社と保釈保証人。酒屋。あとヤクの商売。だって、人はいいときも悪いときもハイになりたくなるから。それにそう、わたしは気分がよくなるものは好きだし。そこは弁解しない。それが慰めになるとわかって、自分もやっていいんだって感じた。わたしは妹の家族が夜露に濡れないようにやってきたの、わたしより可愛くて頭がよくて、ちゃんと大学にも通ったベスにさんざん馬鹿にされてきたあげくに。しかもね、あの子はヘテロだったのよ」この最後の部分を、リズは唸るように言った。

「何があったの？」とぼくは訊いた。「どうして仕事を失ったの？」

「内部監査から抜き打ちで尿検査をされたわ。やつらは何もかもお見通しだったわけじゃないし、セリオーの件で協力したわたしをすぐには排除できなかった。体裁を気にしたんでしょう。で、しばらく待ってから、そこは賢いと思うけど、わたしを追いつめて──少なくとも、むこうはそう考えたわけ──で、説得しようとした。盗聴器を仕掛けてきたり、映画の《セルピコ》まがいのことをやられて。でももうひとつ、これは父親から聞いたんじゃないけどこんな言葉がある、コソ泥は泥沼のはじまりって。連中はわたしが切り札を隠し持ってることを知らなかった」

「切り札って？」もしかすると、ぼくのことを馬鹿だと思いたくなるだろうが、これはじっさい正直な疑問だった。

「きみよ、ジェイミー。きみがわたしの切り札。セリオーのことがあってから、いつか使うことがあるってわかってた」

## 57

ぼくたちがダウンタウンを通り抜けたレンフィールドは、一本きりの目抜き通りにバーや書店やファストフード・レストランが軒を並べているところからして、学生の人口が多かったのだろう。やがて道路は西行きとなり、キャッツキル山地に向かって登りになった。三マイルほど走るとウォールキル川を見おろすキャンプ場に出た。リズはそこにはいってエンジンを切った。周囲にはぼくたちしかいなかった。リズは特製ブレンドの瓶を出し、蓋をあけようとして結局しまった。ダッフルコートが開いて、スウェットシャツの乾いた血の染みが点々と見えた。ぼくは鼻中隔がなくなったという彼女の言葉を思った。吸った粉が肉体をむしばんでいくというのは、それがリアルだっただけに、《ファイナル・デスティネーション》や《ソウ》なんかの映画よりひどいと考えていた。

「きみをここに連れてきた理由を話すときが来たわ。これから何が起きるか、わたしがきみに何を期待してるか、知っておいてもらわないとね。わたしたち、友だちとしてお別れするとは思わないけど、すこしは仲がいいまま別れられるかもしれないし」

〝どうかな〟とは、ぼくはこれも口にしないでおいた。

「ヤクの商売の流れを知りたいんだったら、『ザ・ワイヤー』を観て。舞台はニューヨークじゃなくてボルティモアだけど、ヤクの商売はどこへ行ってもあまり変わらないし。大金を動かす組織はどこも同じで、ピラミッド。末端にいるのは下級《ジュニア》の売人で、そのほとんどがじっさい未成年《ジュニア》だから、パクられたら少年として裁かれる。家裁に行ってすぐ街角にもどれる。つぎが上級《シニア》ディーラーで、クラブに出入りして——わたしはそこでリクルートされたけど——大量に買ってお金を節約する金持ち」

リズは笑ったが、やっぱりどこが可笑しいのかわからなかった。

「もうすこし上に行くとサプライヤーがいて、仕事をスムースにまわす若手《ジュニア》の管理職がいて、会計士、弁護士がいて、そのうえにトップの連中。その全部が区分けされてるっていうか、そういう建前になってる。末端の連中はすぐ上の人間のことは知ってるけど、そこだけ。中間の人間は下の全員を知ってても、上はひとつの階層しか知らない。わたしはちがう。ピラミッドの外にいるから。その、ヒエラルキーの外にね」

「運び屋だったからでしょ。ジェイソン・ステイサムのあの映画みたいな」

「そんなとこね。運び屋はふたりだけ知ってればいい。ポイントAで荷物を受け取る相手と、ポイントBで荷物を渡す相手と。そのポイントBの人間が上級《シニア》ディストリビューターで、最終目的地のユーザーまでブツをピラミッド内に流していくわけ」

最終目的地。また出てきた。

「ただ警官として——汚れてても、一応は警官だし——注意は払うから、わかる？　危険なことをやるわけだから、あまり質問はしないけど耳は澄ましてる。あと、ニューヨーク市警と麻薬取締局のデータベースにはアクセスしてる——してた、ね。ピラミッドのてっぺんまでたどるのは難しいことじゃなかった。たぶん十人ほどの人間が、ニューヨークとニューイングランド地域に主な三種類のヤクを出していて、わたしが働いてた先のひとりがここレンフィールドに住んでる。住んでたって言うべきかな。彼の名前はドナルド・マーズデン、税金の申告書には、以前の職業は〈宅地開発業者〉、現在は〈退職者〉と記入してた。たしかに退職してるけど」

〝住んでたって言うべきかな。退職してる〟

ケネス・セリオーの再現じゃないか。

「子どもにもわかるよね」リズは言った。「素晴らしい。煙草吸っていい？　これが終わるまで、キメるのはやめといたほうがよさそう。あとで倍のご褒美にするわ。血圧のほうがまずいんだけど」

リズはぼくの許可を待つことなく煙草に火をつけた。それでも、窓を下ろして煙を出そうとした。全部じゃないにせよ。

「ドニー・マーズデンは仲間内で——一味の間では——ドニー・ビッグズで通ってた。そりゃクソみたいにデブだったから、とこれは言葉遣いがよくないな、ごめん。三百じゃきかない——四百二十五ってとこかな。自業自得ね、きのう倒れた。脳出血。頭を吹っ飛ばしたのよ、銃も使わずに」

リズは深く吸いこんだ煙を窓の外に吐いた。まだ陽射しは強かったが、影が長く伸びていた。じきに光は薄れはじめるだろう。

「彼が発作に襲われる一週間まえ、わたしのところに、古くからのふたつのコネを通じて——これって親しくしてたポイントBの連中だけど——ドニーが中国から船便を受け取ったっていう連絡が来た。でかい荷物だって。粉じゃなくて錠剤。大量のオキシコンチン、ドニー・ビッグズの個人販売用。たぶんボーナスみたいなものね。それはわたしの想像だけど、ピラミッドのてっぺんなんていないのよ、ジェイミー。ボスにもボスがいて」

それを聞いたぼくは、母とハリー伯父が諳んじていた文章のことを思いだした。きっと子どものころにおぼえたんだろう、頭の大事な部分が飛んでもハリー伯父は忘れずにいた。〝大きなノミの背を刺す小さなノミ、小さなノミの背にもっと小さなノミ、それの無限のくりかえし〟ぼくは自分の子にもこれを教えようと思った。もし子どもができたらの話だ。

「錠剤よ、ジェイミー！　錠剤！」リズの有頂天になった声はひどくぞっとするものだった。「運ぶのは楽だし、売るのも簡単になる！　でかいってことは二千か三千、もしかしたら一万かもしれない。リコ——ポイントBの男——の話だと四万だって。四万が街でいくらになるか知ってる？　いいの、知るわけないから。一錠が八十。ヘロインを入れたビニール袋を持って走りまわることもない、たった一個のスーツケースで持ち運ぶだけなんだから」

リズは唇の間から洩れた煙が、**縁に近づかないこと**と書かれた看板の付いたガードレールのほうに流れていくのを見つめた。

「わたしたちはその錠剤を手に入れるのよ、ジェイミー。あなたはその置き場所を彼から聞き出す。ブツを入手したら分け前をくれるって仲間から言われて、もちろんイエスって答えたけど、これはわたしの取引きだから。でも錠剤は一万もないかもしれない。八千かもしれないし、八百かも」リズは上げた顔を横に振った。自分自身と議論しているかのように。

「あるのは二千。最低二千ってとこね。もうすこしあるかも。ドニーがニューヨークのお得意様に配って手にする役員賞与ってやつ。でもそれを分けだしたら、あっという間にはした金になっちゃうし、わたしはお人好しじゃない。多少ドラッグの問題は抱えてるけど、そんな間抜けじゃないわ。わたしがどうするつもりでいるかわかる、ジェイミー？」

ぼくは首を振った。

「西海岸へ行くわ。世界のこの場所から永遠に消える。新しい服、新しい髪色の新しいわたし。あっちでオキシの取引きを仲介してくれる人間を探す。一錠で八十にならなくても大金は稼げる。だって、オキシの相場はいまでも金みたいなものだし、中国製でも本物と変わらない上物だから。そしたら、わたしは新しい髪と服で新しくすてきな身分を手に入れる。リハビリ施設にはいって身体をきれいにする。仕事を見つける、過去をつぐなっていけるようなやつを。カトリックでいう贖罪ね。それって素晴らしいと思わない？」

〝夢物語に聞こえる〟とぼくは心のなかで言った。

それが顔に出たのか、リズの幸福そうな笑顔が凍りついた。「そう思わないのね？いいわ。わたしを見て」

「見たくないよ」ぼくは言った。「いますぐ逃げ出したいくらいだ」

リズが片手を上げたので、ぼくは叩かれると思ってシートに身を縮こまらせた。だが彼女は溜息をつき、また鼻を拭っただけだった。「きみのことは責められない。だから、やってしまいましょう。これから彼の家まで行く――レンフィールド・ロードのはずれにぽつんと一軒だけ建ってる家――そこできみは彼に、錠剤はいまどこにあるんだと訊く。わたしの勘では個人用の金庫のなか。そうだったら暗証番号を訊く。彼は答えるしかない、死人は嘘をつけないから」

「そんなこと決まってないよ」とぼくは言った。まだ生きてるからこそつける嘘だった。「何百人に訊いてみたわけじゃないんだし。ほとんどの人とはしゃべらない。でしょ？みんな死人なんだ」

「でも、セリオーは爆弾を仕掛けた場所をきみに話した、しぶしぶだったけど」

そこは反論できなくても、別の可能性があった。「その男がここにいなかったら？

遺体が運ばれた場所にいるとしたら？　それかわからないけど、フロリダの両親を訪ねてるかもしれないよ。死んだ人はどこへでもテレポートできるかもしれないんだ」

ぼくとしては揺さぶったつもりだけど、リズは動揺をまったく表に出さなかった。

「トーマスは家にいたんじゃなかった？」

「みんながそうだとは限らないよ、リズ！」

「わたしにはマーズデンがいるって自信がある」それこそ自信たっぷりといった口調だった。リズは死者が気まぐれであることを理解していなかった。「やりましょう。そしたら、きみのいちばんの望みをかなえてあげる。わたしとはもう二度と会うこともなくなるわ」

リズはその言葉を淋しげに言った。ぼくが同情しているとでもいうふうに。でもちがった。ぼくがリズに抱いていたのは恐怖だけだった。

# 58

道はゆるいS字カーブをつづけながら登っていった。最初は郵便箱を立てた家が数軒並んでいたが、しだいに間遠になっていった。鬱蒼としてきた木々のせいで陰翳が増して、実際の時刻より日が暮れた雰囲気があった。

「何人ぐらいいると思う？」とリズが訊いてきた。

「えっ？」

「きみみたいな人。死人が見える人」

「知るわけないよ」

「いままで会ったことはある？」

「ないけど、そんなふうにはならないでしょ。『やあ、きみは死人を見たことある？』なんて話しかけたりする？」

「そうね。でも、それってお母さんから受け継いだわけじゃないもんね」まるで、ぼくの目の色や巻き毛を話題にしているみたいな口ぶりだった。「お父さんは？」

「知らない、お父さんが誰なのか。誰だったのか。なんにも」父の話になると落ち着かなくなるのは、きっと母が拒んでいたからだろう。

「訊いたことないの？」

「訊いたけど。答えてくれない」ぼくはシートのなかで向きを変え、リズを見た。「何か言ってなかった……お父さんのこと……そっちに？」

「わたしも訊いたけど、答えはそっちと同じ。煉瓦の壁。ぜんぜんティーらしくなかった」

　さらにカーブがふえ、きつくなった。はるか下方のウォールキル川が、昼下がりの陽光に燦《きら》めいていた。あるいは夕方だったのかもしれない。腕時計は家のナイトスタンドに置き忘れてきたし、ダッシュボードの時計は8：15とでたらめな時刻を示していた。そのうち道路の状態が悪化していった。リズの車は崩れかけの路面を乗り越えたり、窪みに落ちたりをくりかえした。

「酔っぱらって憶えてないのかな。もしかしてレイプされたのか」そのどっちも考えたことさえなく、ぼくはたじろいだ。「そんなに思いつめないでよ。勝手に想像してるだけなんだから。それにきみはもう、お母さんが経験してきたようなことに思いをめぐらしてもいい年ごろなんだし」

　ぼくは声には出さず、心の内で反論した。反論どころか、おまえはクソだと思っていた。人は年ごろになって、ゆきずりの相手の車のバックシートで、酒に溺れてやったセックスのせいで自分が生まれたんだとか、母親が路地に連れこまれてレイプされたなんて考えたりするだろうか。そんなことはないと思う。おそらくリズは、自分のこの先について話そうとしていただけじゃないのか。もしかして、最初から自分のことを。

「じゃあ、きみの才能はおじさまのほうから来たってわけ。本人に質問もできなくて残念だけど」

仮に父親と顔を合わせることがあっても、何かを訊ねたりはしないだろうと思った。口もとめがけて一発見舞うだけだ。

「逆に、突然現われたのかもしれない。わたしはニュージャージーの小さな町育ちで、同じ通りにジョーンズっていう一家がいたの。夫と妻と子ども五人でぼろっちいトレーラーに暮らしてた。親はふたりとも愚鈍で、子ども四人もそう。でも五人めはやたら天才だった。六歳でギターの弾き方をおぼえて、二年飛び級して十二歳でハイスクールに行った。それってどこから来たわけ？　教えて」

「たぶん、ミセス・ジョーンズが郵便配達とセックスしたから」これは学校で聞きかじったセリフだった。リズが笑いだした。

「イケるじゃない、ジェイミー。このまま友だちでいられたらいいのに」

「だったら、それらしくふるまってもらわないとね」とぼくは言った。

## 59

唐突にアスファルトが終わったが、その先の未舗装路のほうがましで、固い路面に油が染みてなめらかだった。**私有地につき立入禁止**とオレンジ色の大きな看板が立っていた。

「なかに連中がいたらどうするの？」とぼくは訊いた。「ほら、ボディガードみたいなのが」

「いるとしたら、それこそ遺体《ボディ》を護る《ガード》連中だけど。肝心の遺体がもういないんだし、ゲートの面倒をみてた男もいなくなってるわ。庭師と管理人以外は誰もいない。もしも黒服でサングラスの男がセミオートの銃で親玉を護衛してるなんて、アクション映画のシナリオみたいなのを想像してるなら忘れて。ゲートにいたのは武装した男がひとりきりで、そのテディがいたとしても、おたがい顔見知りだから」

「ミスター・マーズデンの奥さんは？」

「いない。五年まえにいなくなった」リズは指を鳴らした。「風と共に去りぬよ。ピューって」

つぎのカーブを曲がった。山は深くなり、高くそびえるモミの木が空の西側半分を覆い隠していた。谷間に射している光もじきに消えてしまいそうだった。正面に見えるゲートは鉄柵で出来ていた。閉じている。据え付けられたインターコムにキーパッドがあった。そのむこう、ゲートの内側に小さな建屋があり、おそらくそこが門番のいる小屋だろう。

リズは車を停めると、エンジンを切ってキーをポケットに入れた。「じっとしてて、ジェイミー。あっという間に終わるから」

頬が紅潮して、目が輝いていた。リズは片側の鼻孔から流れ出た血を拭った。車を出てインターコムに向かったが、窓がしまっていて彼女の言葉は聞こえなかった。そして門番小屋のほうへ近づいていくと、今度ははっきり聞こえてきた。声を張りあげたからだ。「テディ？　いるの？　相棒のリズよ。ご機嫌をうかがいたいんだけど、どこにいるか教えて！」

返事はなく、誰も出てこなかった。リズはゲートを逆のほうに歩いてもどった。尻ポケットから紙切れを出して眺めると、キーパッドに数字を打ち込んでいった。するとゲートがゆっくり開いていった。リズは笑顔で車に帰ってきた。「わたしたちで貸し切りみたいよ、ジェイミー」

車はゲートを通った。舗装されたドライブウェイはガラスみたいに平坦だった。リズがつぎのS字カーブにはいっていくと、ドライブウェイの両側に電灯が点いた。後にぼくは、そういう灯りのことを〝フランボー〟と呼ぶのだと知った。もしかして、古いフランケンシュタインの映画で、城に押し寄せる群衆が振っていたような松明のことを言うのかもしれない。

「きれいだ」とぼくは言った。

「ええ、でもあいつを見てよ、ジェイミー！」

S字を抜けたところで、マーズデンの家が視界にはいった。それは映画で見るハリウッドヒルの豪邸さながら、巨大で斜面に突き出すように建っていた。こっちに向いた側は全面ガラス張りだった。ぼくはモーニングコーヒーを飲みながら朝日を愛でるマーズデンの姿を想像した。ポキプシーから、きっとその先まで見渡せるはずだ。といっても……ポキプシーの景色って？　絶景というわけでもないだろう。

「ヘロイン御殿よ」とリズが悪意のこもった声で言った。「何から何まで最新装備で、ガレージにはメルセデスとポルシェ・ボクスター。わたしはこれで仕事をなくした」

ぼくは〝自分で選んだ道じゃないか〟と思った。ぼくが何か失敗するたび、母に言われた言葉だが、いまは口に出さずにいた。サンパーの爆弾のときみたいに興奮しているリズを刺激したくなかった。

家の正面に出るまえにもうひとつカーブがあった。そこを曲がりきると、マーズデンの高級車をおさめる（ドニー・ビッグズは遺体安置所までボクスターで運ばれていなかった）ダブルガレージの前に、男がひとりたたずんでいた。門番のテディだね、とぼくは言おうとした——男は細身で、どう考えてもマーズデンじゃなかった——が、よく見ると男には口がなかった。

「ボクスターはあのなか？」ぼくは、自分の声がなんとか平静であることを願いながら訊いた。ガレージとその前に立つ男を指さした。

リズはそっちに目を向けた。「うん、でも乗ってみたいとか、ちょっと見てみたいとか言ってもむだだから。わたしたちには仕事があるの」

リズには男が見えていなかった。見えるのはぼくだけだった。口があった場所に赤い穴が開いていることからして、男の死因は自然死じゃなかった。

言ったように、これはホラーストーリーだ。

# 60

リズはエンジンを切って車を出た。そして助手席に座ったままのぼくを見た。スナックの包装紙に埋もれた足に根が生えて、ぼくはふるえていた。「さあ、ジェイミー。仕事の時間よ。終わったら解放してあげる」

車を降りたぼくは、リズの後から玄関へ行った。その途中、ダブルガレージの前に立つ男の様子をうかがった。男はぼくの視線に気づいたらしく、手を挙げた。ぼくはリズに見られていないのを確かめると、返事代わりに自分の手を掲げてみせた。

スレートのステップを昇った先が背の高い木製の扉で、ライオンの頭のノッカーが付いていた。リズはノッカーには目もくれず、ポケットから紙を出してキーパッドにまた数字を打ち込んだ。赤いライトが緑に変わり、鈍い音とともに扉が開錠された。

その番号を、マーズデンが下っ端の運び屋に教えたのだろうか。そうは思えなかったし、リズが錠剤のことを聞いた相手が知っていたとも思えない。リズが番号を入手していたことが気になって、そこでぼくは初めてセリオーのことを……というか、セリオーの亡骸に棲みついていたもののことを考えた。ぼくが〈チュードの儀式〉で負かしたことで、あいつは呼べば来る、来て交わした契約を守ることになっている。だが、まだ証明されたわけではなかった。やるとしても最後の最後、なぜならぼくはそれを恐れていたから。

「はいって」リズは持っていた紙を尻ポケットにもどし、その手をダッフルコートのポケットに入れた。ぼくはいま一度、ガレージのそばに立っていた男——おそらくテディ——に目をやった。男の口があったところに開いた血まみれの穴を見て、リズのスウェットシャツに残った血の染みのことを考えた。あれはきっと鼻を拭いたせいだ。

あるいは。

「はいりなさいって」それは招待ではなかった。

ぼくは扉をあけた。そこはロビーでも玄関ホールでもなく、だだっ広いメインルームだった。低くなった中央にカウチと椅子が設えられている。ぼくは後に、そういう場所が〝会話ピット〟と呼ばれることを知った。その周囲にもっと高そうな調度が置かれ(たぶん、低いところでつづく会話を見物するためだ)、車輪が付いたようなバーがあって、壁にはがらくたが並んでいた。がらくたと書いたのは、ぼくには美術品に見えない薄板と殴り書きの字ばかりだったからだが、その殴り書きが額にはいっていたということは、マーズデンにとっては美術品だったのだろう。会話ピットの上に吊られたシャンデリアは、最低でも五百ポンドの重量はありそうで、その下に座りたいとは思えない代物だった。会話ピットのむこうの奥には、鳥が羽をひろげたような両階段があった。ぼくが映画やテレビとはちがう現実世界でそんなものを見たのは、五番街のアップルストアだけだ。

「すごいとこでしょ?」リズは扉をしめて――**ドスン**――かたわらのスイッチの列を手のひらで叩いた。するとフランボーと、さらにシャンデリアも点灯した。美しい照明器具から美しい光が放たれたが、ぼくはそれを楽しめる気分ではなかった。リズはここに来たことがあって、ぼくを拉致するまえにテディを撃ったんだという思いがますます強くなっていた。

〝こっちが彼を見たって知らなければ、リズはぼくを撃ったりしない〟と自分に言い聞かせて、ある程度は納得しながらも、これをやりきるだけの自信は湧いてこなかった。リズは凧のように舞いあがって身をよじらんばかりだった。ぼくはあらためてサンパーの爆弾のことを思った。

「ぼくに訊いてないよね」とぼくは言った。

「訊くって、何を?」

「彼がいるかどうか」

「そうか、いる?」リズはろくに関心がなさそうに、どちらかというと形式だけといった感じの声で言った。一体どうしたんだろう。

「いないよ」とぼくは言った。

リズはセリオーを探していたときみたいには動揺しなかった。「二階を調べようか。

たぶん彼は主寝室にいて、娼婦とバンバンやってた楽しいころを思いだしてるわ。マデリンが出ていってからはそんなのばっかりだったから。たぶんそのまえにもね」

「階上《うえ》には行きたくない」

「なんで？　ここは取り憑かれてないわ、ジェイミー」

「その人が上の階にいるんだったら、そうに決まってるよ」

リズはしばらく考えこむと笑いだした。片手はコートのポケットに入れたままだった。「なるほどって思うけど、わたしたちの探してる相手がいるんだったら行くわ。早く《アンダレ》、早く《アンダレ》」

ぼくは大きな居間の右手からつづく廊下のほうに手をやった。「キッチンにいるかもしれない」

「おやつを食べてる？　どうかな。わたしは階上にいると思う。さあ」

もうすこし話を長引かせるか、はっきり拒否しようか悩んだが、上着のポケットからリズの手が出てきたら、そこに握られているものの正体にはおおよその察しがついていた。そこで右側の階段を昇っていった。手すりは暗い緑のガラス製で、なめらかで冷たかった。ステップは緑色の石でつくられていた。数えていくと全部で四十七段あって、一段がたぶん起亜《キア》の車一台分ぐらいの値段だろう。

この階段を上がりきった壁が、金で縁取られた高さ七フィートの鏡になっていた。反対側もそっくり同じ仕様だった。鏡で階段を昇る自分の姿と、後につづくリズを見て、ぼくは肩越しに振りかえった。

「その鼻」

「わかってる」両方の鼻孔から出血していた。リズは鼻を拭った手をスウェットシャツになすりつけた。「ストレス。ストレスのせいよ、鼻の毛細血管ってもろいから。マーズデンを見つけて錠剤の在りかを聞き出したら、ストレスも解消するわ」

〝テディを撃ったときにも血が出た？〟とぼくは心のなかで問いかけた。〝ものすごいストレスだったんじゃない、リズ？〟

階上の廊下は円形のバルコニーになっており、ほぼキャットウォークといった感じで手すりは腰の高さまでだった。手すりの先を見ると吐き気がした。そこから落ちたら――押されたら――瞬く間に会話ピットの真ん中に転落する。そこに敷かれた色とりどりのラグでは、下の石床に当たった衝撃はろくに吸収してくれないだろう。

「左よ、ジェイミー」

それでバルコニーから離れることになってほっとした。先を進んでいった長い廊下には左側にドアが並び、各部屋から外の景色が楽しめるはずだった。廊下の半ばあたりに、ひとつだけ開いているドアがあった。そこは円形の図書室で、どの棚にも本がぎっしり詰まっていた。母がいれば狂喜していただろう。唯一、本のない壁の前に椅子とソファがあった。そこの壁は当然ガラス張りで、カーブしたガラスからは、黄昏の訪れで紫色に変わりかけている風景を望むことができた。陽が落ちようとしているのはちょうどレンフィールドの街あたりで、あそこに行けるんだったら、もうどんなことでもやるという思いが募った。

リズはやはり、マーズデンは図書室にいるかとは訊いてこなかった。部屋に見向きもしなかった。廊下の端まで行くと、彼女は上着のポケットに入れていないほうの手で最後のドアを示した。「彼はここにいるはず。あけて」

ぼくがドアをあけると案の定、ドナルド・マーズデンはダブルどころか三倍《トリプル》、もしかしたら四倍《クワドルループル》はあるベッドに横たわっていた。本人が四倍の大きさで、リズの話していたとおりだった。子どもの目には、そのでかさは幻覚に近いものがあった。いいスーツなら、少なくとも贅肉の一部は隠しおおせたかもしれないが、彼はスーツを着ていなかった。巨大なボクサーショーツ一枚という恰好だった。果てしのない腰回り、特大の胸、だぶだぶの腕には浅い切り傷が複数。満月のような顔は痣だらけで、片目が腫れてつぶれている。口に突っ込まれていた妙な代物は、後に(誰もが母親には知られたくないウエブサイトで)それが口枷《ボールギャグ》だと知った。両方の手首がベッドの支柱に手錠でつながれていた。リズは手錠を二組しか持ってこなかったのだろう。足首はダクトテープで足もとの支柱のほうに固定されてあった。片足にロール一個を使ったにちがいない。

「家主の男をよく見て」とリズが言った。

男のまともなほうの目がまじろいだ。手錠とダクトテープで気づくだろうと言われるかもしれない。切り傷に血がにじんでいたのなら気づいたはずだと。だが、ぼくは気づかなかった。ショックのあまり気づけなかった。目蓋が揺れるまで。

「生きてるよ！」

「始末はわたしがする」とリズは言った。そしてコートのポケットから抜いた銃で男の頭を撃った。

# 61

血と脳漿が奥の壁に飛び散った。ぼくは絶叫して部屋を飛び出し、階段を降りて外に出て、テディの脇を通り過ぎて丘を下った。レンフィールドまで走った。これがほんの一瞬の出来事だった。現実にはリズに抱えこまれていた。

「しっかりして。しっかり――」

ぼくは彼女の腹を殴った。不意をつかれて洩れた呻きが聞こえた。結局ぼくは身体を回され、背中で腕を固められていた。これがめちゃくちゃ痛くて、ぼくはまた悲鳴をあげた。すると、いきなり両足の踏ん張りが利かなくなった。リズに足払いを食らい、膝から地面に落ちたせいで手首が肩胛骨《けんこうこつ》にさわるほど高く上がり、ぼくは泣きそうな声を出した。

「黙って！」ぼくの耳もとで、リズの唸りにも似た声がした。これがむかし、母がキッチンでスパゲティのソースをあえているとき、ぼくとふたりして膝をつき、〈パンドラ〉から流れるオールディーズに耳をかたむけながら、〈マッチボックス〉のミニカーで遊んでくれた女性だった。「わめくのをやめたら放してあげるから！」

ぼくは従い、彼女も言葉どおりにした。いまのぼくは四つん這いで、ラグに目を落として全身をふるわせていた。

「立って、ジェイミー」

ぼくはどうにか立ちあがったが、目はラグに据えていた。頭をなくしたデブの男を見るのは厭だった。

「ここにいる？」

ぼくはラグを見つめたまま無言をつづけた。髪の毛が目にはいった。肩が疼いた。

「ここにいる？　まわりを見て！」

頭を上げると、首の軋む音がした。マーズデンを見る代わりに――といっても見えていた。でかすぎて避けられなかった――ベッド脇のテーブルに視線をやった。薬瓶が群れをなしていた。脂肪分たっぷりのサンドウィッチと天然水のボトルも置いてあった。

「ここにいる？」リズはぼくの後頭部を叩いた。

ぼくは室内を見渡した。肥った男の死体のほかは誰もいなかった。これでぼくは頭を撃たれた男をふたり見たことになる。セリオーのもひどかったが、少なくとも死ぬところは目撃していない。

「誰もいない」とぼくは言った。

「なんで？　なんでここにいないの？」リズの声は殺気立っていた。あのときはろくに頭がまわらず、ぼくはやたら怯えまくっていた。後に、マーズデンの部屋での果てしのない五分間をリプレイして、そこでようやくリズがすべてを疑っていたことに気づいた。レジス・トーマスと遺作のことがあったにもかかわらず、スーパーマーケットの爆弾騒ぎがあったにもかかわらず、リズはぼくに死者が見えるわけがないと疑ったあげくに、それでも錠剤の隠し場所を知るただひとりの人間を殺した。

「わからない。人が死ぬ場所にいたことないし。たぶん……時間がかかるのかもしれない。わからないよ、リズ」

「オーケイ。待ちましょう」

「ここはやめて、ね？　おねがい、リズ、彼を見てるのはいやだ」

「じゃあ、廊下で。手を放してもいい子にできる？」

「うん」

「逃げたりしない？」

「しない」

「余計なことはしないで、きみの足や腿を撃ちたくないから。テニスのキャリアが終わりになるし。後ろ向きでね」

ぼくは後ずさり、リズもぼくが駆けださないように道をふさぎながら後退した。ふたりして廊下に出ると、リズはまた周囲を見ろと言った。ぼくは従った。マーズデンの姿はなく、ぼくはそう言った。

「くそっ」そして、「サンドウィッチを見たでしょ？」

ぼくはうなずいた。ジャンボサイズのベッドで拘束された男のサンドウィッチと水のボトル。拘束された手足。

「食べるのが大好きだったのよ」とリズは言った。「レストランであいつと食事をしたことがある。フォークとスプーンの代わりにシャベルを使えばよかったのに。あのブタ」

「食べられないのに、なんでサンドウィッチを置いとくの？」

「あいつに見せたかったってだけ。見せるだけ。まる一日、きみを連れてくるあいだに。それにいい、あいつが頭に弾を食らうのは当然の報いだから。あいつのあの……幸せの毒薬でいったい何人が死んだと思う？」

〝それに手を貸したのは誰だよ？〟と思ったが、もちろん口には出さなかった。

「だいたい、あと何年生きられたと思う？　二年？　五年？　あいつのバスルームにはいったことがあるけど。便座が倍の幅なんだから！」リズは可笑しさと嫌悪が入り混じったような声を出した。「オーケイ、バルコニーまで行ってみようか。居間のほうにいるか確かめる。ゆっくりね」

そうしたくても速くは動けなかった。腿はふるえていたし、膝がゼリーみたいに萎えていた。

「どうやってゲートの暗証番号を手に入れたかわかる？　マーズデンの家に出入りしていた〈ＵＰＳ〉の宅配便の男。そいつはとんでもないコカインの常習者でね、その気になればそいつの奥さんとも寝られたぐらい。わたしがブツを渡しつづけるかぎり、よろこんで奥さんを差し出すみたいな感じ。家の番号はテディから聞いたわ」

「殺すまえに」

「ほかにどうすればよかった？」クラスでいちばん出来の悪い生徒を相手にするみたいに。「むこうはわたしの正体を知ってる」

〝ぼくだって〟そこで思いはこの少年——ぼく——が笛を吹いて呼べるあいつのことに立ちもどった。いずれやらなきゃいけない、でもいまはやりたくなかった。うまくいきそうにないから？　ああ、でもそれだけじゃない。魔法のランプをこすって精霊が出てきたら、うん、それならいい。ランプをこすって悪魔を——死の光を——呼び出したら、きっと神のみぞ知るような何かが起きる。だが、ぼくはやらなかった。

低い手すりと落差があるバルコニーまで来た。ぼくは下を覗きこんだ。

「下にいる？」

「いない」

背中のくぼみに銃が当たった。「嘘ついてる？」

「ついてない！」

リズは荒い息を吐いた。「こんなはずじゃなかったのに」

「どうなるかなんて、ぼくは知らないよ、リズ。もしかしたら、外でテデ——」ぼくは口をつぐんだ。

肩をつかまれて向きを変えられた。リズの上唇が血だらけになっていた――ストレスが最高に達していたのだろう――でも彼女は頬笑んでいた。「テディを見たの？」

　ぼくは目を落とした。答えはそれで充分だった。

「狡賢い犬ね」リズは本当に笑いだした。「あとで外に出て、マーズデンがここにいないか確かめるけど、まずはちょっと待って。時間はある。あいつが最近相手にしてる娼婦は、いまジャマイカだかバルバドスだか、ヤシの木が生えてるどこかの親戚を訪ねてる最中で、一週間はつるむことはないし、このごろのあいつは電話でビジネスを取り仕切ってるから。わたしが来たときもあそこに寝そべって、テレビで『ジョン・ロー』の裁判番組を観てた。せめてパジャマでも着ててくれって、そう思わない？」

　ぼくはなにも言わなかった。

「薬はないってあいつは言ったけど、嘘をついてるのが顔に出てたから、拘束して軽く傷をつけてやった。それで口も軽くなるって思ったんだけど、あいつ、どうしたと思う？　わたしを笑ったのよ。ああそうだ、オキシは山ほどあるが、その隠し場所はおまえに教えないって。『なぜ教えなきゃいけない？　どうせおれを殺す気だろう《ムイ・ストゥー》』って。で、ようやく閃いたわけ。そこまで思いつかないなんて信じられない。なんてお馬鹿さんなの《ビド》」リズは銃を握った手で自分の頭を小突いた。

「ぼくか」とぼくは言った。「閃いたって、ぼくのことか」

「そのとおり。だからやつにはサンドウィッチと水を捧げてニューヨークへ行って、きみをつかまえて帰ってきて、ここには誰も来ないし、わたしたちだけ。で、やつはいったいどこにいるの？」

「そこに」とぼくは言った。

「えっ？　どこ？」

ぼくは指をさした。振りかえったリズにはもちろんなにも見えなかったけれど、そのぶん、ぼくには見えた。ドナルド・マーズデン、またの名をドニー・ビッグズは円形図書室の戸口に立っていた。ボクサーショーツを穿いただけの姿で、頭頂部はかなりなくなり、肩を血まみれにして、リズが怒りと苛立ちにまかせてつぶしていないほうの目でぼくをじっと見つめていた。

ぼくはためらいがちに手を挙げた。むこうもそれに応えて片手を挙げた。

# 62

「訊いて！」リズはぼくの肩をつかんだ指に力をこめ、顔に息を吹きかけてきた。そのどっちも不快だったが、息のほうがひどかった。

「手を放してくれたら訊く」

ぼくはマーズデンにぐずぐず向かっていった。リズがすぐ後ろにいた。その圧力を感じた。

ぼくは五フィート離れて足を止めた。「錠剤はどこ？」

マーズデンはためらうことなく答えた。みんながそうするように――セリオーだけは例外で――どうでもいいことのように。こだわる理由はあるか？　もう彼に薬は必要ないのだ。いまいる場所では、これから行こうとしてる場所では。彼に行く場所があるとして。

「ベッドサイドのテーブルに多少あるが、ほとんどは薬棚のなかだ。トポマックス、マリノックス、インデラル、ペプシド、フロマックス……」さらに半ダースほど。買物リストを読みあげるみたいに。

「あいつ、何て——」

「静かにして」とぼくは言った。長くはつづかないと知ってはいても、当面はぼくが上の立場にいる。セリオーを乗っ取ったあいつを呼んでも立場は変わらないのだろうか。その答えは出ていない。「質問を間違えたんだ」

ぼくはリズを振り向いた。

「正しい質問をするけど、そのまえに、そっちの目的のものを手に入れたらぼくを自由にするって約束してもらわないと」

「もちろんそうする、ジェイミー」とリズは言ったが、ぼくはそれを嘘だと見抜いた。はっきりした理由があったわけじゃなく、端から理屈などなかったけれど、単なる直感というわけでもなかった。ぼくの名前を言ったときの視線の動きと関係があったんだと思う。

そのとき、ぼくは笛を吹くことになるんだと悟った。

ドナルド・マーズデンは変わらず図書室の戸口に立っていた。ぼくはふと、マーズデンはそこで実際に本を読んだりしたのか、それとも見栄を張っただけなのかと気になった。「彼女が欲しがってるのはあなたの処方薬じゃなく、オキシなんだ。どこにあるの？」

つぎに起きたのは、まえにも一度だけあった出来事だ。セリオーに最後の爆弾を仕掛けた場所を訊いたときに。マーズデンの言葉が口の動きとちぐはぐに途切れた。まるで答える義務に抗おうとしているかのようだった。「言いたくないね」

セリオーとまったく同じ答え。

「ジェイミー！　なんだ――」

「静かにって言ったろ！　ぼくにチャンスをくれよ！」そしてマーズデンに向かって、「オキシはどこにあるの？」

答えを迫られたセリオーが苦悶の表情を浮かべたあのとき、あそこで死の光のやつがはいりこんだんだと思う――あくまでそう思っている。マーズデンは死んでいるくせに、肉体の痛みではなく感情的な部分が苛まれているようだった。それこそ悪さをした子どもみたいに、顔を両手で隠して言った。「パニックルームだ」

「どういう意味？　パニックルームって？」

「強盗がはいったときに隠れる部屋だ」感情は現われたときと同じく、すばやく消え去っていた。マーズデンは買物リストを読みあげる平板な口調にもどっていた。「私には敵がいる。彼女もそのひとりだ。知らなかったが」

「場所を訊いて！」とリズが言った。

ほぼ見当はついていたが、一応訊いてみた。彼は図書室のなかを指した。

「秘密の部屋か」とぼくは言ったが、それは質問ではないので答えは来なかった。「そこは秘密の部屋なの？」

「ああ」

「案内してよ」

マーズデンはすでに影が差した図書室にはいっていった。死者は幽霊とは同じではないが、薄暗がりに馴染んでいくその姿は幽霊そっくりだった。リズが頭上の灯とフランボーのスイッチを探しているのを見て、読書家のわりにこの部屋に出入りしていないことがわかった。だいたい、この家に何度来ているのだろうか。一度か二度、あるいはゼロか。もしかして写真と、ここを訪ねた経験がある人間から細かく聞き出した情報しか持っていないのかもしれない。

マーズデンが本棚を指さした。リズには見えないので、ぼくはマーズデンのしぐさを真似て言った。「そこ」

リズが棚に近づいて引っぱった。ぼくはそこで逃げだしてもよかったのだが、あいにくリズに力ずくで引き寄せられた。リズはすっかりハイになって興奮もレッドラインだったが、警官の本能はまだ何がしか残っていた。空いた手で棚をいくつか引いたが、なにも起きなかった。彼女は罵りの言葉を吐きながらぼくを見た。

また揺すられたり、腕をねじあげられたりするまえに、ぼくはマーズデンにわかりきった質問をした。「棚を開くような仕掛けがある？」

「ああ」

「何だって、ジェイミー？　もう、あいつは何て言ってるの？」

クソみたいに縮みあがってはいたけれど、ぼくはリズの質問攻めに腹を立てていた。

鼻を拭くのも忘れたリズは、鮮血が上唇を越えて流れ落ち、さながらブラム・ストーカーの小説に出てくる吸血鬼の形相だった。ぼくのなかではそんな感じだった。

「チャンスをくれよ、リズ」そしてマーズデンに向かって、「どこに仕掛けがあるの？」

「いちばん上の棚、右の」とマーズデンは言った。

ぼくはそれをリズに伝えた。リズが爪先立ちでしばらく手探りしていたが、やがてカチッと音がした。そこを手前に引くと、今度は隠れた蝶番を取り付けた本棚が手前に開き、さらに鋼製の扉と新たなキーパッド、数字のボタンの上で赤く光るライトが現われた。リズにつぎの質問を指示されるまでもなかった。

「暗証番号は？」

マーズデンはふたたび両手で目を隠した。"こっちが見えないなら、そっちも見えない"という子どもじみたジェスチャーだった。悲しいしぐさだったが、そこに感じ入っている余裕はなかったし、そもそもマーズデンがその商品によって数百、もしかすると数千もの人の命を奪い、数千人以上の逮捕者を出してきた麻薬王だったというだけじゃない。ぼく自身の問題があった。

「暗……証……番……号は？」ぼくはセリオーのときのように、はっきり発音した。これが難しかったが、やることとは同じだった。

彼は答えた。答えなくてはならなかった。

「73612」ぼくは言った。

リズはぼくの腕を抱えたまま番号を打ち込んでいった。ぼくはSF映画で気密室が開くときのような音がすると思っていたのだが、現実は赤のライトが緑に変わっただけだった。扉にはハンドルもノブもなく、リズが押すと開いた。室内は黒猫のケツの穴みたいに暗かった。

「ライトのスイッチの場所を訊いて」

ぼくが訊くと、マーズデンは「ない」と答えた。彼はまた両手を下ろしていた。すでに声が消えかけていた。ぼくはそのとき、マーズデンがそこまで早く行ってしまうのは自然死や事故死じゃなく、殺されたせいなのかもしれないと考えていた。あとからぼくは考えをあらためた。彼はきっと、ぼくらがそこにあるものを見つけるまえに消えたかったんだと思う。

「なかにはいってみたら」とぼくは言った。リズがぼくを放さずに、闇に向かっておずおずと一歩を踏み出すと、頭上で蛍光灯がともった。殺風景な部屋だった。奥の壁際にアイスボックス(バーケット教授の声が甦ってきた)、ホットプレート、電子レンジ。左右の棚にはスパムとか〈ディンティ・ムーア〉のビーフシチューとか〈キング・オスカー〉のオイルサーディンとか、安っぽい缶詰めがぎっしり詰まっている。パウチになった食料(後にぼくは、こういったものを軍がMRE、携行食と呼んでいるのを知った)や、六本パックの水とビールもあった。低い位置の棚には、地上回線のテレファンガスが設置されていた。部屋の中央には地味な木製テーブルがあって、その上にデスクトップのコンピュータとプリンター、分厚いフォルダー、ジッパー付きのシェービング用ポーチが置いてある。

「オキシはどこ?」

ぼくは訊いた。「あるとすれば、そのポーチのなかだって」

リズはポーチをつかみ、ジッパーを開いて逆さにした。出てきたのはいくつもの薬瓶とサランラップで包んだものが二、三個で、宝の山とはいえなかった。リズはわめいた。「何なの、これ?」

その声はほとんど聞こえていなかった。コンピュータの脇にあったフォルダーを、そこに置いてあったからという程度の理由で開いてみて、ぼくは衝撃を受けていた。最初は何を見ているのかわからない感じだったが、もちろんわかっていた。そしてマーズデンがぼくたちをここに来させたくなかった理由を、死んでなお恥じている理由を知った。それはドラッグとは無関係だった。いま目にしている女性は、同じボールギャグをはめられているのだろうか。だとしたら、当然の報いということになる。

「リズ」ぼくは言った。唇の感覚がなかった。歯医者でノボカインの注射を打たれたときみたいに。

「これだけ?」リズは叫んでいた。「まさかこれで全部だなんて言わないよね!」彼女は薬瓶の蓋をあけて中身を振り出した。二ダースほどの錠剤だった。「こんなのオキシじゃない、こいつはダルボンじゃないか!」

腕を放されていたぼくは逃げることもできたが、そのときは考えもしなかった。笛を吹いてセリオーを呼ぶことすら頭になかった。「リズ」ぼくはもう一度呼びかけた。

リズは目もくれなかった。瓶を一個一個あけていった。種類のちがう薬だったが、どれもあまり数がなかった。やがて青い錠剤に目を留めた。「ロキシーね、でも一ダースもないじゃない！　残りの在りかを訊いて！」

「リズ、これを見てよ」自分の声なのに、はるか遠くから聞こえてくるような気がした。

「訊いてって言ってるの——」リズはさっと振り向くと動きを止め、ぼくが見ているものに目を凝らした。

それは光沢写真の薄い束のいちばん上にあった一枚だった。写っているのは三人、男がふたりで女がひとり。男のひとりはマーズデン、ボクサーショーツも穿いていない。もうひとりの男も全裸だった。男たちは口枷をはめた女を相手にしていた。口にもしたくないことだけど、マーズデンは小型のブローランプを持ち、もうひとりが二股のミートフォークを手にしていた。

「くそっ。ああ、くそっ」とつぶやいたリズは、さらに何枚かめくっていった。言葉にするのもはばかられるものだった。リズはフォルダーを閉じた。「彼女よ」

「誰？」

「マディ。あいつの奥さん。結局、逃げられなかったのね」

マーズデンはまだ外の図書室にいたが、ぼくたちから目をそらしていた。後頭部がセリオーの左側と同じで原形をとどめていなかったが、ぼくはあまり気にしていなかった。銃創よりひどいものがある。銃創は、その日の夕方に見たなかでは些細なことにすぎない。

「ふたりで拷問して殺したんだ」とぼくは言った。

「ええ、しかも楽しみながらやった。この笑顔を見て。これでもわたしに殺されたって同情する？」

「あんたが殺したのは、彼が奥さんにしたことが理由じゃない」とぼくは言った。「そんなの知らなかったくせに。麻薬のために殺したんだ」

リズはどうでもいいとばかりに肩をすくめてみせた。本人にとってはどうでもいいことだったんだろう。リズは、マーズデンが自分の凄惨な写真を見にきたパニックルームから、図書室の先の階上の廊下に目をやった。「まだいる？」

「うん。戸口に」

「やつは初め、薬はないって言ったけど、嘘ついてるってわかった。そのうちいっぱいあるって言いだした。いっぱいいっ、いっぱいいって！」

「それも嘘だったんだよ。まだ死んでなかったから嘘をつけたんだ」

「でも、パニックルームにあるって言ったのよ！　そのときはもう死んでた！」

「量のことは言わなかった」ぼくはマーズデンに訊ねた。「これで全部？」

「全部だ」とマーズデンは答えた。その声が漂いはじめていた。

「いっぱいあるって、この人に言ったでしょ！」

マーズデンは血だらけの肩をすぼめた。「欲しいものがあるって信じさせれば、生かしといてもらえると思ったんだ」

「でもこの人が聞いた、あんたが自分で大量に仕入れたっていう情報は――」

「そんなの出まかせだ」とマーズデンは言った。「このビジネスは出まかせだらけでね。みんな、口を開けば戯言を言ってる」

ぼくがマーズデンの話を伝えると、納得できないリズは首を振った。納得したくなかったのだ。納得したら西海岸のプランは水の泡になる。騙されたことになる。

「やつは何か隠してる」とリズは言い張った。「どうにかして。どこかに。もう一度、残りの在りかを訊いて」

ぼくは口を開き、まだ話すことがあれば、彼はもう話してると言おうとした。そのとき――おそらく、あのひどい写真が半ば眠っていたぼくの一部を覚醒させたのだろう――ひとつの考えが浮かんだ。たぶん、ぼくなりの騙しを仕掛けることができる、いまのリズならすんなり騙されるはずだ。これがうまくいけば、悪魔を呼ばずにリズから逃れることができるかもしれない。

リズがぼくの肩をつかんで揺さぶった。「訊いてって言ったでしょ！」

ぼくは従った。「残りの麻薬はどこにある、ミスター・マーズデン？」

「言ったろ、それで全部だって」彼の声はどんどん薄れていた。「マリアに渡す分がいくらか手もとにあるが、あいつはいまバハマにいる。ビミニにな」

「ああ、わかった。それならいい」ぼくは缶詰めの棚を指した。「いちばん上の棚にスパゲティの缶が並んでるでしょ？」リズがそれを見逃すはずはなかったし、最低でも三十個はあった。ドニー・ビッグズは〈フランコ・アメリカン〉のソースが大好物だったらしい。「あそこに隠したって言ってるよ――オキシじゃなくて別のものを」

ぼくを引きずっていくこともできたのに、リズはそこでもう我を忘れるんじゃないかというぼくの読みは当たった。缶詰めの棚に駆け寄っていった。ぼくはリズが爪先立ちで手を伸ばすのを待ってパニックルームを走り出て、図書室を走った。扉をしめるのを忘れなければよかったけれど、もう後の祭りだった。立っているマーズデンは固そうに見えたが、とにかく突っ込んだ。一瞬、凍りつきそうな冷たさを感じて、口のなかにペパロニみたいな脂っこい味が広がった。ぼくは階段に向かって全力疾走した。

背後で缶詰めが落ちる音がした。「もどりなさい、ジェイミー！　もどって！」

リズが追ってきた。足音が聞こえた。あの階段の降り口まで来て、肩越しに振りかえったのが間違いだった。ぼくはつまずいた。ほかにどうしようもなく、唇を引き結んで口笛を鳴らそうとしたが、空気しか出なかった。口も唇も乾き切っていた。だから代わりに叫んだ。

「セリオー！」

髪が目にはいるのもかまわず、階段を頭から這って降りはじめたが、足首をつかまれた。

「セリオー、助けて！　彼女を引き離して！」

不意に何もかもが――バルコニーだけじゃなく、階段だけじゃなく、居間と会話ピットの上の空間全体が――白光で満ちた。そのとき、リズのほうを振りかえっていたぼくはまぶしさに目を細めたが、なにも見えないも同然だった。それは背の高い鏡からと、バルコニーのもう一方の鏡から射していた。

リズの手がゆるんだ。ぼくはスレートの階段の一段をつかみ、渾身の力をこめて引いた。すると世界一でこぼこの多い橇《トボガン》のコースに出た子どものように、ぼくは腹ばいで落ちていき、階段の四分の一あたりで停まった。リズが後ろで金切り声をあげていた。停まったその体勢で、腕と腋の間から覗いたリズは逆さまに見えた。リズは鏡の正面に立っていた。彼女が何を見たのかはよくわからない、でもそれでいい。知ったら二度と眠れなくなるかもしれないから。その光だけで――鏡から太陽フレアのごとく放たれたまばゆい無色の光だけで充分だった。

死の光。

やがてぼくは、鏡から出てきた手がリズの首をつかむのを見た――見たと思う。リズが鏡に叩きつけられ、硬いものが割れたような音がした。リズは悲鳴をあげつづけた。

明かりがすべて消えた。

夕暮れの名残りで、屋内はまだ真っ暗闇ではなかったが、それに近づきつつあった。

階下の空間には影が溜まっていた。背後では曲線を描く階段の上で、リズがずっと甲走った声で叫んでいた。ぼくはなめらかなガラスの手すりを頼って立ちあがり、どうにか落ちずに居間まで降りた。

背後のリズが叫ぶのをやめ、げらげら笑いだした。振りかえると、彼女は階段を駆け降りていた。黒い影が、まるでバットマンの漫画に出てくるジョーカーみたいに笑っていた。降りるスピードが速すぎたし、自分が向かっている先を見ていなかった。手すりにぶつかって左右に振られながら、リズは肩越しに鏡を見つめた。すでに光は、昔の電球のフィラメントが切れるときのように消えつつあった。

「リズ、あぶない！」

何より彼女から逃げたいと願っていたのに、ぼくは声をあげた。純粋に本能から発した言葉は役に立たなかった。リズはバランスをくずして倒れ、転がってふたたび階段で身体を打ち、さらに一回転して下まで滑落した。最初に倒れたときは笑っていたが、二度めで声が途切れた。誰かがラジオのスイッチを切ったみたいに。階段の下であおむけになった彼女は首をかしげ、鼻は横に曲がり、片腕が首の後ろまで行って、闇に目を剝いていた。

「リズ？」

返事がない。

「リズ、大丈夫？」

愚かな質問をしたものだし、なぜ気遣ったのかって？　それにはこう答えることができる。リズに生きててほしいと思ったのは、背後に何かがいたから。物音はしなくても、そこにいるのがわかった。

ぼくはリズのかたわらに膝をつき、血に濡れた口に手を置いた。手のひらに当たる息はなかった。まばたきもしていない。彼女は死んでいた。ぼくは立って後ろを向き、予想したとおりのものを目にした。リズは前をはだけたダッフルコートと、血が染みたスウェットシャツを着て立っていた。ぼくのことは見ていなかった。その視線はぼくの肩の先にあった。彼女が片手を挙げて指をさすと、ぼくはそんな恐怖の瞬間にも、まだ見ぬクリスマスの精霊がスクルージの墓石を指す場面を思いだしていた。

ケネス・セリオーが——少なくとも彼の抜け殻が——階段を降りてきた。

63

彼はまだ内にある火に焼かれた丸太のようだった。ほかに表現を思いつかない。真っ黒になっていたが、ひび割れた肌のあちこちからあの死の光を放っていた。光は鼻から、目から、耳からも射していた。開いた口からも出てきた。

彼はにやりと笑って両手を持ちあげた。「もう一度儀式をやって、今度はどっちが勝つか確かめよう。おまえには貸しがある、女から救ってやったんだからな」

壮大な再会シーンを演じようと、階段を小走りに降りてきた。尻尾を巻いて逃げろ、と本能が告げてきたが、それより深いところにある何かが、どんなに迫り来る恐怖から逃げたくてもここを動くなと言った。もし逃げていたら、背後から絡め取られ、焦げた腕をまわされて終わりだ。あいつが勝てば、ぼくは奴隷にされ、呼ばれたら行かなくてはならなくなる。死んだセリオーにやったように、生きたまま取り憑かれたらもっとひどいことになる。

「止まれ」ぼくが言うと、黒焦げのセリオーの抜け殻は階段の下で止まった。伸びた腕はぼくから一フィートと離れていなかった。

「失せろ。もう用はすんだ。永遠に去れ」

「用はすまないのさ」それが言ったつぎのひと言に鳥肌が立ち、うなじの毛が逆立った。「チャンプ」

「いいだろう」とぼくは言った。勇敢な言葉だが、声のふるえを抑えることができなかった。

腕は伸びたまま、ひび割れを光らせた黒い手はぼくの首から数インチのところにあった。「おれを永久に追い払いたいんだったら、つかめ。もう一度儀式をやるのが公平だ。今度はこっちも覚悟ができてるからな」

ぼくは不思議と惹かれていた。理由を訊かれても困るのだが、自我を遠く離れて、本能よりも深いぼくの一部が勝ったのだろう。悪魔には——神の保護、勇気、まぐれで、あるいはその全部が組み合わさって——一度は勝てても二度めはない。悪魔に二度勝てるのは聖者以外にはいないと思うし、聖者だってどうなるかわからない。

「行け」今度はぼくがスクルージの最後の精霊みたいに指さす番だった。ぼくはドアを指した。

そいつはセリオーの炭になって煤だらけの唇を上げて嘲笑した。「おれを追いやるなんてできないぞ、ジェイミー。まだわからないのか？　おれたちは結びついた。おまえは行き着く先を考えなかった。だが、このとおりさ」

ぼくは、ぼくなりのひとつの言葉をくりかえした。急にピンの幅ぐらいにせばまった感じの喉から、やっとのことで絞りだした言葉を。

セリオーが身構えた。距離を縮めてぼくに跳びかかり、恐ろしい抱擁を交わそうとしているように見えたのだが、やらなかった。たぶんできなかったのだ。

脇を通り過ぎていくそれを、リズは身を縮めて避けた。そのまま扉を抜けていくのか――ぼくがマーズデンを通り抜けたみたいに――と思ったが、その正体はともかく、そいつは幽霊ではなかった。さらに皮膚を飛び散らせ、さらに光を放ちながらノブを握って回した。扉が開いた。

それはぼくを振りかえった。「笛吹かば、我は現われん、いいか」

そして去っていった。

# 64

脚が動きそうになく、階段も近くにあったが、リズ・ダットンの壊れた死体の横に腰をおろす気になれなかった。ぼくは会話ピットまで足を引きずっていき、近くにあった椅子に倒れこんだ。頭を垂れてすすり泣いた。恐怖と昂ぶった気持ちから出た涙だったけれど、いま思うと——はっきりした記憶はないのだが——歓びの涙でもあった。ぼくは生きていた。私道の突き当たりにある冥《くら》い家のなかに、ふたりの死体とふたりの残り物とともにいた（マーズデンはバルコニーからこっちを見おろしていた）。でもぼくは生きていた。

「三人だ」ぼくは言った。「三人の死体と三人の残り物だ。テディを忘れちゃいけない」

ぼくは笑いだしたが、そのうち死ぬまえのリズが同じように笑っていたのを思いだして口をつぐんだ。このあと、どうしたらいいかを考えようとした。まずはあのむかつく玄関扉をしめることだ。あのふたりの霊魂（ご推察のとおり、ぼくはこの言葉を後になって知った）に見られているのは愉快なことではなかったが、もう死人たちと目を見交わすことにも馴れっこになっていた。本当に厭なのは、セリオーが外にいて、ぼろぼろの肌から死の光を放ってるんじゃないかと思い浮かんでくることだった。ぼくが行けと言ったら、あいつは去った……しかし、もどってきたらどうする？

ぼくはリズの脇を通って扉をしめた。もどってきてリズにどうしたらいいかを訊ねた。答えは期待していなかったが、返ってきた。「お母さんに連絡して」

パニックルームには地上回線があったけれど、あの階段をまた昇ってあの部屋まで行こうとは思わなかった。百万ドル積まれても。

「携帯は持ってる、リズ？」

「ええ」気がなさそうな声は彼らの習性ともいえる。でも、みんながそうじゃない。ミセス・バーケットには、ぼくの七面鳥の芸術的価値について批評するだけの生命力が残っていた。それにドニー・ビッグズは拷問ポルノの写真を隠そうとした。

「どこにある？」

「上着のポケットのなか」

ぼくは彼女の死体に近寄り、ダッフルコートの右のポケットを探った。するとドナルド・マーズデンの命を奪った銃の銃床をさわって、ぼくは熱いものにでもふれたように手を引っこめた。電話は反対のポケットにあった。電源を入れた。

「パスコードは？」

「２６６５」

それを入力して、ニューヨーク市のエリアコードと母の番号の最初の三桁まで入れたところで気が変わり、別の番号にかけた。

「911、緊急の用件ですか？」

「いまいる家でふたりが死んでます」とぼくは言った。「ひとりは殺されて、もうひとりは階段から落ちて」

「これはいたずら？」

「だったらいいんだけど。ぼくは階段から落ちた女の人に誘拐されて、ここに連れてこられたんです」

「きみがいる場所は？」回線のむこうにいる女性の声ががぜん熱を帯びた。

「レンフィールド郊外の私道の突き当たり。何マイル離れているかも、通りの番号があるかもわからない」そこで真っ先に伝えるべき情報を思いついた。「ドナルド・マーズデンの家です。彼は女の人に殺されました。その女の人が階段から落ちて。彼女の名前はリズ・ダットン。エリザベス」

女性はぼくのことを気遣いながら、いま警官が向かっているのでそこで待っているようにと言った。待っているあいだに、ぼくは母に電話をした。かなり長く話したのに要領を得なかったのは、ふたりとも泣いていたからだ。母には死の光の部分を除いてすべてを伝えた。言えばわかってくれたとは思うけれど、悪夢をみるのはどっちかひとりで充分だ。リズはぼくを追っかけてきてつまずき、落ちて首を折ったと話した。頭頂部をな

会話の最中に、ドナルド・マーズデンが階段を降りてきて壁際に立った。頭頂部をな

くした死者がひとり、もうひとりは首を横に曲げている。なんてコンビなのか。これはホラーストーリーだとお伝えしてあるので、みなさんも覚悟はできていただろうが、ぼくがそれほどの苦痛もなくふたりを正視することができたのは、最悪の恐怖が去ったからだった。それがもどってくるのを、ぼくが望まなければの話だが。もし望めば、それはやってくる。

笛を吹くだけで。

長い長い十五分が過ぎて、サイレンの音が遠くに聞こえてきた。二十五分後、赤と青の光が窓を満たした。ごく普通の警官隊で、少なくとも六人はいた。最初は暗い物影でしかなかった一団が玄関を埋め、夕陽の残滓があったとしてもそれを消し去った。ひとりが、ライトのスイッチはどこなんだと言った。もうひとりが「あったぞ」と答えたが、明かりが灯らないので罵りの言葉を吐いた。

「誰かいるか?」もうひとりが声をあげた。「誰かいるなら名乗り出ろ!」

ぼくは立って両手を上げた。警官たちには黒い影が動いたようにしか見えないんじゃないかと思った。「ここにいます！　両手を上げてます！　電気は消えました！　通報したのはぼくです！」

懐中電灯が点き、錯綜した光がやがてぼくを照らしだした。警官のひとりが前に進み出た。女性だった。思わずリズを避けた女性は、自分でもそんな動きをした理由がわからなかったはずだ。初めはホルスターに挿した拳銃の銃把に手を置いていたが、ぼくを認めるとその手を放した。それでほっとした。

彼女は片膝をついた。「家にいるのはきみひとり？」

ぼくはリズを見た。自分を殺した女から離れて立つマーズデンを見た。テディまで現われた。テディは警官たちがどいた戸口にいた。騒ぎに惹きつけられたのか、それともただの気まぐれだったのか。死にぞこないのお笑い三人組。

「はい」とぼくは言った。「ここにいるのはぼくひとりです」

## 65

女性警官に腕をまわされ、外に出たぼくはふるえはじめた。夜気のせいだと思われたかもしれないが、もちろんちがった。彼女は着ていた上着を脱いでぼくの肩に掛けてくれたけれど、それだけじゃ足りなかった。ぼくは長すぎる袖に腕を通すと、自分の身を掻き抱いた。その上着はポケットに警官の備品がはいって重かったが、かえってそれがよかった。重さが心地よかった。

前庭にパトロールカーが三台停まっていた。リズの小型車をはさむように二台、後ろに一台。そこへ新たに到着したのが、車体側面に**レンフィールド警察署長**と表示されたSUVだった。街の警察人員の大半が集合してくるということは、きょうはダウンタウンの酔っ払いやスピード違反者は休みなんだろうと思った。

玄関から出てきたもうひとりの警官が、女性警官のところにやってきた。「ここで何があったんだ、坊主？」

それに答えようとすると、女性警官がぼくの唇に指を押しつけた。ぼくは気にしなかった。快感すらおぼえた。「質問はだめ、ドワイト。この子はショックを受けてるわ。

治療が必要よ」

着ていた白シャツの襟首にバッジを掛けた男性が――たぶん署長だった――ＳＵＶを降りてきて、ちょうど最後の言葉を耳にした。「付き添ってやれ、キャロライン。医者に診せるんだ。確認された死者はいるのか？」

「階段の下にひとりが倒れてます。女性のようです。死亡は確認できていませんが、首の曲がった状態からして――」

「もう、彼女は死んでるって」ぼくはそう告げて泣きだした。

「さあ、キャロ」と署長が言った。「わざわざカウンティまで行くこともない。〈メッドナウ〉へ連れていけ。質問は私が行くまでするな。それに保護者が見つかるまでは。彼の名前は聞いたか？」

「まだです」とキャロライン巡査は言った。「邸内は異常な状態です。ライトがすべて消えています」

署長が太腿に手を置いて身をかがめてきたので、ぼくは五歳児にもどった気分になった。「きみの名は、坊や？」

〝質問するなって言ったくせに〟とぼくは思った。「ジェイムズ・コンクリン、母がこっちに向かってます。名前はティア・コンクリン。もう連絡しました」

「なるほど」署長はドワイトを見た。「なぜライトが点かない？　ここに来る途中の家は停電してなかった」

「わかりません、署長」

ぼくは言った。「彼女がぼくを追ってきて、階段を降りてるときに消えたんだ。それで彼女は落ちたんだと思う」

署長はまだ質問をしたそうにしていたが、キャロライン巡査に行けと告げた。巡査は前庭から苦もなく車を出すと、カーブの多い私道を走っていった。ぼくはズボンのポケットに手を入れ、リズの電話を持ったままだったことを思いだした。「もう一度ママに電話して、いまからクリニックに行くって伝えていい？」

「もちろん」

ぼくは電話をかけながら、リズの電話を使ってることがキャロライン巡査にばれたら面倒なことになると気づいた。なぜぼくが死んだ女性のパスコードを知っているのかと、巡査は訝しがるだろうし、ぼくもそれにうまく答えられそうもなかった。とにかく、彼女は質問をしてこなかった。

母はウーバーに乗っていて（だとするとかなりの金額になりそうだが、エージェンシーの利益が回復基調にあってさいわいだった）、とても順調に走っているとのことだった。母からほんとに大丈夫なのかと訊かれて、ぼくは大丈夫、キャロライン巡査に連れられてレンフィールドの〈メッドナウ〉に向かってるけど、念のため診察を受けるだけだからと話した。さらに、わたしが行くまで質問には一切答えないようにと釘を刺され、ぼくはそうすると答えた。

「モンティ・グリシャムに連絡してみる」と母は言った。「彼はこの手の法律業務は扱わないけど、誰か知ってるはずだから」

「弁護士なんて必要ないよ、ママ」と言ったぼくに、キャロライン巡査が横目をくれた。「ぼくはなにもしてない」

「リズが人を殺した現場にいたんだったら必要よ。審問……告訴……よくわからないけど。これはわたしの責任よ。あの牝犬をわが家に連れ込んだのはわたしだから」そして吐き棄てるように、「ゲス女のリズを！」

「あの人も最初はよかったよ」これは本当だったが、突然ものすごい疲労が襲ってきた。「またあとで、こっちに来たら」

電話を切るとキャロライン巡査に、クリニックまでどのくらいかかるのか訊いた。巡査は二十分と言った。ぼくは後ろを振り向き、後部座席との間を仕切るメッシュを覗いた。不意にリズの存在を感じたのだ。あるいは——もっと邪悪な——セリオーの存在を。でもシートは空だった。

「いるのはわたしとあなただけよ、ジェイミー」とキャロライン巡査が言った。「心配しないで」

「わかってる」と答えはしたものの、心配の種はあったし、それを忘れずにいてよかった。さもないと、ぼくと母は大変なトラブルに巻きこまれていたかもしれない。ぼくは窓に頭をもたせて、巡査から半ば顔をそむけるようにした。「すこし寝るよ」

「そうして」巡査の声には笑みが感じられた。

ぼくはすこし眠った。だが、まずはリズの電話の電源を入れ、身体で隠すようにしながら、リズが録音していた『ロアノークの秘密』のプロットを母に伝えるぼくの声を消去した。もし警察に電話を取りあげられ、これがぼくのものじゃないとわかったら、作り話をしてごまかすことになるだろう。ただ憶えてないと言ったほうが安全かもしれない。どっちにしても、録音だけは聞かせてはならない。

ぜったいに。

# 66

ぼくとキャロライン巡査が着いてから一時間あまりのち、署長と警官二名が〈メッドナウ〉に現われた。もうひとり、郡検事を名乗るスーツ姿の男もいた。ぼくを診察した医者は、体調はおおむね良好で、血圧が若干高いのはここまでの状況を考えれば驚くことではないと言った。朝までには正常値にもどるはずで、「基本的に健康な若者」だと太鼓判まで押された。基本的に健康な若者でも、ぼくには死んだ人たちが見えるんですとは言わなかった。

ぼくと警官たち、そして郡検事はスタッフの休憩室で母を待ち、母が到着するとすぐに事情聴取がはじまった。その夜、ぼくたちはレンフィールド・スターダスト・モーテルに泊まり、翌日も聴取がつづいた。母はエリザベス・ダットンとのことを、リズが麻薬取引きに関わっていたのを知って関係を断ったと語った。ぼくはテニスの練習後にリズに連れ去られてレンフィールドまで行ったこと、リズがマーズデンの家から大量のオキシを盗もうとしていたことを話した。リズがドラッグの隠し場所を白状したマーズデンを殺したのは、期待していた成果が得られなかったせいか、あの部屋で別のものを、つまり写真を見つけたせいか、そのどちらかだと。

「ひとつわからないことがあるんだけど」ぼくが着せてもらっていた上着を返そうとしたときに、キャロライン巡査が言った。母が子熊を守ろうとするような警戒の眼を向けたが、キャロライン巡査は無頓着だった。ぼくのことをじっと見つめていた。「彼女は男を縛りあげて――」

「リズは拘束したって言ってた。その言葉を使ってた。警官だったからかな」

「わかった、彼女は男を拘束した。それで、彼女があなたに話したことによると――しかも、われわれが階上で発見した状況によると――彼女は男をすこし懲らしめた。でもそれほどでもなかった」

「はっきり言ってくださらない？」と母が言った。「息子はひどい経験をして疲れているんです」

キャロライン巡査はそれを無視した。ぼくを見つめるその目が明るく輝いていた。

「もっといろいろやれたはずなの、望むものを手に入れるまで拷問するなら。でも、彼女は男をそのままにしてニューヨーク市まで車を飛ばし、あなたを誘拐してもどってきた。なぜそんなことをしたのかしら？」

「わからない」

「あなたは二時間車でいっしょだったけど、彼女はなにも話さなかった？」

「ぼくに会えてうれしいって言っただけ」リズがじっさいそう口にしたかどうかの記憶

がないので、厳密には嘘になるけれど、そんな気はしなかった。カウチでふたりに挟まれて座って、『ビッグバン★セオリー』を観ながら大笑いしていた夜のことが頭に浮かんで、ぼくは泣きだした。おかげでその場を逃れることができた。

モーテルのドアをしめてロックすると、母が言った。「また訊かれたら、リズはあなたを連れて西海岸へ行こうと計画してたって話すの。できる?」

「うん」とぼくは言った。そんな計画は、はたしてリズの頭のどこかにあったのだろうか。あれこれ考えても仕方ないが、ぼくが自分で想像していた(いまもそう思っている)結末よりはましだ。すなわち——リズはぼくを殺そうとしていた。

ぼくはコネクティングルームで寝なかった。母の部屋のカウチで寝た。三日月の下、人里離れた田舎道を歩く夢をみた。口笛は吹くな、笛は吹くなと己れを戒めていたのに、吹いてしまった。どうしようもなく。吹いていたのは《レット・イット・ビー》。それはすごく鮮明に憶えている。音を六個だか八個しか吹かないうちに、背後に足音が聞こえてきた。

目を覚ますと、悲鳴を押し殺そうとするように両手で口を押さえていた。それ以来、何度か同じように目を覚ました経験はあるけれど、ぼくが気にしているのは悲鳴をあげることじゃない。口笛を吹いて、あの死の光のやつが来るんじゃないかと心配だったのだ。

抱きつこうと腕を伸ばしながら。

## 67

子どもでいるのには数々の難点がある。たとえば、にきび、学校で笑われないように服選びをしなきゃならない苦痛、女の子たちの謎など、これらは多くのなかのたった三つの例にすぎない。ドナルド・マーズデンの家まで足を延ばして（きわめて率直に言えば、誘拐されて）気づいたのは、子どもでいる利点もあるということだ。

そのひとつに、記者の群れやTVカメラの砲列を避けられたことがある。ぼくは直接証言をせずにすんだ。代わりにモンティ・グリシャムが見つけてくれた弁護士と母を左右に従えてビデオ証言をおこなった。プレスはぼくの正体を知りたがったが、メディアでぼくの名が明かされることはついになかった。なぜならぼくは未成年という魔法の存在だったから。学校の連中には知られたけど（連中はたいがい、どんなことにでも目をつける）、からかってくるやつはいなかった。逆に尊敬されるようになった。女の子との話し方を工夫する必要もなく、むこうからぼくのロッカーに来て話しかけてくるようになった。

それよりなにより、電話でのトラブルが起きなかった——リズの電話のことだ。もう存在していない。母がよい旅をとばかりに焼却炉に放りこみ、誰かに訊かれたらなくしたと答えなさいと言った。現実、誰にも訊かれなかった。リズがニューヨークにもどってぼくを拉致した理由に関しては、警察は独自の捜査で、すでに母が示唆していた見解に達した。要するに、西へ向かおうとしたリズは、子どもを連れていたほうが人目を惹きにくいと判断したのだろうと。ペンシルヴェニア、インディアナ、モンタナあたりで給油や休憩で止まった際に、ぼくが逃げだしたり、せめて助けを呼ぼうとする可能性についても考慮はされなかった。そんな真似をするわけがないと。エリザベス・スマートと同じく、誘拐の小さな被害者はおとなしくしているだろうと。ぼくが子どもだから。

新聞紙上で一週間ほど、とりわけタブロイド紙をにぎわしたのは、マーズデンが〝麻薬界の大物〟だったことがあるにせよ、それよりパニックルームで発見された写真の問題が大きかった。そしてリズがヒーローのような扱いをされたのは、奇妙な話だが事実でもある。〈デイリー・ニューズ〉に、**元警官、拷問ポルノのドンを殺害後に死亡**という文字が躍った。彼女が市警の内部監査と薬物検査陽性の結果、失職したことへの言及はなく、多くの買物客の命を奪いかねなかったサンパー最後の爆弾の発見に力を尽くしたと報道された。〈ポスト〉は記者をマーズデンの家に送りこんだか(「ゴキブリはどこにでもはいりこむのよ」と母は言った)、レンフィールドの家屋資料にあった写真を入手したにちがいない。見出しが、**ドニー・ビッグズの恐怖の館の内部**となっていた。母はそれを見て笑いながら、〈ポスト〉のアポストロフィの打ち方は、彼らのアメリカ政治にたいする見方を体現していると言った。

「ビッグズ - アポストロフィじゃなくて」母はぼくの質問に応えて言った。「ビッグズ - アポストロフィ - Sよ」

わかったよ、ママ。それでいい。

# 68

やがて、ほかのニュースがドニー・ビッグズの恐怖の館をタブロイド紙の一面から追いやり、学校でのぼくの名声も薄れていった。リズが話していたチェット・アトキンスじゃないけれど、あっという間に忘れ去られた。マスカラで目を丸くして、リップグロスを塗った女の子たちがロッカーに寄ってくるのを待つだけでよかったのが、ふたたび彼女たちと話をするのに悩むことになった。テニスはつづけて、クラス劇にも挑戦した。二行の台詞だけの役しかもらえなくても、そこに打ち込んだ。友だちとテレビゲームをやった。メアリー・ルー・スティーンを映画に誘ってキスをした。彼女からキスが返ってきたのは最高だった。

モンタージュの挿入は、カレンダーのページがめくられて完成する。二〇一六年、そして二〇一七年のこと。ぼくはときにあの田舎道にいる夢をみて、両手で口を押さえて目覚めると、〝笛を吹いたのか？　まさか笛を吹いたのか？〟と自問した。が、そんな夢も間遠になっていった。たまに死んだ人間を見かけもしたが、しょっちゅうではなかったし怖くもなかった。母から一度、まだ見えるのかと訊ねられたことがあり、もうめったに見ないと答えた。母が喜ぶのを知っていたからだ。それはぼくの望みでもあって、母もきつい時期を乗り越えてきただけに、そのへんはこちらも心得ていた。

「そろそろ卒業しかけてるのかしら」と母は言った。

「そうかもね」ぼくは認めた。

こうして二〇一八年がやってきて、我らがヒーロー、ジェイミー・コンクリンは身長が六フィートを超え、顎ひげを伸ばせるようになり（母には毛嫌いされた）、プリンストンに入学が決まり、そして投票に行ける年齢になろうとしていた。選挙がある十一月にはその歳になる。

部屋で最終試験に向けて勉強をしている最中に電話が鳴った。母がまたウーバーの車内から連絡してきた。今度の目的地はテナフライ、ハリー伯父が住んでいる場所だった。「肺炎の再発。今回は望みがないみたいなの、ジェイミー。むこうから来てくれって、よっぽどのことじゃないとそんなこと言ってこないから」母は間を置くと言った。「危篤よ」

「できるだけ急いで行くよ」

「あなたは来なくていいから」そこにはぼくが伯父のことをよく知らない、少なくとも伯父が自分の才覚をたのみに妹とふたり、ニューヨークのタフな出版界でキャリアを築いていったころを知らないという含みがあった。たしかに、あそこはタフな世界だ。いまやオフィスで働く身として――週に数時間、大半は書類の整理だったけれど――ぼくはその現実を理解していた。また、その才気を惜しまれた相手の記憶がぼんやりとしかなかったのも事実だが、ぼくが好きだったのはそんな伯父のことじゃない。「バスに乗る」ぼくにはそれが楽だった。ウーバーやリフトに手が出せなかったころには、ニュージャージーへ行くのはいつもバスだった。

「試験は……最終試験の勉強があるでしょう……」

「本はそれこそ持ち運びができる魔法だからね。別の場所で読めるし。持っていくよ。じゃあ、むこうで」

「泊まりになるかもしれないけど、平気？」

平気さ、とぼくは答えた。

ハリー伯父が死んだとき、どのあたりにいたのかはわからない。たぶんニュージャージーか、ハドソン川を渡っているときか、もしかして鳥の糞で汚れたバスの窓からヤンキースタジアムを眺めていたときかもしれない。わかっているのは、母が施設の——伯父の終の施設の——外に置かれた木陰のベンチでぼくを待っていたこと。目に涙はなかったが、母は煙草を吸っていた。そんな姿を見るのは本当にひさしぶりだった。母はぼくを強く抱きしめてきて、ぼくも母を抱きしめた。香水の匂い、懐かしいあの〈ラヴィ・エ・ベル〉の甘い香りは、いつでもぼくを子ども時代へと連れもどしてくれた。手描きの緑の七面鳥が最高傑作だと信じていた、あの少年のころへ。訊ねるまでもなかった。

「ここに来て十分もしなかった」と母は言った。

「大丈夫？」

「ええ。悲しいけど、ようやく終わったってほっとしてる。彼は同じ病気になった人たちにくらべてずいぶん長生きしたわ。なんていうか、ここに座って三本のフライと六個のゴロのことを考えてた。何のことかわかる？」

「なんとなくね、ああ」

「ほかの男の子たちは、わたしが女だからってプレイさせたがらなかった。でもハリーは、わたしにやらせないんだったら自分もやらないって言ってくれた。彼、人気者だったの。いつでも一番人気。だからわたしは、よく言うでしょ、試合に出てるたったひとりの女の子だった」

「うまかった？」

「すごかったわよ」母はそう言って笑った。そして片方の目を拭った。とうとう泣きだした。「ねえ、これからミセス・アッカーマンと——ここのボスの女性と——話をして、書類にサインをしなきゃならない。そのあと、彼の部屋に行って片づけるものがないか見ないと。あるとは思えないけど」

ぼくは不安が沸き起こるのを感じた。「伯父さんはもう……？」

「いないわ。ここで使ってる葬儀場があるのよ。あした、ニューヨークへ連れていく手続きをして……で、最後の別れを」母はそこで息を継いだ。「ジェイミー？」

ぼくは母を見た。

「あなた……彼が見えないの？」

ぼくは頰笑んだ。「うん、マー」

母はぼくの顎をつまんだ。「そんな呼び方はしないでって、何度も言ったでしょう？マーって言うのはだれ？」

「子羊」と答えたそばから、ぼくは付け足した。「そう、そう」

それで母は笑った。「待ってて。時間はかからないから」

母が建物にはいっていくと、ぼくは十フィートも離れていない場所に立っていたハリー伯父を見た。伯父は死んだときのパジャマを着てずっとそこにいた。

「やあ、ハリー伯父さん」ぼくは呼びかけた。

返事はなかった。でもぼくのことを見ていた。

「いまもアルツハイマーなの？」

「いや」

「じゃあ、もう元気なんだね？」

伯父はかすかなユーモアをにじませてぼくを見つめた。「おそらくな、死んじまったことが、おまえの元気の定義にはいるなら」

「ママが悲しむよ、ハリー伯父さん」

返事は、質問ではないので期待はしていなかった。でも訊きたいことがひとつあった。

伯父はその答えをおそらく知らないだろうが、古い諺にあるとおり、訊かなきゃ一生わからない。

「ぼくのお父さんが誰だか知ってる？」

「ああ」

「だれ？　誰なの？」

「私だ」とハリー伯父は言った。

# 69

これでほぼ終わり(三十ページが多いと思ったことは忘れてない!)、だが完結はしていないので、投げずにこの先も目を通してほしい。

ぼくの祖父母——実は一組きりの祖父母——は、クリスマスパーティへ向かう途中で死んだ。クリスマスを満喫しすぎた男が四車線のハイウェイの三車線分をよれて、祖父母の車と正面衝突した。よくある話だが、酔っ払いのほうは助かった。ぼくの伯父(実は父親)はその報らせを受けたとき、ニューヨークでクリスマスパーティをはしごして、出版者や編集者や作家たちとおしゃべりに興じていた。当時、エージェンシーを興したばかりのハリー伯父(親父だ!)は、キャンプファイアを燃やそうと深い森で焚き付けを物色しているようなものだった。

彼は葬儀のため、故郷のアーコラ——イリノイの小さな町——に帰った。弔いがすむとコンクリン家でもてなしがあり、レスターとノーマを慕っていた人々が大勢集まった。そんな場に持ち込まれる料理と酒が、望まれずして生まれる数多くの赤ん坊たちの代父の役を果たすのだ。そのころ大学を出てまだ間がなく、会計事務所で最初の職に就いていたティア・コンクリンはかなりの量を飲んだ。そして兄も。そりゃそうだろう？

みんなが帰ってから、ハリーは自室のベッドにスリップ姿で横たわり、身も世もなく泣きじゃくる妹を見つける。ハリーは添い寝をして妹に腕をまわす。当然、慰めるだけのつもりが、慰めの行為はつぎの段階へと移っていく。ただ一度だけ、一度で充分、その六週間後、ニューヨークにもどっていたハリーは一本の電話を受ける。それからすぐ、妊娠したぼくの母はエージェンシーにはいる。

あのタフな競争社会で、〈コンクリン文芸エージェンシー〉は母がいなくても成功したのだろうか。それとも父／伯父の焚き付けは大きな薪をくべるまえに、か細い白い煙とともに消えていただろうか。なんとも言えない。仕事が軌道に乗りだしたのは、ぼくが揺りかごのなかで、パンパースにおしっこしてばぶばぶ言っていたころなのだ。でも、母が仕事に秀でていたことは知っている。そうでなければ、後に金融市場の底が抜けたとき、エージェンシーはつぶれていた。

あと言っておきたいのは、近親相姦で生まれた子どもに関して、それも父と娘、妹と兄の間のこととなると、やたらくだらない作り話がまかりとおっているということだ。そこには医学的な問題が生じるケースがあり、たしかに近親相姦だとそうなる可能性は多少高くはなるけれど、生まれてきた赤ん坊の大多数が精神薄弱だとか、片目だとか、棍棒のような足だと決めつけるのは？　それはまったくのでたらめだ。ぼくは近親関係によって生まれた赤ん坊に生じるもっとも一般的な瑕疵《かし》は、指や爪先の結合だと知った。

ぼくの左手の中指と薬指の間には、幼児のうちに外科処置で切り離した傷痕が残っている。初めてその傷のことを訊いたとき——せいぜい四、五歳のころ——母は退院するまえにお医者さんがやったのだと言った。「なんてことない」と。

むろん、ぼくが持って生まれたものはほかにもあって、それはそのむかし、悲しみとアルコールに溺れた両親が兄妹の一線を越えて接近した事実と関係があるのかもしれない。あるいは、死人が見えるのはそことまったくの無関係かもしれない。ひどい音痴の親から生まれた子が歌の天才ということもあるし、無筆の親から後の大作家が生まれることもある。才能はどこからともなくやってきたりする、そんな気がする。

ただし、ちょっと待って。

あの話全体が虚構であった場合は。

ぼくは、ティアとハリーがジェイムズ・リー・コンクリンという名の元気な男の子の親になった経緯を知らない。ハリー伯父には詳しいことはなにひとつ訊かなかった。伯父は話してくれたろう——死者は嘘をつかないというのは、みなさんの間にも浸透していると思う——でも、ぼくは知りたくなかった。伯父が言葉ふたつ——私だ——を口にしたあと、ぼくは踵を返し、介護施設に母を探しにいった。伯父は追ってこなかったし、ぼくがふたたび伯父を見ることはなかった。自身の葬儀か墓前式に来るんじゃないかと思っていたが、とうとう現われなかった。

街へもどる車上で（昔みたいにバスで）、母がどうかしたのと訊いてきた。ぼくはどうもしない、ハリー伯父が本当にいなくなったことに馴れようとしてるんだと答えた。

「乳歯が一本抜けたみたいな感じなんだよ。ぽっかり穴があいて、それがずっと気になって」

「わかるわ」母はそう言ってぼくを抱いた。「わたしも同じ気持ち。でも悲しくない。悲しくならないって思ってたし、やっぱりそう。だって、本当の彼はもうずっとまえにいなくなってたんだから」

抱きしめられるのはうれしかった。母のことは愛していたし、いまも変わらず愛しているけれど、ぼくはあの日、母に嘘をついた。それも口をつぐむという消極的なやり方ではなく。歯が抜けたなんていうのとはちがう。新しく歯が生えてくるのに、口のなかに生える場所がないといった感じだった。

ぼくが語った話を裏づける事実がいくつかある。レスターとノーマのコンクリン夫妻はクリスマスパーティに出かける途中、飲酒運転のドライバーのせいで死んだ。ハリーはふたりの葬儀をおこなうため、イリノイに帰郷した。ぼくが見つけた〈アーコラ・レコード・ヘラルド〉の記事によると、ハリーは追悼の言葉を述べている。ティア・コンクリンは仕事を辞め、翌年早々には兄が新しく設立した文芸エージェンシーを手伝うため、ニューヨークへ行った。そして葬儀から九カ月後、ジェイムズ・リー・コンクリンがレノックス・ヒル病院でデビューを飾った。

つまり、そうね、そうねも、いいわ、いいわも、ぼくが語ったとおりということになる。かなり筋が通っている。だが、これは好きにはなれないが別の解釈もできる。たとえば、泥酔した若い女性が、酔って欲情した兄にレイプされたという見立て。ぼくが訊かなかった理由は単純で、知りたくなかったからだ。ふたりは中絶を話し合ったのだろうか。ときには。ぼくが不安をおぼえるのは、笑うとできるえくぼ以上に伯父／父から受け継いでいるものがあることなのか、それとも二十二歳という若さで黒髪に白いものを見つけたからなのか。ありていに言って、ぼくは三十歳、三十五歳、あるいは四十歳という若年で正気を失っていくことが不安なのだろうか。もちろん心配だ。インターネットによると、ぼくの父‐伯父はEOFAD——早期発症型家族性アルツハイマー病だった。それはPSEN1およびPSEN2という遺伝子に潜んでいて、検査をすればわかる。試験管に唾を吐いて結果を待つだけ。ぼくは検査を受けるつもりでいる。後から。

おかしなことに——ここまでのページを振りかえってみると、書いているうちに自分の文章が上達してきたことがわかる。べつにフォークナーやアップダイクを引き合いに出すつもりはなくて、言いたいのは何かをやれば進歩していくということ。それは人生の多くに当てはまるんだと思う。ふたたびセリオーを乗っ取ったあいつとまみえたときに、別の意味でよりよく強くなっていたいと切に願うしかない。だって、そうなるつもりだから。鏡に映ったものを見たリズを狂わせたマーズデンの家のあの晩から、ぼくはそれをちらとも見ていないが、あいつは待っている。ぼくは感じる。というか、わかっている。その正体は知らないけれど。

どうでもいい。ぼくは中年になって正気を失うかどうかという、まだ答えの出ない疑問を抱えて人生を生きていくつもりはないし、あいつの影に怯えながら生きていく気もない。あいつはあまりに多くの日々から彩りを奪ってきた。ぼくが近親相姦で生まれた子だという事実なんて、ひび割れた肌から死の光を放っていた黒焦げのセリオーとくらべたらとんだお笑いぐさだ。

あいつに再戦を、〝チュードの儀式〟のやり直しを挑まれてから、ぼくはずいぶん書物を読み漁り、不可思議な迷信や奇妙な伝承と出会ったが——それらはレジス・トーマスの〈ロアノーク〉の本やストーカーの『ドラキュラ』にはけっして出てこないものだ——悪魔が生きた身体に乗り移る話はいろいろあっても、死者に憑依する怪物に関する記述はいまだに見つからない。いちばん近いのは悪霊の物語で、それも同じとはいえない。だから、ぼくが関わっているものの正体については見当がつかない。わかっているのは、あれと折り合いをつけていかなくてはならないことだけだ。ぼくが笛を吹けばそれは来て、舌を絡める儀式の代わりに抱きあえば……そう。そうすればわかるんじゃないだろうか。

それでわかる。わかるだろう。

後になって《レイター》。


（了）

# 解説

千街晶之

アメリカの、いや世界の「ホラーの帝王」スティーヴン・キングは、一九四七年九月二十一日生まれであり、現時点で七十六歳である。もう高齢と言っていい齢であり、一九七四年に『キャリー』でデビューしてからの作家生活は今年で五十周年を迎えたけれども、その創作力は全く衰える気配を見せない。

今や巨匠と言っていい存在のキングだが、半世紀の作家生活が常に順調だったわけではない。初期はアルコール依存症や薬物依存の状態で執筆した時期があったし、一九九九年には交通事故で重傷を負った。しかし、ファンならご存じの通り、それらの負の体験すらも必ず小説として見事に昇華させたのがキングという作家なのである。また、初期作品『デッド・ゾーン』（一九七九年）に登場する邪悪な政治家グレッグ・スティルソンは、第四十五代合衆国大統領ドナルド・トランプの政界進出を先取りしていたかのようだと言われているが、キングはTwitter（現・X）で事あるごとにトランプ批判を繰り広げ、とうとうトランプ自身にブロックされたほど、歳を重ねても反骨精神が衰えない人間でもある。彼くらい、不屈のファイターというイメージが強い作家も珍しい。

二〇二〇年代に入ってからも、二〇二〇年には中篇集"*If It Bleeds*"、二〇二一年には『ビリー・サマーズ』と"*Later*"、二〇二二年には"*Gwendy's Final Task*"（リチャード・チズマーとの共著）と"*Fairy Tale*"、二〇二三年には"*Holly*"……と、コンスタントに著書を上梓している（"*Gwendy's Final Task*"以外は文藝春秋から邦訳予定あり）。

そのうちの一冊である本書『死者は嘘をつかない』（原題"*Later*"）は、二〇二一年にHard Case Crimeから刊行された長篇である。長篇と書いたけれども（実際、邦訳で三百ページを超えているのだが）、邦訳すれば上下巻が当たり前のキングの長篇としては短めの部類だろう。

本書の語り手は、ジェイミー・コンクリンという少年である。いや、正確に記せば、少年時代の出来事を、二十二歳の青年になったジェイミーが回想するスタイルを取っている。原題の"*Later*"とは「後になって」といった意味合いだ。

ジェイミーは子供の頃から、文芸エージェントをしている母のティアと二人暮らしをしており、父の顔は知らない（キングは二歳の時に父が失踪し、母によって育てられた。恐らくその経験を反映して、彼の作品には片親の家庭がよく登場する）。ある日、六歳のジェイミーが母と一緒にアパートメントに帰宅すると、隣人のバーケット教授から妻が死んだと告げられる。だが、ジェイミーには死んだミセス・バーケットの姿が見えていた――夫のすぐ傍に。しかも、ミセス・バーケットが語りかけてくる言葉も聞こえていたのだ。その場にいるティアやバーケット教授には聞こえない死者の声を。

実は、ジェイミーが死者の姿を見たのはこれが最初ではない。特に恐ろしかったのは、幼稚園児だった四歳の時、交通事故死した男の血まみれの姿を見てしまった体験だ。そしていつしか、ジェイミーは死者たちが嘘をつけないことに気づいていた……。

著者の作品には、成人した主人公が若き日の出来事を回想するスタイルのものが幾つかある。年老いた編集者デヴィン・ジョーンズが、四十年前の学生時代に体験した連続殺人犯との対決を回顧する『ジョイランド』（二〇一三年）などがそれだ。

『ジョイランド』は、著者が Hard Case Crime から刊行した二冊目にあたる。Hard Case Crime とは、チャールズ・アルダイ（自らもリチャード・エイリアス名義で『愛しき女は死せり』などを執筆）が二〇〇四年に創設した小出版社で、埋もれたパルプ・ノワール小説の復刊と、ハードボイルドの次世代を担う作家の新作を出版することを目的としている。アルダイは当初、キングにこの出版路線を宣伝してもらえないか相談したところ、キングは推薦文を書くのではなく新作を書き下ろすことで協力要請に応えたという。こうして上梓された一冊目が『コロラド・キッド』（二〇〇五年）だが、この作品も二冊目の『ジョイランド』も、版元のカラーに合わせてミステリ色が濃い仕上がりとなっている（大作ホラー路線ではない、適度な長さの小説であることも共通する。ただし、『ジョイランド』はハードボイルドやノワールのイメージとはかけ離れた、ほろ苦い青春サスペンスという印象が強いけれども)。

もともと、『ミザリー』(一九八七年)や『ドロレス・クレイボーン』(一九九三年)など、スーパーナチュラルな要素がないサスペンス小説もしばしば発表していたキングだが、ベヴ・ヴィンセント『スティーヴン・キング大全』(二〇二二年)によると、子供の頃「母親が読んでいた〈ペリー・メイスン〉シリーズ(引用者註:E・S・ガードナーによる、弁護士ペリー・メイスンを主人公とするリーガル・ミステリ)は、あまりにスタイリッシュかつ人工的でキングの肌にあわなかったが、アガサ・クリスティーの推理小説は大好きだった。とはいえ、キングにはクリスティーのような細かいパズルの組み立て方はわからなかった」(風間賢二訳)という。実際、キングのミステリは犯罪小説やサイコ・サスペンスに近いものが多く、フーダニットの形式を踏まえているのは『ジョイランド』くらいだろう。キングはこの『ジョイランド』を発表した時期あたりから、退職刑事ビル・ホッジス三部作の第一作『ミスター・メルセデス』(二〇一四年。翌年にエドガー賞長篇賞を受賞)のように、次第にミステリを意識した作品を手掛けるようになってゆく。二〇二〇年代の作品では、「最後の仕事」を遂行するため小説家になりすまして田舎町に潜入した殺し屋を主人公とする『ビリー・サマーズ』がその代表だろう。

Hard Case Crime から刊行された三冊目の本書もまた、ミステリ的な要素が含まれた小説であり、同時にジェイミーが冒頭で「これはホラーストーリーだと思っている。読んで確かめてみてほしい」と述べている通りホラーでもある。ただし、それが顕著になるのは中盤になってからだ。

ジェイミーの母ティアには、リズ・ダットンという友人がいる。刑事である彼女は、ティアからジェイミーに特異な能力があることを聞かされ、それを犯罪捜査に利用できるのではないかと思いつく。折しも、サンパーと名乗る人物が十数年前から爆弾事件を繰り返し、多くの死者・負傷者が出ていたが、警察がやっとサンパーの正体がケネス・セリオーなる男だと突きとめたのも束の間、彼は自殺してしまったのだ。あと一カ所に爆弾を仕掛けたままにしていると言い残して……。

リズはジェイミーを連れ回し、セリオーの霊が見えないか尋ねる。ジェイミーはついにセリオーの霊と対面し、使命を果たす。だが、真の恐怖はそのあとに待ち構えていたのだ。「これはホラーストーリーだ」という冒頭の文章が、忘れた頃になってリフレインされるのが実に不気味である。

異能を持つ主人公が物語の中盤で犯罪捜査への協力を要請される……といえば、『デッド・ゾーン』を思い出す読者もいるだろう。しかし、『デッド・ゾーン』の透視能力者ジョニー・スミスが成人した元教師であり、彼に異能を役立てることを勧めるバナーマン保安官がまっとうな人物なのに対し、本書のジェイミーはまだ少年であり、そんな彼を強引に犯罪捜査に役立てようとするリズは倫理的にかなり危うい人物としか思えない。犯罪捜査に協力する異能者という似たモチーフを扱いつつ、その点が両作品の決定的な差異と言える。そもそも、母のティアからして、自分が担当していた作家が急死し財政的危機に陥った時、息子の能力を利用してその作家の遺作を完成させるという反則で切り抜けているくらいで、ジェイミーの能力をエゴイスティックな動機で役立てようとする点は（程度の差こそあれ）同様とも言える。

『スティーヴン・キング大全』によると、キングは本書の着想について「著作権エージェントについて書きたかった」「このエージェントの稼ぎ頭である顧客が急死する。彼女はどうする？　彼女に死者の見える息子がいたら？　その息子がたずねることに死者はかならず応えなければならないとしたら？　で、思った。〝よし、これでストーリーになる〟」と述べている。『シャイニング』（一九七七年）や『ミザリー』や『ビリー・サマーズ』などと同様、本書もまたキングらしい「小説についての物語」の一種として誕生したわけである（なお、本書がルーシー・リュー主演でドラマ化されるという情報が二〇二二年に公表されたが、彼女の役柄はティアであると思われる）。

死者の姿が見えたり、その声が聞こえたり……といった設定のホラーやミステリの前例は数多く存在する。代表的なのが前世紀末に公開されたある映画監督の出世作であり、本書にもタイトルを出すことなくその映画に触れた箇所があるけれども、死者が嘘をつけないというルールの導入によって、かえって先が読めない物語を構築している点が流石である。また、他の死者たちとは異なる力を持つセリオーとの対決を経ることで、ジエイミーの心が悪に支配されてしまうのではないかという可能性が仄めかされるあたりも読者の不安を誘う。

既に述べたように、本書の原題"*Later*"は「後になって」という意味である。読者の側からすると、少なくとも二十二歳の時点まで生き延びているということは、この主人公が作中の事件が原因で死んだりはしないと推測可能である。ならばサスペンスが減殺されてしまうのではないか……などというのは杞憂というもので、主人公が最後まで無事であることが想像できても緊迫感を最後まで保たせるのがキングの名人芸なのである。老いてなお盛んな彼の円熟の境地を、この一冊からも存分に味わえるに違いない。

（ミステリ評論家）

＊本書は訳しおろしです。

文春文庫

死者《ししゃ》は嘘《うそ》をつかない

定価はカバーに
表示してあります

2024年6月10日　第1刷

著　者　スティーヴン・キング
訳　者　土《つち》屋《や》晃《あきら》
発行者　大沼貴之
発行所　株式会社　文藝春秋

東京都千代田区紀尾井町 3-23　〒102-8008
TEL　03・3265・1211㈹
文藝春秋ホームページ　http://www.bunshun.co.jp
落丁、乱丁本は、お手数ですが小社製作部宛お送り下さい。送料小社負担でお取替致します。

印刷製本・大日本印刷

Printed in Japan
ISBN978-4-16-792240-5

（　）内は解説者。品切の節はご容赦下さい。

## ペット・セマタリー（上下）
スティーヴン・キング（深町眞理子　訳）

競争社会を逃れてメイン州の田舎に越してきた医師一家を襲う怪異。モダン・ホラーの第一人者が〝死者のよみがえり〟のテーマに真っ向から挑んだ、恐ろしくも哀切な家族愛の物語。

キ-2-4

## IT（全四冊）
スティーヴン・キング（小尾芙佐　訳）

少年の日に体験したあの恐怖の正体は何だったのか？　二十七年後、薄れた記憶の彼方に引き寄せられるように故郷の町に戻り、IT（それ）と対決せんとする七人を待ち受けるものは？

キ-2-8

## シャイニング（上下）
スティーヴン・キング（深町眞理子　訳）

コロラド山中の美しいリゾート・ホテルに、作家とその家族がひと冬の管理人として住み込んだ――。S・キューブリックによる映画化作品も有名な「幽霊屋敷」ものの金字塔。（桜庭一樹）

キ-2-31

## 夜がはじまるとき
スティーヴン・キング（白石　朗　他訳）

医者のもとを訪れた患者が語る鬼気迫る怪異譚「N」、猫を殺せと依頼された殺し屋を襲う恐怖の物語「魔性の猫」など全六篇収録。巨匠の贈る感涙、恐怖、昂奮をご堪能あれ。（coco）

キ-2-35

## ジョイランド
スティーヴン・キング（土屋　晃　訳）

恋人に振られた夏を遊園地でのバイトで過ごす僕。生涯の友人にも出会えた僕は、やがて過去に幽霊屋敷で殺人を犯した連続殺人鬼が近くに潜んでいることを知る。巨匠の青春ミステリー。

キ-2-48

## 11／22／63（全三冊）
スティーヴン・キング（白石　朗　訳）

ケネディ大統領暗殺を阻止するために僕はタイムトンネルを抜けた…巨匠がありったけの物語を詰めこんで、「このミス」他国内ミステリーランキングを制覇した畢生の傑作。（大森　望）

キ-2-49

## ドクター・スリープ（上下）
スティーヴン・キング（白石　朗　訳）

〈景観荘〉の悲劇から30年。今もダニーを襲う悪しきものども。超能力〝かがやき〟を持つ少女との出会いが新たな惨劇への扉を開く。名作『シャイニング』の圧倒的続編！（有栖川有栖）

キ-2-52

**ミスト**　短編傑作選
スティーヴン・キング（矢野浩三郎　他訳）
町を覆った奇妙な濃霧。中に踏み入った者は「何か」に襲われる……。映画化、ドラマ化された名作「霧」他、初期短編からよりぬいた傑作選。スティーヴン・キング未体験者におすすめ。
キ-2-54

**ミスター・メルセデス**（上下）
スティーヴン・キング（白石　朗　訳）
暴走車で群衆に突っ込み、大量殺人を犯して消えた男。そいつを追って退職刑事が執念の捜査を開始する。米最大のミステリー賞、エドガー賞を受賞した傑作。ドラマ化。（千街晶之）
キ-2-55

**ファインダーズ・キーパーズ**（上下）
スティーヴン・キング（白石　朗　訳）
少年が発掘したのは大金と巨匠の幻の原稿。だがそれを埋めた強盗が出獄、少年へ魔手を……。健気な少年を守るため元刑事が立ち上がる。キングが小説への愛を謳う力作。（堂場瞬一）
キ-2-57

**呪われた町**（上下）
スティーヴン・キング（永井　淳　訳）
荒れ果てた屋敷が丘の頂から見下ろす町、セイラムズ・ロット。小さな町に不吉な失踪と死が続発する。丘の上の屋敷に潜むのは何者か？　史上最強の吸血鬼ホラー。（風間賢二）
キ-2-59

**マイル81**　わるい夢たちのバザールⅠ
スティーヴン・キング（風間賢二・白石　朗　訳）
廃墟のパーキングエリアに駐まる車に近づいた者を襲う恐怖を描く表題作、死刑囚の語るおぞましい物語「悪ガキ」他全十編。ホラーから文芸系の小説まで巨匠の筆が冴える短編集その1。
キ-2-61

**夏の雷鳴**　わるい夢たちのバザールⅡ
スティーヴン・キング（風間賢二　訳）
滅びゆく世界を静かに見つめる二人の男と一匹の犬。美しく悲しい表題作、見事な語りで花火合戦の末路を描く「酔いどれ花火」他全十編。著者自身による自作解説も楽しい短編集その2。
キ-2-62

**任務の終わり**（上下）
スティーヴン・キング（白石　朗　訳）
昏睡状態の殺人鬼メルセデス・キラー。その脳内には新たな大量殺人の計画が。謎の連続自殺の調査を始めた退職刑事ホッジズは恐るべき真相に気づくが。三部作完結編。（三津田信三）
キ-2-63

（　）内は解説者。品切の節はご容赦下さい。

陳　浩基（天野健太郎　訳）
**13・67**（上下）
華文ミステリーの到達点を示す記念碑的傑作が、ついに文庫化！　2013年から1967年にかけて名刑事クワンの警察人生を遡りながら香港社会の変化も辿っていく。（佳多山大地）
チ-12-2

C・J・チューダー（中谷友紀子　訳）
**白墨人形**
三十年前、僕たちを震え上がらせたバラバラ殺人が今、甦る。白墨で描かれた不気味な人形が導く戦慄の真相とは？　S・キング大推薦、詩情と恐怖が交錯するデビュー作。（風間賢二）
チ-13-1

ジェフリー・ディーヴァー（池田真紀子　訳）
**ウォッチメイカー**（上下）
残忍な殺人現場に残されたアンティーク時計。被害者候補はあと八人…尋問の天才ダンスとともに、ライムは犯人阻止に奔走する。二〇〇七年のミステリ各賞に輝いた傑作！　（児玉　清）
テ-11-17

ボストン・テラン（田口俊樹　訳）
**その犬の歩むところ**
その犬の名はギヴ。傷だらけで発見されたその犬の過去に何があったのか。この世界の悲しみに立ち向かった人々のそばに寄り添った気高い犬の姿を万感の思いをこめて描く感動の物語。
テ-12-5

セバスチャン・フィツェック（酒寄進一　訳）
**乗客ナンバー23の消失**
乗客の失踪が相次ぐ豪華客船〈海のスルタン〉号。消えた妻子の行方を追うため、乗船した捜査官に次々に不可解な出来事が。ドイツのベストセラー作家による、閉鎖空間サスペンス。
フ-34-1

ウィリアム・ボイル（鈴木美朋　訳）
**わたしたちに手を出すな**
ハンマーを持った冷血の殺し屋が追ってくる。逃避行をともにすることになった老婦人と孫娘と勇猛な元ポルノ女優。米ミステリー界の新鋭が女たちの絆を力強く謳った傑作。（王谷　晶）
ホ-11-1

ピエール・ルメートル（橘　明美　訳）
**その女アレックス**
監禁され、死を目前にした女アレックス——彼女が秘める壮絶な計画とは？　「このミス」1位ほか全ミステリランキングを制覇した究極のサスペンス。あなたの予測はすべて裏切られる。
ル-6-1

## 死のドレスを花婿に
ピエール・ルメートル（吉田恒雄 訳）

狂気に駆られて逃亡するソフィー。かつて幸福だった聡明な女は、なぜ全てを失ったのか。悪夢の果てに明らかになる戦慄の悪意！『その女アレックス』の原点たる傑作。（千街晶之）

ル-6-2

## 悲しみのイレーヌ
ピエール・ルメートル（橘　明美 訳）

凄惨な連続殺人の捜査を開始したヴェルーヴェン警部は、やがて恐るべき共通点に気づく——『その女アレックス』の刑事たちを巻き込む最悪の犯罪計画とは。鬼才のデビュー作。（杉江松恋）

ル-6-3

## 傷だらけのカミーユ
ピエール・ルメートル（橘　明美 訳）

カミーユ警部の恋人が強盗に襲われ、重傷を負った。執拗に彼女の命を狙う強盗をカミーユは単身追う。『悲しみのイレーヌ』『その女アレックス』に続く三部作完結編。（池上冬樹）

ル-6-4

## わが母なるロージー
ピエール・ルメートル（橘　明美 訳）

『その女アレックス』のカミーユ警部、ただ一度の復活。パリで爆発事件が発生。名乗り出た犯人はまだ爆弾が仕掛けてあるという。真の動機が明らかになるラスト1ページ！（吉野　仁）

ル-6-5

## 監禁面接
ピエール・ルメートル（橘　明美 訳）

失業中の57歳・アランがついに再就職の最終試験に残る。だがその内容は異様なものだった——。どんづまり人生の一発逆転はなるか？　ノンストップ再就職サスペンス！（諸田玲子）

ル-6-6

## 魔王の島
ジェローム・ルブリ（坂田雪子・青木智美 訳）

その孤島には魔王がいる。その島の忌まわしい秘密とは——彼女の話は信じるな。これは誰かが誰かを騙すために紡がれた物語。恐怖と不安の底に驚愕の真相を隠すサイコ・ミステリ！

ル-8-1

## 魔術師の匣（上下）
カミラ・レックバリ　ヘンリック・フェキセウス（富山クラーソン陽子 訳）

奇術に見立てた連続殺人がストックホルムを揺るがす。事件に挑む生きづらさを抱えた女性刑事と男性奇術師。北欧ミステリの女王が最強メンタリストとのタッグで贈る新シリーズ開幕！

レ-6-1

（　）内は解説者。品切の節はご容赦下さい。

**マディソン郡の橋**
ロバート・ジェームズ・ウォラー（村松　潔　訳）
アイオワの小さな村を訪れ、橋を撮っていた写真家と、ふとしたことで知り合った村の人妻。束の間の恋が、別離ののちも二人の人生を支配する。静かな感動の輪が広がり、ベストセラーに。
ウ-9-1

**ジーヴズの事件簿**
才智縦横の巻
P・G・ウッドハウス（岩永正勝・小山太一　編訳）
二十世紀初頭のロンドン。気はよくも少しおつむのゆるい金持ち青年バーティに、嫌みなほど有能な黒髪の執事がいた。どんな難題もそつなく解決する彼の名は、ジーヴズ。傑作短編集。
ウ-22-1

**ジーヴズの事件簿**
大胆不敵の巻
P・G・ウッドハウス（岩永正勝・小山太一　編訳）
ちょっぴり腹黒な有能執事ジーヴズの活躍するユーモア小説傑作集第二弾。村の牧師の長説教レースから親友の実らぬ恋の相談まで、ご主人バーティが抱えるトラブルを見事に解決！
ウ-22-2

**ある小さなスズメの記録**
人を慰め、愛し、叱った、誇り高きクラレンスの生涯
クレア・キップス（梨木香歩　訳）
第二次世界大戦中のイギリスで老ピアニストが出会ったのは、一羽の傷ついた小雀だった。愛情を込めて育てられた雀クラレンスとキップス夫人の十二年間の奇跡の実話。（小川洋子）
キ-16-1

**星の王子さま**
サン＝テグジュペリ（倉橋由美子　訳）
「ねえ、お願い…羊の絵を描いて」不時着した砂漠で私に声をかけてきたのは別の星からやってきた王子さまだった。世界中を魅了する名作が美しい装丁で甦る。（古屋美登里・小川　糸）
サ-9-1

**香水**
ある人殺しの物語
パトリック・ジュースキント（池内　紀　訳）
十八世紀パリ。次々と少女を殺してその芳香をわがものとし、あらゆる人を陶然とさせる香水を創り出した〝匂いの魔術師〟グルヌイユの一代記。世界的ミリオンセラーとなった大奇譚。
シ-16-1

**アンネの日記**
増補新訂版
アンネ・フランク（深町眞理子　訳）
オリジナル、発表用の二つの日記に父親が削った部分を再現した〝完全版〟に、一九九八年に新たに発見された親への思いを綴った五ページを追加。アンネをより身近に感じる〝決定版〟。
フ-1-4

ティム・オブライエン
村上春樹 訳
## 本当の戦争の話をしよう

人を殺すということ、失った戦友、帰還の後の日々――ヴェトナム戦争で若者が見たものとは？ 胸の内に「戦争」を抱えたすべての人に贈る真実の物語。鮮烈な短篇作品二十二篇収録。

む-5-31

マイケル・ギルモア
村上春樹 訳
## 心臓を貫かれて（上下）

みずから望んで銃殺刑に処せられた殺人犯の実弟が、兄と父、母の血ぬられた歴史、残酷な秘密を探り、哀しくも濃密な血の絆を語り尽くす。衝撃と鮮烈な感動を呼ぶノンフィクション。

む-5-32

グレイス・ペイリー
村上春樹 訳
## 人生のちょっとした煩《わずら》い

アメリカ文学のカリスマにして、伝説の女性作家と村上春樹のコラボレーション第二弾。タフでシャープで、しかも温かく、滋味豊かな十篇。巻末にエッセイと、村上による詳細な解題付き。

む-5-35

グレイス・ペイリー
村上春樹 訳
## その日の後刻に

生涯に三冊の作品集を残したグレイス・ペイリーの村上春樹訳による最終作品集。人生の精緻なモザイクのような十七の短篇に、エッセイ、ロングインタビュー、訳者あとがき付き。

む-5-38

トルーマン・カポーティ
村上春樹 訳
## 誕生日の子どもたち

悪意の存在を知らず、傷つけ傷つくことから遠く隔たっていた世界。イノセント・ストーリーズ――カポーティの零した宝石のような逸品六篇を村上春樹が選り、心をこめて訳出しました。

む-5-37

呉 明益（天野健太郎 訳）
## 自転車泥棒

二十年前に失踪した父とともに消えた幸福印の自転車が戻ってきた。自転車の来し方を探るうち物語は戦時下の東南アジアへと時空を超えていく。ブッカー国際賞候補作。　（鴻巣友季子）

コ-21-1

アマンダ・ゴーマン（鴻巣友季子 訳）
## わたしたちの登る丘

2021年、米・バイデン大統領の就任式で朗読された一篇の詩。当時22歳の桂冠詩人による、分断を癒し、団結をうながして世界を感動させた圧倒的なことばが待望の邦訳。　（柴崎友香）

コ-22-1